THE FOOTMAN AND I
by Valerie Bowman

# 従僕と伯爵と私

ヴァレリー・ボウマン 著
旦紀子・訳

ラズベリーブックス

THE FOOTMAN AND I
by Valerie Bowman



Japanese translation published by arrangement withValerie Bowman c/o Taryn Fagerness Agency through The English Agency (Japan) Ltd.

# 献辞

創意に富む想像力で、子ども時代のわたしに大いなる影響を与えた従姉妹のケイト・アボット・バックリー（別称ＭＷ）に。あなたの想像力と、毎夏一緒にテレビドラマを観た経験が、駆けだしのロマンス小説家に役立たなかったはずないものね。それと、だれかわからないけれど、フロリダのベビー用三輪車を考えだした人も評価されてしかるべきだわ。

# 作者より

〝従僕クラブ〟シリーズはケンダル伯爵（第一作『従僕と伯爵と私』）とワージントン公爵（第二作 *Duke Looks Like a Groomsman*）とベリンガム侯爵（第三作 *The Valet Who Loved Me*）がヒーローの三作品から成っています。（二〇二一年三月にクレイトン子爵が主人公の第四作 *Save a Horse, Ride a Viscount* が刊行されました。）

三作ともプロローグは、同じ場面をそれぞれのヒーローの視点から描いています。もちろん、プロローグ以外で同じ場面が繰り返されることはありませんので、どうぞご安心ください。

プロローグを読めば、たとえほかの二作を読んでいなくても、従僕クラブが結成された経緯をご理解いただけるでしょう。ほかの二冊を読んでくださった方は、プロローグを読むことで、その本のヒーローに対する理解がきっと深まるはずです。

皆さん、このシリーズを読んでくださってありがとう！

# 従僕と伯爵と私

## 主な登場人物

フランシス・ウォートン……………………ウィンフィールド男爵令嬢。

ルーカス・ドレイク……………………ケンダル伯爵。

リース・シェフィールド（ワース）……………………ワージントン公爵。ルーカスの親友。

ボーモント・ベルハム（ベル）……………………ベリンガム侯爵。ルーカスの親友。

ユーアン・フェアチャイルド……………………クレイトン子爵。ルーカスの親友。

レディ・ウィンフィールド……………………フランシスの母。

アビゲイル・ウォートン……………………フランシスの妹。

レジナルド・フランシス……………………ナイト爵。

シオドラ・フェアチャイルド……………………ユーアンの妻。

メアリー・モンゴメリー……………………モントレイク公爵令嬢。フランシスの友人。

ジュリアナ・モンゴメリー……………………ワースのかつての恋人。メアリーの姉。

アルビーナ……………………フランシスの女中。

# プロローグ

## 一八一四年　ロンドン

第五代ケンダル伯爵ルーカス・ドレイクは酔っていた。だが、酔っていても、へべれけになっていた（スリー・シーツ・イン・ザ・ウインド）わけではない。そこは心得ている。十年近く英国海軍で過ごしてきたから、三本の帆脚綱（スリー・シーツ）を張らねばならない状況がどれほど危険かは熟知している。結局のところ、帆を制御するのは帆脚綱（ほあしづな）だ。綱をしっかり結んでいなければ、帆は風にはためく。三本全部がほどければ、船の制御が失われかねない。ルーカス自身はまだ制御が利いている状態だった。〈知りたがりのヤギ酒場（キュリアス・ゴート）〉で出す水で薄めたエール四杯くらいで、元船乗りが泥酔することはない。しかし、親友三人の前で声に出して次のように言うくらいの酔いはまわっていた。「そろそろ妻を見つける頃合いだと思う」

予想通り、彼の言葉に三人全員が黙りこんだ。ワースとベル、そしてクレイトンが、それぞれ異なる警戒の表情を浮かべてルーカスを振り返った。

最初に声を出せるようになったのは、ワースことワージントン公爵リース・シェフィールドだった。心根はすばらしい男だが、愚かな父親に――先代公爵が安らかに眠らんことを――悪影響を受けた結果、自分と自分の爵位を絶対視する傾向にある。しかも度を過ぎるほど負けず嫌いだ。とりわけ賭け事と女性となれば――そのどちらもほぼ絶対に勝つが――選りすぐりのものだけを追求し、向こう見ずとも言える態度を取る。それがうわべだけのものと理解しているのは親友たちだけだ。

ルーカスの宣言に対し、ワースはまずたじろぎ、それから息を大きく吸いこんで頭を強く振り、そして言った。「妻？ 驚いたな！ あわてて決めることはない、そんな……一生を左右するようなことを」

「ぼくたちはもう若くない」ルーカスは指摘した。

「いやむしろ」ワースは答えた。「二十九歳なんて若造だ。父がぼくを設けたのは五十歳の時だ」

二番目に振り向いてルーカスを見つめた顔の持ち主はベルことベリンガム侯爵ボーモント・ベルハムだった。ベルはだれよりも熱烈な愛国者だ。半島戦争に兵士として参加するために爵位を放棄しようとしたこともある。しかし、その要求は却下された。

明らかに国王は、侯爵がヨーロッパをうろついて銃弾の的になるのをよしとしなかったらしい。代わりに彼は内務省に地位を得て、軍事作戦を支援する諜報活動のために英国内でやれることをやっている。明敏かつ綿密、しかも集中力にすぐれた男で、日頃から働き過ぎだとワースに非難されている。それについては本人も認めていて、逆にワースに対して、一日くらい、賭け事や女を追いかけることに時間を費やさずに真面目な仕事をやったらどうかと会うたびに言っているが、ワースがその親切な忠告を受け入れたことは一度もない。

ベルが目を細めて言った。「心の準備はできているのか？　まだ二年しか経っていないぞ、あの時から……」ベルがそこで言葉を止めたのはありがたい。ルーカスはエミリーのことを話す気分ではなかった。その気分になることは決してないだろう。

ルーカスのほうにくるりと向けられた三つ目の顔はクレイトン子爵ユーアン・フェアチャイルドのものだった。クレイトン自身はつい最近年貢を納め、ハネムーンから戻ってきたばかりだ。科学的な頭脳を持ち、実験と物作り以上に好きなことはないらしい。どんな深刻な秘密も打ち明けられる頼もしい男だ。クロイソスほどの大金持ちで、ばかがつくほど誠実、そして、シオドラを心から深く愛している。彼が最初に結婚するとは、四人のだれひとり思っていなかった。

クレイトンが言う。「それはすばらしい。婚姻のくびきに繋がれているのがぼくだけという状態でなくなるのが待ち切れない」

ルーカスはマグの中身をぐっとひと飲みし、手の甲で口を拭った。四人組における彼の役割は調停役と聞き役だ。四人はイートン校で出会い、ともにさまざまな困難を乗り越えてきた。

ルーカス自身の最大の関心事は義務であり、それは昔もいまも変わらない。これまで、父、家族、そして国王に対する義務を果たすことに人生を捧げてきた。優先順位はその順だ。海軍における年月によって、責任と敬意、そして努力の大切さを叩きこまれた。十四カ月前の兄チャールズの死からは、日々を最大限に生きることと約束を果たすことの重要性を教えられた。生前、チャールズは議会にある法案を提出していた。衰弱によって体から少しずつ命が抜きとられていく死の床で、チャールズはルーカスに、その法案を必ず通してほしいと頼んだ。「ぼくたちの地所のために」チャールズは言った。「この国のために」ルーカスは兄に約束した。だから、何が何でも雇用法案を通過させるつもりだ。

ルーカスは祖国に命を捧げる覚悟がある。友人たちのためなら、代わりに銃弾も受けるだろう。母と妹のためならば、割れたガラスの上も歩くだろう。だが、誠実な妻、単に財産や爵位のために彼を望んでいるのではない妻を見つけるのは、自分でどうにかできるものではない。その事実がルーカスは嫌でたまらなかった。

頭がおかしくなったと確信しているかのように彼を眺めている三人の友人たちをちらりと見やる。ここ〈知りたがりのヤギ酒場(キュリアス・ゴート)〉では礼儀作法の決まりが異なる。その酒場は、ロンドンのなかでもメイフェアからかなり離れた、しかし程度として貧民窟とまでは言えない地域のふたつの道が交差する街角に、肥えた小ガモのように鎮座している。ここならば泥酔することも、手の甲で口を拭うことも、妻を探しているといった発言をすることもできる。爵位を持つ夫を見つけようと必死になっている乙女とその母親たちが片隅や物陰から飛びだしてくる心配をする必要もない。爵位を継いで以来、ルーカスはどこへ行っても、そうしたご婦人がたに悩まされ続けている。

「ぼくはいたって真剣だ」ルーカスは言葉を継いだ。「伯爵位を守らねばならない。だが、このところずっと雇用法案で頭がいっぱいだったため、怠慢にも花嫁探しを先延ばしにしてきた」

「きみが雇用法案に入れこんでいたという点は同意せざるを得ないな」ワースがものうげに言う。「むしろ取り憑かれていたというべきか」

ルーカスは肩をすくめた。「どちらにせよ、票決が秋の議会に持ち越されたので、必要な票数をまとめる時間に余裕ができた。本格的に花嫁探しを始めることができる」

「ぼくは議会で投票したことがない」ワースが言った。「何時間もかかるからね。それに、議論は疲れる」

ベルが非難めいた表情をワースに向け、首を振った。「きみは自分の議席にも祖国に関わる問題にも、まったく関心がないんだな」

ワースはとっておきの笑みを全員に向けた。疑うことを知らない女性たちを数多く陥落させた完璧な笑みだ。「そういうことはきみたちに任せておけばちゃんとやってくれると、心から確信しているんだ」ワースは答え、ベルの背中をドンと叩いた。

「ぼくの兄の法案に投票する時が来たら」ルーカスはワースに向かっていった。「ぼくが自分できみの街屋敷まで行って、ベッドから引きずりだすさ」

四人が坐っている奥まった空間にベルとクレイトンの笑い声が響きわたった。

「そういうつまらない話はやめよう」ワースがため息をついてみせる。「花嫁探しのことを話していたじゃないか、ルーカス。そのほうがずっとおもしろい。それで？　もう一度聞くが、きみは何歳だって？」公爵が椅子の背にもたれて腕組みし、目を細めてルーカスを見つめた。

ルーカスはワースに向かって眉を持ちあげた。「きみと同じ年だよ、相棒」イートン校のあと、四人は全員オクスフォード大学に進んだ。全員が優等で一緒に卒業した。生まれ月が違うだけでみんな同い年だ。

「そうか、それなら」ワースは言う。「ぼくの考えでは、妻探しに費やす時間はまだたくさんあるな」

「言うのは簡単だ。きみはみずからの爵位を守ることについて、まったく関心がないからな」ルーカスは友に向かってにやりとした。

ワースもほほえみ返した。「たしかにその点は反論できない」そう言いながら後ろを振り返り、えくぼが見え隠れするというさらに魅力的な笑みを浮かべて、バーメイドに四人全員のお代わりのエールを注文した。

「なるほど。だが、真剣に妻を探そうにも、社交シーズンはちょうど終わったところだ」クレイトンが口を挟んだ。「いい機会を逃したようだな。来週、議会が閉会するのを待って、上流社会全体が田舎に引っこんでしまう」

「それは充分承知のうえだ」ルーカスは小さくうなずいた。「社交シーズンのことは、考えただけでぞっとする。金持ちの夫をつかまえるために、会場じゅうの娘が作り笑いを浮かべ、母親は血眼で、自分たち親子をなんとか目立たせようと必死になっている。そういう妻を探しているわけじゃない」

「では、どうやって見つけるつもりなんだ？」侯爵の知的なまなざしが鋭くなった。

「方法はまだ考え中だ」ルーカスは飲み物を取った。一口飲むたびに気持ちは確信に変わった。「だが、今度こそ、ぼく自身を愛してくれるレディを見つけるつもりだ」

もちろん、レディ・エミリー・フォスウェルのことを言っている。名前を言ったことは一度もないが、友人たちはみな、彼がどんな思いをしたかを知っていた。彼女に心を打ち砕かれたわけではないと彼がどんなにきっぱり否定しようとも、だれも納得していない。とはいえ、数カ月前に議会が再開してから今夜まで、ルーカス自身、エミリーのことは考えなかった。雇用法案で頭がいっぱいだったからだ。

「そうだ！」ワースが拳でテーブルをどんと叩いた。いつもは陽気な公爵の声が怒りに満ちていた。「レディ・エミリーが最低であることは、ここにいる全員がわかっている。彼女のしたことに弁解の余地はない。より高い爵位の男のために、きみを捨てたんだからな。ぼくに言わせれば、あの女はもはや存在すらしていない」

触れられたくない問題を持ちだすのは、ワースに任せておこう。レディ・エミリーの裏切りを四人のなかで一番怒っていたのは公爵だ。彼女がうかつにも、男爵のために未来の伯爵を捨てたという事実をエミリーに知らせることに一番関心を持っているのも公爵だった。

「頼むから、レディ・エミリーのことは持ちださないでくれないかな？」ルーカスは片手で顔を覆ってうなった。

バーメイドがみんなに飲み物を持ってきたおかげで、ワースの上機嫌はすぐに復活した。「もっとどんどん持ってきてくれ、ラヴ」公爵は彼女に言い、それからルーカスのほうに振り返ってつけ加えた。「きみ自身を愛してくれる女性を望むならば、社交シーズンとそのばかげた催しには絶対に行くべきじゃないと指摘しているだけだ」

「その通りだ」ルーカスはため息をつき、公爵に向かってマグを掲げ、乾杯してみせた。「さっきぼくもそう言わなかったか？　社交シーズンとその饗宴は行くべきじゃないとわかっていたからこそ、二シーズンにわたって疫病のように避けてきた」

「なるほど、だから、〈オールマックス〉の退屈な舞踏会に出席しなかったのか？」ワースはにやりとした。「ぬるいお茶と世間話のせいかと思っていた。ぼくが避けているのはそれが理由だが」

「ブランデーが出ないからだってことは、みんな知っている」ベルが指摘し、胸の前で腕組みしてワースをじっと見つめる。

その友に向かってワースはウィンクした。「それと、〈ホリスターズ〉のように、賭け金を供給してくれないというのもある」

〈ホリスターズ〉はワースの行きつけの賭博場だ。とくに用事がない時、彼はほとんどの時間をそこで過ごしている。ホリスターズから無制限の掛け金を貸与され、そこで頻繁にかなりの大金を獲得したり、失ったりしている。

ルーカスは顎を掻き、自分の持つマグを見るともなく眺めた。「ぼくが伯爵になってしまったということを、上流社会のレディたちが知らなければ、ぴったりの女性を見つける機会ははるかに多かっただろう」ぶつぶつこぼす。ううむ。この飲み物のせいで、明らかに饒舌になっている。おそらく、思考回路もゆるくなっているだろう。

ワースの大笑いに、酒場の天井を支える木の梁がピシッと音を立てた。「それができるなら金を払ってもいい。伯爵が平民の格好をして、真実の愛を見つける。なんとも詩的な響きじゃないか？」

クレイトンも笑いだし、あきれたように首を振ったが、ベルは目を細め、鋭いまなざしでルーカスをじっと見つめた。「必ずしも突飛な思いつきとは言えないかもしれない」首をかしげる。

「なにがだ？」ルーカスは自分が言ったことをすでに忘れていた。

「妻を見つけるために、平民のふりをするという思いつきだ」ベルが答えた。

ワースがベルの背中を叩いた。「どうかしちゃったのか、おい？　酒も飲んでもいないのに」

ベルは酒をまったく飲まない。彼のマグにはライスミルクとか、そうしたなんの刺激もない飲み物が入っているはずだ。心身をつねに正常に保っておきたいたちで、それはこの場の全員が知っている。オクスフォードで巡回中の警備員につかまらず、学長たちと無駄なもめ事を起こさなくて済んだのは、ひとえに彼がいつも全員を無事に送り届けてくれたおかげだ。侯爵がルーカスのほうに身を乗りだして、直接語りかけた。「いいかい、状況次第では、うまくいくはずだ」

「ぼくが平民のふりをすることが？」ルーカスは目をぱちくりさせた。「まったくわからない」

「上流階級のなかで彼を知らない者はいない」クレイトンが指摘した。「どうしてそんなことができる？」

「仮面をかぶるとか、衣装をまとうとか、そんなことを言っているのか？」ワースが訊ねた。目を細めて顎を撫でている様子は、本気で考えているらしい。

ルーカスはワースとベルを代わる代わる眺めた。「真面目に言っているわけじゃないだろう、ふたりとも。クレイトンが正しい。そんなことはできるはずがない」

「いや、衣装の問題ではない」ベルがワースに向かって言った。「ぼくが考えているのはふさわしい……状況といったことだ」

「ふさわしい、状況か」考えるようにその二語をゆっくり言いながら、ワースも身を乗りだした。

「きみたちふたりとも、なにを言っているんだ？」ルーカスは言った。「そんなばかげた計画を本気で実現させようと考えているんじゃないだろうな？」

「たとえば……ハウスパーティとか」ベルがルーカスの発言を完全に無視し、また顎を撫でながらワースに向かって答えた。

ワースが目を細めたまま、小さくうなずく。「ハウスパーティ、たしかにそうだ。きみの言う意味はよくわかる」

「だが、ただのハウスパーティではもちろんだめだ」ベルが続けた。「この試み(エクスペリメント)の関係者によるものがいい」

「エクスペリメント？」クレイトンが勢いづいた。「実験(エクスペリメント)ほどおもしろいことはほかにないぞ。しかも、ちょうど田舎の屋敷で毎年開く恒例のハウスパーティの招待状を送ろうとしていたところだ」クレイトンはその言葉を、すでに赤々と燃え盛っている狂気の炎をさらに焚きつける意図などまったくないかのように、さらりと言ってのけた。

「実験（エクスペリメント）？」ルーカスは目をぱちぱちさせ、ぼう然と繰り返した。

ベルが指を鳴らした。「きみのところのハウスパーティならば完璧だ、クレイトン」

「待て待て、待て待て、待ってくれ」ベルとワースのあいだに坐っていたルーカスは、両手を使ってふたりの友の肩を押しやった。急いで酔いをさます必要がある。友人たちが悪乗りしていることは明らかだ。度が過ぎた時に必ず冷静に振る舞うベルまでがおかしい。「ハウスパーティに行ったからといって、ぼくが別人になるわけじゃない。ハウスパーティに参加する上流階級のご婦人がたはみんな、ぼくがだれかわかるだろう」

「いい指摘だ」クレイトンが言い、また大量のエールを喉に流しこんだ。やれやれ、よかった。クレイトンは真面目に言っていたわけではないらしい。

「もしも今シーズンにデビューしたばかりのレディだけを招待すればどうだ？」ベルが片方の口角を持ちあげて、独善的な笑みを浮かべた。「もしもきみがふさわしい状況を作ったら？」

ルーカスは深く息を吸い、自分のマグを手が届かないところに押しやった。「レディたちはぼくを知らないかもしれないが、知っている母親はいるだろう。上の娘がデビューした時に婿探しをした母親も複数いるはずだ」さあどうだ。これこそ、この議論に欠けている良識というものだ。

「だから、ふさわしい状況が必要なんだ」ベルが言いながら、おもむろに腕組みし、口元に笑みを浮かべた。

ワースも一日分のひげで色濃くなった顎を撫でながら笑みを深めたが、その笑顔はベルよりもはるかに魅力的だった。「なるほど、なにか案があるんだな」

「きみが仮面を考えているのなら、絶対にかぶらないからな。あまりに古臭くて、まるで中世だ」

「仮面ではない」ベルはそう答えると、椅子に深く坐り直して背をもたせ、下唇を噛んだ。なにか考えている時にいつもする姿勢だ。

「衣装で着飾るのもだめだ」ルーカスは続けた。自分のマグを遠くに押しやる。これ以上飲むと、このばかげた状況をさらに悪化させることになる。

「衣装ではないな……正確に言えば」ベルがワースといたずらっぽい笑みを交わした。

「これは見ものだ。最高におもしろい時間を過ごせるぞ」ワースがうなずいた。

「なんの見ものだ?」クレイトンが戸惑った様子で鼻の上に皺を寄せた。「いったい全体なんの話をしているんだ?」

「ルーカスが使用人に扮する話をしているんだ」ベルがにやにやしながら答える。

ルーカスは目をぱちくりさせた。「使用人？」友人が言うだろうと予想するすべての言葉のリストのなかでも、これは一番下に位置する言葉だ。

「ああ、それで完璧だ」ワースがうなずいて同意した。

ルーカスはワースのほうを向き、頭がおかしくなったかというように凝視した。

「完璧？　ぼくが？　使用人に扮する？　そのなにが完璧なんだ？」

「それだけでは、レディの母親のなかで、すでにルーカスを知っている者について解決できない」クレイトンが指摘する。

「いや、それができるんだ」ベルが答える。「そこがこの方法の優れた点なんだ。たいていの人は使用人を見ない。実際、人は必要か欲しいもの以外、ほとんど注意を払わないものだ。諜報員になる訓練で、人間が細かいことにどれほど気づかないかを教えられた。ケンダルが使用人の格好をして、使用人の仕事をしていたとすれば、上流階級のレディがひとりとして、彼に目もくれないほうにぼくは賭けるね。彼はお仕着せを着て半ズボンを穿き、髪粉を振ったかつらをかぶっているのだから」

「レディが素の時にどう振る舞うかを知るのにうってつけの場所にいることも、この作戦の利点のひとつだ」ワースはつけ加え、額にかかった黒髪を指で払いのけた。

「レディは花婿候補者に話しかける時は最高の状態を見せるし、使用人に話す時は最悪の振る舞いをする。間違いない、母がそうする姿を再三見てきた」

「ふたりともどうかしている。分かっているか？」ルーカスはとがめた。本気で驚いていた。こんなばかげた計画がうまくいくと、友人たちは本気で信じているのか？　あり得ないだろう。

「どうかな」クレイトンが言い、クラヴァットを引っぱった。「ぼくには、かなりおもしろい話に思えるが。そういう試みをする場所として、ぼくのハウスパーティを喜んで提供しよう」

「きみもそんなことを言うのか」ルーカスは唖然とした。なんてことだ。ついに最後の盟友まで気がおかしくなったか。

「考えてみたまえ」ベルがルーカスに向かって言った。「この計画は、まさにきみが望んでいる機会をもたらす可能性を秘めている。花婿候補者が見ていない時に、デビュタントたちがどのように振る舞うかを、自由に見ることができる」

ルーカスは侯爵をにらんだ。「きみがこの計画を問題だと思っていないことのほうが不安だ」

ベルは肩をすくめた。「なにが問題だ？　危険度はそこまで高くない。だれかが気づいたら、その人に協力を頼めばいい。このゲームを楽しんでくれることは間違いない」

「気に入ったレディが見つかったらどうするんだ?」ルーカスは言った。「ただお仕着せを脱いで自分は伯爵だと宣言し、その女性がぼくを好きになってくれることを期待する?」

「いやいや」ベルが答える。「ぼくはただ、その方法ならば、レディたちが使用人をどう扱うかという点を知ることができると言っているだけだ。性格がよい女性は、だれに対しても親切で感じがよいはずだ。そこで候補者を少数に絞れば、次の社交シーズンでだれに求愛すればいいかを決められる」

ルーカスはゆっくりと頭を振った。マグをまた自分のほうに引き寄せる。もう少しエールを飲めば、もう少しこの論理の道筋を理解できるかもしれない。「つまり、きみは未来の花嫁を、その女性が従僕をどのように扱うかに基づいて選べと勧めているのか?」

ベルは眉をアーチ型に持ちあげた。「レディ・エミリーは使用人たちをどのように扱っていた?」彼はわざとゆっくり発音していた。

ルーカスは歯を食いしばった。いまいましいベルめ。この男はつねに自分がなにを言うべきか心得ている。望んでいない記憶が脳裏をよぎった。美しくて完璧なレディ・エミリーがぬるいお茶を運んできたメイドを叱りつけた姿や、馬車の扉を締めた時に彼女の夜会服の裾を扉に挟んでしまった従者を即刻解雇した姿。

「きみの表情から察するに、ぼくの指摘した点を理解したようだな」ベルがまたゆっくりと言う。

ルーカスは考えこんだ。おそらくはこれまでに飲んだ四杯のエールのせいだと思うが、突如その計画が……よさそうに思えてきた。よいだけでなく、筋が通っていて、しかも役立ちそうだ。財産と爵位だけを追いかけるレディたちにわずらわされずに、結婚市場に参入できる方法はないかとこれまでもずっと考えてきた。生涯を共にできるたったひとりの女性とのたった一度の出会い、それだけで充分だ。友が思いついたのは、それを可能にする完璧な計画かもしれない！

「ぼくもきみと一緒にやるよ」ベルがあっさりと言い、また肩をすくめた。

「なんだって？」ワースの濃紺の瞳の上で、黒い眉毛が左右とも大きく持ちあがった。

「なぜきみもやるんだ？」

ベルはおもむろに身を起こし、椅子に深く坐り直した。「ビダソアの裏切り者の容疑者を三人まで絞りこんだからだ」

「それは内務省の仕事できみが捜査している男のことか？」ワースは声をひそめて確認した。

「それだ」ベルが答えた。「そして、もしもクレイトンがその三人をハウスパーティに招待すれば、ぼくは使用人に身をやつし、三人をつぶさに観察できる」

ワースが頭をそらして大声で笑った。「きみには別な動機があるとわかってしかるべきだったよ、ベル。国王陛下の仕事がきみの心から離れることはない。飲んでいる時でさえも」

ベルの笑みが深まった。「ひとつのみならず、ふたつの目的を達成できる絶好の機会を逃す手はないだろう？　たしかに、ルーカスが妻を見つけると断言する前から、この計画を考えていたことは認めるが、どちらにも役立つなら、なおのことといいじゃないか？　ただし、正真正銘の使用人として振る舞う必要がある。客にかしずき、使用人がやるべき仕事をすべてやる」

「ふーむ。ぼくのうちの屋根の下で密偵が行われるというのは気に入った」クレイトンはまたエールをぐっと大きく飲んだ。「陰謀めいた雰囲気がいい。それに、ぼくは軍人にもならず、ほかの方法で国王陛下に仕えてもいないから、この策略に応じるのが自分の義務だと感じている。なにより実験（エクスペリメント）が好きというのは言うまでもないが。

きみもやるか、ルーカス？」

ルーカスはマグを持ちあげ、中身を飲み干した。そして、手の甲で口を拭った。

「ベルがぼくのためにやってくれるなら、なんで断れる？」

ワースはまたバーメイドからお代わりのマグを受けとり、心づけの硬貨をひょいと放った。そして、とんでもなく浮ついた笑みを浮かべて彼女にほほえみかけてから、ようやく会話に関心を戻した。「ぼく個人としては、この計画が実行されるのをこの目で見ることに非常に興味があるが、参加するのは、それを見物するためだけでなく、きみたちふたりのどちらが成功するかに関し、高額の賭けを設定したいからだ。どうだ、賭けないか？」挑戦のまなざしでふたりを見つめる。

ベルはあきれ顔で天を仰いだ。「きみにとってはすべてが賭けなんだな、ワース」

「そうかもしれない。だが、きみも認めるべきだ。これが非常に魅力的な賭けであることを」ワースは侯爵に向かって挑むように顎の先を突きだした。「眼力鋭い母親によって、ふたりの正体が一週間以内に暴露されることに五百ポンドだ」

「その賭けに乗った！」クレイトンが指を一本立てて断言した。「きみは客として参加するんだろう、ワージントン？」

ルーカスが鼻で笑い、ワースの返事を遮った。「もちろん客としてしか参加できないさ。我らが友ワースが従僕で通るはずがない」公爵に向かい、気の毒にというように首を振ってみせた。「きみがだれかに仕えても、ひと晩と保たないだろう」

ワースが鼻を膨らませ、姿勢を正して肩を怒らせた。「それはひどい、あんまりだ。酒飲みふたりにできるのなら、ぼくにできないはずがない」

クレイトンが頬を膨らませて首を振り、とくにワースを見るでもなくつぶやいた。「ううむ。その通りとうなずくことはとてもできないぞ、我が友よ」

ワースが胸の前で腕を組み、友人をにらみつけた。「ぼくができないと、本当に思っているのか？」

「ああ」クレイトンがその勢いに押されたように、小さくうなずいた。「きみが本気で使用人の役割を務め、その手ですべての雑用仕事をこなすのをこの目で見ない限り信じられない」

ワースの視線がベルに飛んだ。「きみもぼくができないと思うか？」彼は実際に傷ついているように見えた。

ベルもうなずいた。「もちろんできない。悪いが、公爵閣下、きみは仕えられることに慣れすぎている。仕える側になれるわけがない」

「いや、だからこそ、ぼくは適切にやる方法を知っている」ワースがむっとした顔で言い返す。

ルーカスがふんと鼻を鳴らした。「人が仕えるのを見るのと、実際に仕えるのはまったく違うことだと思うが」

ワースが目を剝いた。「きみだって伯爵だろう。自分は仕えることができるとなぜ思うんだ？」

「たしかに伯爵かもしれないが、つらい仕事をまったく知らないわけじゃない。海軍で何年も槇皮（ヒノキなどの甘皮を砕いて繊維にしたもの。継ぎ目に詰めて水漏れを防ぐ）をほじったり、害虫駆除をしたりしてきた。言っておくが、このふたつは、ぼくがやってきたほかの任務に比べればずっと楽なものだ」ルーカスは答えた。

ワースがテーブルの上を手のひらでばんと叩いた。置いてあったマグがはずんでカタカタ鳴る。「いいだろう。ぼくも使用人になって、二週間を切り抜ける、あるいは少なくともきみたちふたりより長くやれることに千ポンド賭ける」

「さてと、こうなると、一番頭がおかしいのはいったいだれだ？」クレイトンが訊ね、ワースに向かって眉を上下させた。

「ぼくは本気だ」ワースが真顔になり、口元を引き締めた。「一千ポンドだ。さあ、きみたち、だれが賭ける？」

「乗った」三人が口を揃えて叫んだ。

# 1

ミス・フランシス・ウォートンは母が急ぎ足で居間に入ってくるのを見て内心ひるんだ。母が満面の笑みを浮かべているのは、母の言うところの〝よい知らせ〟、もっと正確に言えば、フランシスは絶対に聞きたくない知らせを受けとったことを意味する。フランシスは『じゃじゃ馬馴らし』を閉じて、花の鉢の後ろに押しこんだ。本を読みすぎと母がいつも嘆くからだ。

「レディ・クランベリーの屋敷から戻ってきたところよ」母が嬉しそうに言う。「サー・レジナルド・フランシスがクレイトン家の田舎の邸宅で来週開催されるパーティに出席することを確認できたんですって」

フランシスは向かいに坐っている妹と視線を交わした。十六歳のアビゲイルはまだ社交界に出ていないが、フランシスは十八歳で、今シーズンにデビューしたばかりだった。母はサー・レジナルド・フランシスに狙いをつけているが、それがなぜなのか最初はわからなかった。お金持ちと知ったいまも納得はしていない。ナイト爵だからサーの称号を名乗っているにしても、中身はうるさくて偉そうな愚か者にすぎない。

ましてて名字がフランシスとは。自分の名前がフランシス・フランシスになるなんて考えたくもない。問題点が多すぎる。

「あまり気分がよくないの、お母さま。クレイトン家のハウスパーティに出席できないかもしれないわ」フランシスはできるだけ大げさに手の甲を額に押し当てた。もともと大げさな芝居は得意ではないが、大げさであればあるほど、母の評価は得やすい。

「ばかなことを」今回は違ったらしく、母はまったく取りあわなかった。「あなたは馬のように健康だし、万一病気にかかっても、あなたをハウスパーティに運んでいけるだけの数の使用人は集められるでしょう」

フランシスは眉をひそめ、横目づかいで母を見やった。

「わたしが参加できればいいのに」アビゲイルが大げさにため息をついた。彼女も手の甲を額に押し当てる。劇的な表現に関しては、妹のほうがずっと才能がある。同じことをしていても、アビゲイルのほうがフランシスよりも、なぜかずっと真実味がある。大げさでしかも真実味が感じられるにはどうやるか、今度妹に訊ねること。フランシスは、そう心のメモに書きとめた。

「あなたはまだ社交界にお目見えしていないでしょう」母がアビゲイルに言う。

「わかっているわ」アビゲイルはうめき声を出すことで悲しみを強調した。

また心のメモに書く。うめき声の出し方。

「でも、わたしもハンサムな紳士がたくさんいる田舎のハウスパーティに出席したいわ」アビゲイルがさらに言った。

「ハンサムな紳士がたくさんとサー・レジナルド・フランシス」フランシスはつぶやいた。

母がフランシスに向けた視線は明らかに、娘の冗談をおもしろいとはまったく思っていないことを示していた。「サー・レジナルドのどこが気に入らないのか、まったく理解できませんよ」母がつんと取り澄まして言う。

フランシスは胸の前で腕を組み、肘を指を叩いた。「ええと、あの方の年齢はわたしの二倍」

「四十歳は年寄りと言えません」母の鼻がつんとし続ける。

「それに尊大」フランシスも指を叩き続ける。

母が手に持ったハンカチを振った。「称号を持つ男性はみんな尊大ですよ。わたくしが初めて会った時のお父さまもそうでした」

「まったくおもしろみのない方だわ」フランシスは頬を掻いた。

「なぜそんなことを言うのか理解できません。わたくしの考えでは、とてもおもしろい方よ」

フランシスは眉を持ちあげた。「一時間ずっと、四年前にやったホイストのゲームの話をしていたのよ。負けた手をひとつずつ。それも、惜しかった手でもなんでもないの」

「まあ、フランシス。それはあなたのほうが気難しいというものよ」母は悩ましげに長々とため息をつき、ハンカチを喉に当てた。「肝に銘じておきなさい」声をひそめた様子は、まるでいまここにいるのが自分たちだけでないかのような、そして、ここが、自宅の居間でないかのようだった。たしかに古びた部屋ではあるけれど。「あなたには大した持参金もないし、それに、わたくしはあなたを愛しているけれど、あなたは到底第一級のダイヤモンドとは言えないことを」

「励ましのお言葉をありがとう、お母さま」母のとんでもない言い分に思わず笑いだしそうになるのをこらえ、フランシスは答えた。

「わたくしは真面目に言っているんですよ」母がさらに言う。「サー・レジナルド・フランシスは関心を見せているわ。これはあなたに来るかもしれない結婚申しこみのなかで、おそらくもっともよい条件の申しこみでしょう」

「関心を示すというのが四年前のカードゲームについて話し続けることなら、お母さまのおっしゃる通りだと思うわ。でも、前にも言ったでしょう? アビゲイルがいい結婚ができるように、わたしの持参金もそちらに足してくだされば、それでわたしはこのうえなく幸せなの」

父親の賭け事好きと負ける傾向があいまって、一家の現在の財政状況は火の車だったから、母がなぜ現実的に考えて、アビゲイルの持参金を二倍にしないのか理解できなかった。道理にかなう方法はそれだけなのに、母は道理を重んじない。

母がまたハンカチを宙で振った。「そんなのはばかげてます」

「ばかげてないわ」フランシスは言った。「アビゲイルこそ、夫を見つけることに関心を持っているのですもの。わたしたちの持参金を両方合わせれば、それなりの結婚相手を見つけられるでしょう。わたしは夫がほしくないんです」これまでに少なくとも半ダースはこの議論をしたが、そのたびに母が言下に却下した。そのたびにフランシスは怒りを覚えた。若い女性でも、本心から結婚を望まない人もいるという概念が母の頭にはない。

母が首を振った。「そういうばかげたことを言うのはやめなさい。お金に余裕があったら、お医者さまを呼びにやるところですよ、頭がおかしくなったかと思って」

フランシスはため息をついた。いくらやっても、この議論に勝つことはないだろう。

母にとっては、娘にそれなりの結婚をさせることだけが、この世で考える価値のある唯一の問題なのだから。息子のいないレディ・ウィンフィールドは、ふたりの娘の将来と夫の選択について案ずることにあまりに多くの時間を費やしている。社交シーズンでフランシスがもっとも人気なデビュタントでないことは、本人にとって意外でもなんでもない。父がただの男爵であることに加えて大した持参金もなかったから、今シーズンもずっと壁の花に徹していた。長時間壁の前の椅子に坐り続けて、求愛者となる可能性がある男性がダンスを申しこんできても、判事たちに救貧法の改正を議会に働きかけてもらう計画について延々と話すことで、相手が驚いて退散するように仕向けた。現在は、秋に議会が再開されたらすぐに票決が行われる予定のひどい雇用法に断固反対することに心を注いでいる。

父に連れられてハイドパークの散歩に出かけ、政治家の屋敷の前で抗議している貧しい人々を見たのは、フランシスがやっと十歳になったかならないかの時だった。少人数の集団は熊手を持ち、汗まみれで、怒っていた。そして、法制度による不当な扱いについて叫んでいた。父親はフランシスを急かしてその場を通り過ぎようとしたが、フランシスが立ちどまって聞きたいと言い張った。

そこで聞いたことに、フランシスは衝撃を受けた。その人々の主張が法外なものとはまったく思えなかった。おとなになったら、貧しい人々を助けるため、自分にできることはなんでもすると、その日フランシスは心に誓ったのだった。デビュタントの身で政治を変える機会は皆無に等しいが、時には、貴族院で影響力を持つ人々の関心を引くことができる。上流階級の人々が集う舞踏会で踊っている時に、「ご存じですか、シャートン卿？　貧しい人々がしばしば払えない額の罰金を課され、払えなければ、牢獄に入れられ、払う希望さえ断たれることを？」とか、「アルベマール卿、貧しい囚人たちは、弁護士もつかないまま死罪に問われることに気づいておられました？　そんなことが現実に起こっているのに、わたしたちは文明社会に生きているなんて、言えるでしょうか？」などと相手に話すことで、フランシスはすでに有名になっていた。

たいていの場合、ダンスの相手はわなにかかった野ウサギのような表情を浮かべ、曲が終わった瞬間にそそくさとフランシスを待機場所に送り届けて、二度と申しこんでこなかった。

感じ悪いことはやめなさいと、母には幾度となく注意されている。フランシスのほんの少し〝まくしたてる〟ことを母はそう言いたがったが、フランシスはやめなかった。夫を見つけることになんの魅力も感じないが、そうして議会の有力者の男性たちに話を聞いてもらえれば、自分も世の中に役立つことができるかもしれない。だから、シーズンのあいだずっと、〝感じ悪く〟振る舞い続けた結果、上流社会の独身男性たちのほとんどが、近づいてくるフランシスを見たとたんに離れていくようになった。

ところが、サー・レジナルド・フランシスは今シーズン、ロンドンにほとんどいなかった。母の情報によればお金持ちで、しかも、とてもお金持ちなので、フランシスの持参金の少なさなど気にならないらしい。母がサー・レジナルド・フランシスとの結婚に希望をかけ、なんとしてもフランシスをクレイトン卿のハウスパーティに連れていこうとしているのはそれが理由だった。

「感じよく振る舞うと約束しなければなりませんよ」母が人差し指を立てて、フランシスに向けて振ってみせた。

「わたしがいつ感じよく振る舞わなかったかしら？」母の背中の後ろで、フランシスはアビゲイルに向かってウィンクした。

「あのまくしたてる態度のことを言っているのはわかっているでしょう」母が答え、手に持っていたハンカチで額を拭く。

フランシスは肩をすくめた。「わたしはただ、なぜ最初の申しこみを受けなければならないかわからないだけ」

「たいていの場合、最初の申しこみが最良の申しこみなんですよ」母が言う。「それに、これまでに、ほかの申しこみはないのだから、この際関係ないでしょう。サー・レジナルド・フランシスを知っている何人かの方から、彼は政治の話をする若いレディを遠ざけたりしないと聞いたけど」母がハンカチを今回は口に当てた。眉が不安げに灰色の瞳のほうにさがる。「それが本当であることを願うしかないわね」

フランシスは眉をひそめた。サー・レジナルドとすでに会っていなかったら、それが真実と信じたかもしれない。このありがたき出会いがあったのは、先週開かれた今シーズン最後のパーティだった。彼はひたすら自分のことを話し続けた。母はその初対面のあいだもすぐ近くで見張っていて、フランシスが雇用法の話を持ちだそうとしたとたんに割って入った。あのおぞましいとしか言いようがない雇用法案を支持しているのは、法案同様におぞましい貴族院議員だ。その名はケンダル卿。フランシスの情報源はもっぱら新聞の紙面と、父が訪ねてきた友人たちと政治の話をしている時に書斎の扉に耳を押し当てるという行為を足し合わせたものだが、それによれば、票決の時期は迫っている。次期の議会に延期されたものの、フランシスとしては、貴族と話す機会があれば、その件に関して黙っているつもりはない。もちろん、元凶のその議員に出会うことがあれば、仮借のない批判をする気満々だった。

「サー・レジナルドに、十年前のファロゲーム（トランプゲームの一種）の話で死ぬほど退屈させられないことを願うばかりだわ」フランシスはため息をついた。

母があきれ顔で空を仰いだ。「とにかく、金曜日にはデボンに向けて出発しますからね」そう言いながら、戸口のほうを向いた。「アルビーナに荷物を詰め始めるように言ってきます。あなたも心構えをしてね。政治の話は厳禁ですよ」くるりと振り返り、真正面からフランシスを見据える。「わかりましたか、フランシス・レジーナ・サーグッド・ウォートン？」

フランシスは立てた指を振って説得を試みた。「雇用法案は政治というより――」

「法案について話すのもだめです。貧民についても。そういう種類のことはすべてだめ」母が強い口調で言った。

「いいわ」一瞬背中で指を十字に重ねて嘘をつくことを考えたが、それは不正直なことで、自分は正直な人間だ。時には過度なほど。「わかりました。その話は議論しないと約束します。少なくとも、サー・レジナルドとは」

「上流階級の独身の紳士全員とですよ」母が非難がましく両眉を持ちあげ、最後通牒を突きつけた。

フランシスは腰に両こぶしを当てた。「わかりました。上流階級の独身の紳士全員とも」言われたことをそのまま繰り返す。

「よろしい。そうすれば、きっとあなたを嫁がせられますよ」母はほほえむと、赤ワイン色のシルクのスカートを持ちあげ、颯爽と部屋から出ていった。母の背後で扉が閉まるか閉まらないうちに、アビゲイルがフランシスに向けて真剣な面持ちで訊ねた。「どうするつもりなの、フラニー？　嘘をついたのに、後ろで指を十字にしていなかったじゃない。それとも、足の指を十字にしていたの？」

フランシスは思わずほほえんだ。妹は姉のことをよくわかっている。二歳の時に揺りかごをのぞきこんで以来ずっと、フランシスはアビゲイルを心から愛してきた。妹に対する責任を自覚しており、アビゲイルの持参金を充実させるために自分の持参金を放棄したいと本気で思っている。妹のためならなんだってするつもりだ。「足の指を十字にすればよかったけど、それは思いつかなかった」フランシスは冗談を言った。「わたしにとっては大切な主張だけど、いっさい話さないとお母さまと約束したのだから、話さないわ」

アビゲイルは身を乗りだして姉を見つめた。「それなら、どうするつもり？」

フランシスは肩をすくめた。「選択肢はあまりないわね。なにか別な方法で、サー・レジナルドに、わたしに申しこむのを思いとどまらせなければならないわ」

アビゲイルが目をまん丸に見開いた。「どうやるつもり?」妹はこれまで一度も両親に逆らったことがないから、姉がそうするのを見るたびに心底仰天するらしい。

フランシスは『じゃじゃ馬馴らし』を取りあげ、胸に抱いて窓辺に近寄った。街路の向こうの公園を眺めながら少し考え、それからゆっくりと視線をさげて本を見おろした。手を伸ばして目の前に本を持ちあげ、表紙を眺める。そして妹のほうに振り返ってにっこりほほえんだ。完璧な方法を思いついたからだ。「この国一番のじゃじゃ馬みたいに行動することによってよ、もちろん」

# 2

## 一八一四年八月初旬、ロンドン

「従僕クラブと名づけよう」ルーカスが宣言した。

酔った勢いでとんでもないことを思いついてから三日が経っていたが、しらふという強烈な光のもとでも、引きさがる者はひとりもいなかった。明らかに、三人ともこのばかげた計画を実行する気満々なので、ルーカスもやりたくないとは言えない。しかも、考えれば考えるほどその計画が理にかなっているように思えてきた。なにも飲んでいない状態にもかかわらずだ。

三人は、使用人たちからクレイトン家の家事全般を教わるために、クレイトンの街屋敷を訪れていた。ちょうどお仕着せを着終わったところで、とくにワースはこの行程を心ゆくまで楽しんでいた。「なにを着ているかは関係ない」公爵が魅力的な笑みを浮かべてウィンクする。「どう着こなしているかがすべてだ」

「従僕クラブ」ベルが繰り返した。「その響きが気に入った。まあ、ぼくは従者に扮するつもりだが」ベルはクレイトン家のお仕着せを必要としないが、従者の練習で着るために、従者用の服を試着していた。「膝丈のズボンと白い靴下がぼくにこんなに似合うとは思いもしなかった」この企ての名称に関する議論は無視して、ワースが言う。

「たしかに。クレイトン家のお仕着せはほかと違うからね」クレイトンが答えた。「黒い上着にエメラルド色の胴着、白いシャツに白い靴下」

「背が高い分、ぼくの報酬はあげてしかるべきだぞ」ワースがつけ加え、シャツの前を片手で撫でつけた。「長身の従僕は少し高いはずだろう?」

ベルが首を振った。「給金は受けとらない」

「それは残念」ワースが答えた。「使用人の職務を果たすなら、使用人の報酬はもらいたいものだが」

クレイトンが頭をそらせて笑いだした。「心配するな、ワース。働いた分は払うさ。どちらにしろ、毎年この時期は、ハウスパーティのために臨時の使用人を何人か雇うからね。きみが二週間の仕事を完結した暁には報酬が待っているさ。おそらくきみは、終了時に全員に千ポンドずつ支払うことになるから、もらえるものは硬貨ひとつでももらっておいたほうがいい」

ワースがクレイトンをにらんだ。「千ポンドの心配は自分でする。ただ、なにをするか教えてくれれば、それをやる。ついでに言えば、ぼくは馬丁になるつもりだが、従僕クラブという名前はいいと思う」

「だれも従僕にならないのか？」ルーカスが訊ねる。「一緒に働けると思っていたが」

ベルがカフスを留めた。「ぼくは、調査している男たちのそばにいる必要がある。パーティの開始前に三人のうち少なくともひとりは従者が必要になるように取り計らうつもりだ」

「その男の従者をどうするつもりだ？」クレイトンが目を見開いて訊ねた。

ベルは肩をすくめた。「心配するな。なんの危険もない。金を払って追い払うとか、そんなことだ」

「馬丁になるのは、従者ほどの苦労はなさそうだ」ルーカスがワースに言う。「賭けをした時には、馬丁になるつもりだとは言わなかったじゃないか」

「そう言うな」ワースが少しむっとした様子で答えた。「少なくとも、賭けに勝つ可能性を多少でも残しておく必要があるからね。それに、人より馬を扱うほうがずっとやりやすい」

「心配無用」クレイトンがルーカスに請け合った。「馬丁も客たちの応対はすることになる。ハウスパーティのあいだ、滞在客はかなりたくさん遠乗りをするからな」

「な、そうだろう？」ワースが偉そうに言い、肩を張った。

「やはり、きみができるとは思えないのだが」仕立屋に股下を測らせながらベルが言う。

「ぼくに対するきみのその信頼をありがたく受けておく」ワースが言い返した。仕立屋の助手がワースの肩を計測する。「肩の詰め物はなしにしてくれ」ワースはその助手に言った。「ぼくは必要ない」

「まあ馬丁でもいいだろう」ルーカスが言う。「だが、きみがどんなふうに働いているか見るために、時々厩舎に行くぞ」

「どうぞどうぞ、そうしてくれ」とワース。

「必要な寸法はすべて測り終えました、閣下」仕立屋が立ちあがり、生地の端切れと、計測に使った紐を集めた。助手も彼の横で手伝う。

「ありがとう、ミスター・カービー」クレイトンは答えた。「従僕がお送りする」

仕立屋たちが部屋を出ていくと、クレイトンは鈴を鳴らして家政婦のミセス・コッツウォルズを呼んだ。すぐにやってきたのはいかにも厳格そうなレディだった。床すれすれの丈の黒い服を着て、ぴしっと糊が利いた白いエプロンをかけ、ウエストのところにベルトで鍵束の輪をさげている。ミセス・コッツウォルズが彼の田舎の地所の家政婦であることは、クレイトンからすでに知らされていた。ハウスパーティに先立ち、友人たちに助言してもらうためにクレイトンが呼び寄せたのだ。

家政婦が部屋に入ってくると、使用人になる予定の三人は立ちあがり、直立不動の姿勢を取った。彼女の前に、背の高さの順に並ぶ。家政婦は列になった三人の前を歩き、それから雇用主のほうに振り返った。「どうも、よくわからないのですが、旦那さま」

「この三人を使用人と考えるのが難しいことはわかっている、ミセス・コッツウォルズ」クレイトンが口を開く。「しかし、前に言った通り、これからの二週間はきみにもほかの使用人たちにも、きみたちとなんの違いもないように三人を扱ってもらいたい」

「それが心配なのではありません」家政婦が口をぎゅっと結んだ。「お三方にこの仕事が務まるかどうかわからないということです。使用人の仕事は多岐にわたり、勤務時間も長いですし、非常に大変ではないかと思います」

クレイトンも口をぎゅっと結んだが、彼の場合は、笑いだしそうになるのをこらえているように見えた。「その心配はよくわかる、ミセス・コッツウォルズ。だが、三人とも、最善を尽くすことで同意している。そうだな、みんな？」

三人全員が忠実にうなずいた。

ルーカスが一歩前に出た。「忙しいなかで、ぼくたちのために時間を取ってくれて感謝しています、ミセス・コッツウォルズ。あなたの指示を真剣に聞くと約束します。よい従僕になるよう最善を尽くしますよ」

ミセス・コッツウォルズがルーカスに向かって頭をさげた。「ありがとうございます、閣下。そう言っていただけるとありがたいです」

「ぼくも従者の仕事の勉強をすでに始めている」ベルが言った。「この数日は、自分の従者とかなり話をした。彼には、ろうそくの管理も重要な仕事だと言われた。それはまったく知らなかった」

「ろうそくの管理は仕事のひとつにすぎません、閣下」ミセス・コッツウォルズが言いながら、ゆっくり頭を振る。やはり納得できないらしい。

「学ぶ準備はできている」ベルは厳しそうな家政婦に向かって一礼した。

ミセス・コッツウォルズが次にワースのほうを向いた。彼の表情はまるで笑みを押しつぶそうとしているかのようだった。「あなたさまはいかがですか、閣下？」家政婦のほうは両眉をアーチ型に持ちあげた、その顔には疑念しか浮んでいない。

「ぼくが言えるのはただひとつ、これに大金を賭けているから、賭けに負けたくないということだ」

「これで賭けをしているのですか?」ミセス・コッツウォルズの眉がさらに持ちあがった。

「そうだ」ワースは依然として銅像のように微動だにしない。

ミセス・コッツウォルズの肩がほんのわずかゆるんだ。「そうですか。最初からそうおっしゃってくだされればよかったですね。あなたさまが数いるなかで最高の従僕になるとはとても思えませんから」

ワースが咳払いをした。「馬丁だ」

「まあ、では屋敷のなかにはおられないのですね?」家政婦が確認する。

「そうだ」気をつけの姿勢で立ったまま、ワースは顎をぐっと持ちあげた。

「それが一番よろしいでしょう」そう言うなり、ミセス・コッツウォルズが背を向けたので、男性四人は目笑し合った。だれもひと声も発しなかったが、家政婦にはわかったらしい。彼らのほうにまた振り返った時には両手を後ろで組み、口調もさらに厳しかった。「では、基本から始めましょう」

「基本というのは？」ルーカスが訊ねた。

「銀器を磨くことです」ミセス・コッツウォルズが答え、その仕事に不服があるかどうか確認するかのように、三人を順番に眺めた。

使用人志願者三人は一斉にうなずいた。

「ほかには？」ベルが訊ねる。

「あなたですか？」ミセス・コッツウォルズが答える。「お客さまのお迎えの仕方や、紳士方の服やブーツをどのように取り扱うかを含め、従者の通常の仕事ですね」

ベルはうなずいた。「もちろんそうだな」

「それから？」ルーカスも訊ねる。

「従僕？　ランプの芯の切り方や、正餐の給仕の仕方ですね」ミセス・コッツウォルズが答えた。

「それでは、ぼくは馬屋に行けばいいということだな」ワースは言い、戸口のほうに歩き始めた。

「そんなに急がないで、リース」

家政婦の言葉にワースがぎょっとして足を止めた。心底驚いた表情を浮かべたのが、横顔でもわかった。

ミセス・コッツウォルズの両端の口角が、わかるかわからないほどの笑みでかすかに持ちあがった。「使用人たちは洗礼名で呼ばれることをご存じでしたか？」

ワースが驚愕冷めやらない様子で頭を振り、咳払いをした。「もちろん」そう答え、振り返って家政婦と向き合い、頭をさげた。「しかし、なぜ、訓練を馬屋で行わないのかな？」

「いずれそうなります」ミセス・コッツウォルズが言う。「でも、先に、わたしがお教えすることがあります」

「たとえば？」ワースが片眉を持ちあげる。

「たとえば、レディのお脚を膝掛けで包む方法とか」家政婦は間髪入れずに答えた。「お客さまが馬車でいらっしゃったら、お呼びがかかるかもしれませんから」

ワースが顔をしかめた。「八月なのに」

ミセス・コッツウォルズがうなずいた。「夏でも寒がるレディもいらっしゃいます」

「わかった」ワースがため息をついた。「ほかにもあるかな？」

「ええ。たくさんあります。たとえば……自分の主人の会話をいかに聞こえていないかのように見せる方法とか」家政婦が全員に向かって厳しい笑みを向けた。「始めましょうか？」

# 3

## デボン州、クレイトン子爵の地所、一八一四年八月

クレイトン・マナーに到着すると、フランシスは馬車からおりて安堵のため息を漏らした。近くにだれもいなかったからだ。サー・レジナルドと出会って気まずい思いをすることなく、自分の部屋まで行けるかもしれない。メイドのアルビーナはもう到着ずみだから、今頃はほかのレディのメイドたちと合流しているだろう。かわいそうなアルビーナは、ふだんからコック助手の仕事をし、侍女もやらされている。全職種(オール)の使用人(ワークス)に支払う金は、父の賭け事によってはるか昔になくなった。

「レディ・ウィンフィールド」挨拶するために玄関前で立って待っていた主人役の美しいレディ・クレイトンが声をかけた。「お美しいお嬢さまとご一緒に参加いただけて、とても嬉しいですわ」

フランシスはレディ・クレイトンにほほえみかけ、膝を曲げて小さくお辞儀をした。

レディ・クレイトンは若くて美しく、しかもとても感じがよかった。フランシスは今シーズンの催しで顔を合わせ、すぐに仲良くなった。

「娘もわたくしも来られて、とても嬉しいですわ」母が答えた。「ご親切にご招待くださり心から感謝しております、レディ・クレイトン」

「ウィンフィールド卿はご都合がつかなかったのですね？」レディ・クレイトンが眉間に皺を寄せた。

フランシスの母が少したじろいだ。「ええ、ロンドンではずせない仕事があったようです。でも、来週には来られるかもしれません」

フランシスの家ではかなり前から従僕をひとりも雇っていないが、ありがたいことに、クレイトン家の従僕がふたり、すでに忙しく馬車の屋根の上から旅行かばんをおろしてくれていた。フランシスはそわそわと周囲を見まわした。外にいる時間が長くなればなるほど、サー・レジナルドに見つけられる危険が増える。

ありがたいことに、レディ・クレイトンはすぐに邸宅の玄関広間に招き入れてくれた。室内は床ワックスのレモンの香りが漂い、すべてがよく掃除されている。隅々まで手入れが行き届いていることにフランシスは驚嘆した。父の田舎の屋敷は、規模がはるかに小さいことに加え、使用人のほとんどを解雇して芸術品や家具を売り払って以来、掃除もおざなりで、薄汚れている。でもこのクレイトン・マナーにはたくさんの使用人が働いていて、そこには、フランシスたちの旅行かばんを持って、後ろからついてくるふたりの従僕や、手すりのそばに立ってじっとフランシスたちを見守っている、いかつい顔立ちの家政婦も含まれる。おそらく家政婦はアルビーナを使用人部屋に連れていき、戻ってきたところだろう。

「ミセス・コッツウォルズがお部屋にご案内しますわ」レディ・クレイトンが言い、家政婦のほうを身振りで示した。

「ありがとうございます」母が答える。そして、ゆるやかに弧を描く大階段の方向に向きを変えた家政婦についていこうとしたが、歩きだす直前にレディ・クレイトンのほうに向き直った。「ああ、そうでしたわ、もうひとつ。サー・レジナルド・フランシスはもうお着きですか？」まるで急に思いついたかのように訊ねたが、フランシスは母のことをよく知っている。

フランシスははっと息を止め、一方、レディ・クレイトンは質問に当惑したように目をぱちぱちさせた。そのあと少し眉間に皺を寄せた。「なぜ……」そして頭をかしげ、少し思案した。「ああ、そうでしたわ。けさ早くお着きになったと思います」

母の顔に笑みが広がった。「すばらしい」目をきらめかせ、そっとフランシスのほうを見て、にんまりしてみせる。

完全な無表情に徹しようと必死になりながら、フランシスはそっと息を吐き、スカートを持ちあげた。サー・レジナルドがすでに到着しているのなら、安全な自室にできるだけ早くあがったほうがいい。

フランシスは突進するように玄関広間を横切り、フランシスの旅行かばんを持って、屋敷の奥を目指していた気の毒な従僕のひとりを危うく突き飛ばしそうになった。彼が向かっている先が使用人用の階段であることは明らかだ。「すみません」フランシスはその従僕に小さい声で話しかけた。「どうか、そのかばんをまっすぐ部屋に運んでもらえませんか？」首を少し動かして、玄関広間の階段のほうを示す。

肩に持ちあげているかばんのせいで従僕の顔ははっきり見えなかったが、彼はすぐに向きを変えて言った。「かしこまりました、お嬢さま」

フランシスはほっとしたあまり、思わず泣きそうになった。もちろん不適切な行動だが、いまこの瞬間は、そんなこと気にしていられない。当然ながら、母と家政婦を待つべきだったが、フランシスはそうせずに、従僕の先に立って歩き始めた。「こちらかしら？」客が従僕に方向を確認するのがまったく普通のことであるかのように訊ねる。

「さようでございます、お嬢さま」かばんを担いでいる従僕の声が、少しおもしろがっているように聞こえた。最初の踊り場に着いた時に従僕を待とうと思ったが、それよりも心配のほうが勝り、そのままのぼり続けた。気の毒な従僕は、フランシスの二週間分の衣類や口にするのがはばかられるこまごました物が詰まった旅行かばんを運んでいるのだから、同じ速度であがってこられなくても仕方がない。「わたし……階段の上で待っていますね」フランシスはそう言い残し、スカートをつかんで、最後の一階分の階段を駆けのぼった。そして、てっぺんに着くなり、あせってまわりを見まわした。あり得ないほど廊下が長くて、締め切ったたくさんの部屋らしきものがずらりと並び、すべて同じに見えたからだ。なんと不都合なこと。

「右かしら？」後ろからしっかりした足どりでのぼってくる従僕にかすれ声で呼びかける。階下では母親がまだレディ・クレイトンと話している。まったくもう、なぜあがってこないのかしら？　サー・レジナルドについて質問しているに違いない。

「左でございます」従僕が答えた。相変わらず顔は見えないが、また、その若者の声にどこかおもしろがっている調子が感じられた。しかし、いまはそれについて立ちどまって考えている暇はない。左方向に走りだしたが、廊下を半分ほど行ったところで、すでに自分の部屋を通り過ぎたかもしれないとふいに気づいた。

「廊下の一番奥です」背後から、従僕の救いの声が聞こえてきた。旅行かばんの重みを一身に受けているわりに、彼はずいぶん早く三階までのぼってきていた。

ふたり目の従僕はもっと悪戦苦闘していた。母の旅行かばんに押しつぶされそうになりながら、階段をのぼっていたからだ。フランシスはそちらのほうに一瞬目をやり、顔をしかめた。母は旅行かばんに、みっともないほど荷物を詰めこむ傾向がある。

フランシスはすぐに視線を戻し、廊下の残りを走り続けた。だが、しまいには従僕を待つために立ちどまった。ほかに選択肢はない。自分の部屋がどれなのか見当もつかない。フランシスは突きあたりの窓のそばで、いらいらと足踏みし、唇を噛みながら待った。

従僕がもうすぐ追いつこうというその時、すでに通り過ぎた扉から出てたのは、なんと、よりにもよってサー・レジナルドだった。フランシスは身を縮めて息を止めた。そうすれば、彼がたまたま彼女の方向を見たとしても、気づかれなくて済むかのような動作だった。ありがたいことに、彼は彼女のほうは見ないで逆を向き、階段に向かって歩きだした。背中しか見えなくても、サー・レジナルド本人であるとフランシスは確信した。独特ななで肩とてっぺんが禿げた頭は見間違えようがない。

無駄にする時間はなかった。サー・レジナルドがいつ何時振り返らないとも限らない。

「ここですか？」声をひそめて従僕に呼びかける。だが、答えは待たずに、一番奥の扉を勢いよく開けて、中に飛びこんだ。間違っていても、従僕が追いついてそう言うだろう。案の定、すぐに従僕が扉を押し開け、彼女について部屋に入ってきた。

「部屋を間違っていたら、本当にごめんなさい」急いで戸口まで行き、彼の後ろで扉を閉めた。「ただちょっと、わたし……」どうしよう。どう言えば、自分の奇妙な行動の正当性を、この気の毒な従僕に説明できるだろうか？

「相違ございません」従僕が答え、肩から旅行かばんをおろして、窓の近くの床に置いた。「まさにこの部屋です。しかしながら、たいそうお急ぎのようにお見受けいたしました」

扉に耳をつけて、立ち去っていくサー・レジナルドの足音に耳を澄ませていたフランシスは、目をぱちぱちさせた。最初に頭をよぎったのは、従僕の話し方がとても洗練されていること。次に疑念が湧いた。フランシスの行動について、従僕がなにか言うことなんてある？　それは明らかに不適切だ。この若者は心づけを望んでいるのかしら？　それとも違う？

しかし、さらに考えて、自分がこんなふうに行動したあとに、彼が普通でない行動をしたとしても責められないと思い直した。いずれにせよ、もうすぐ母がやってくるはずで、フランシスが従僕とふたりきりで部屋にいるのを見たら、ひどく怒るだろう。

この若者に心づけを渡し、出ていってもらう必要がある。相変わらず戸口のそばで耳をそばだてながら、フランシスは使用人に背を向けて、手首にかけている手提げ袋を手探りした。彼を納得させるくらいの額の硬貨は入っているはずだ。

手袋をはめたまま小さいバッグのなかをまさぐる。硬貨の形を手で感じ、つかんで引っぱりだした。半クラウン硬貨。充分だろう。その硬貨を握りしめ、五メートルほど離れたところに立っている従僕のほうを振り向き、そして……息を呑んだ。

嘘でしょう？　その従僕は若者ではなく、おとなの男性で、しかも、フランシスがこれまで会ったなかでもっとも長身でもっともハンサムだった。深緑色の瞳は知性にあふれ、その顔はまるで大理石に彫ったかのようだ。黒い眉毛、完璧な形の鼻、広い肩、そして男らしい厚い唇。無意識のうち、フランシスは硬貨を唇のあたりに持っていった。ため息をつき、まるで彫像が命を持ったかのように彼を凝視する。信じられない。どうやら、自分ははからずも、神の恵みとしか形容できない従僕とふたりきりで部屋に閉じこもってしまったようだ。

# 4

ルーカスは目を細め、たったいま自分が救ったばかりの若くて美しい女性を眺めた。閉じた寝室の扉にもたれ、手袋をした片手で木の扉を押さえ、もう一方の手に持った硬貨をバラ色の唇に近づけている。身を震わせているのは彼の想像か、それとも現実か？　若い女性がこんなに急いでいるのをこれまで見たことがなかった。まるで悪魔に追いかけられているかのような行動だった。いまも非常に混乱した様子で立っている。深い息遣いに合わせて胸が持ちあがり、肌が美しいピンク色に紅潮している。

彼女が彼を見たのがわかった。それも二回。そのあと、彼女の目の焦点が深まった。彼をじっと見つめていることは間違いなく、その顔には驚愕の表情が浮かんでいる。その恐ろしい一瞬、ルーカスは正体がばれたかと思い、すぐにその考えを却下した。ルーカスは会ったことがない女性だった。この女性ならば、一度でも紹介されていれば必ず覚えているはずだ。きょうは、多くの若い女性とその母親たちの旅行かばんを上の階に運ぶことで午前のかなりの時間を費やしたが、これほど強く心を惹かれた女性は初めてだった。美人だからというだけではない——実際にとても美人で、髪は濃い茶色、鼻はこぶりでかわいらしく、美しい黒い瞳がなにか企んでいそうなきらめきを帯びているが、彼の関心をここまで引いたのは、その予想外の振る舞いだった。ミセス・コッツウォルズと自分の母親を置き去りにし、彼に先んじて自室に駆けのぼったのは、間違いなくこの女性が初めてだ。正面階段を使って運ぶように彼に頼んだことは言うまでもない。最初は、トイレを使う必要に迫られているのかと思ったが、サー・レジナルド・フランシスが彼の部屋から現れたとたんに、真っ青になって最寄りの寝室に飛びこんだ。この若い女性とサー・レジナルドのあいだになにがある？ それとも、内気すぎるせいで、あらゆる手段で他人を避けているのか？ しかしながら、彼を見つめるまなざしから、彼女が内気という説はあまりに疑わしい。

ルーカスの疑念は、その女性が彼の前に歩みでて次のように言ったことで確証を得た。「できれば、扉の外をのぞいて、あなたよりも十五センチほど背が低くて、こめかみのあたりが白髪で、頭のてっぺんが禿げていて、なで肩で、たぶん気取った笑みを浮かべた男性がもう廊下にいないかどうか、確認してくださるかしら？」

ルーカスは大笑いしそうになるのをこらえるために、唇を嚙まなければならなかった。まさにサー・レジナルドを示す的確な描写と言えよう。この女性は予測できないだけでなく、ユーモアを解するらしい。その両方が相まって非常に興味深い人物に感じる。しかも謎めいている。いったいなぜサー・レジナルドから隠れているんだ？　そんなことをする価値もない男に思えるが。

そう考えたところで、その皮肉にルーカスは思わずほほえんだ。彼自身もサー・レジナルドから隠れている。実を言えば、先ほどサー・レジナルドの馬車が停止したのに気づいた時は、少し心配になった。政治の世界では旧知の仲だ。ひと目見れば、サー・レジナルドはすぐに気づくだろう。だが、もちろんベルは正しかった。上流階級の人々は使用人に注意を払わない。

とはいえ、いったい全体なぜこのナイト爵をハウスパーティに招待したのか、理由をクレイトンに訊ねることと、ルーカスは心のメモに書きとめた。気づかれる危険を最小限にするために、クレイトンは招待客のリストを厳選しているはずだ。

ただし、クレイトンと、サー・レジナルドについて話し合うのはもう少しあとになる。いまはこの気の毒な若い女性を元気づけるほうを優先したい。サー・レジナルドが廊下にいないという確証が必要ならば、喜んで確認しよう。もちろん、ミセス・コッツウォルズからは、廊下にいる客たちをのぞくことの適切性についていっさい聞いていないが、すでに客室で若いレディとふたりきりでいるという、決してすべきでないことをしているいま、少しばかりのぞいても大差ないだろう。

ルーカスが戸口に近づくと、若い女性は急いで脇にどいたが、それでも彼女の香りを感じないほどではなかった。上品で軽やかな花の香りに頭がくらっとする。

「失礼します」彼はまた咳払いをした。この女性の前にいると、どうして喉が締めつけられるんだ？

彼女が口をOの字の形に丸くし、戸口からさらに遠く離れた。「ごめんなさい」目をそらし、顔を少し赤らめる。

彼のせいで顔を赤らめたのか？　とても愛らしい。ルーカスは前に出て取っ手をまわし、かちっと扉を開けた。廊下をのぞく。母親のほうのかばんを運んできたもうひとりの従僕ジェームズが、ちょうど隣りの部屋に入っていくところだった。それ以外、廊下にはだれもいなかった。女性の母親はまだ階下でシオドラと話しているに違いない。娘が階段を駆けあがって姿を消したことにも気づいていないのではないかとルーカスは思った。その状況自体がかなり奇妙だ。ルーカスはこの若い女性が少し気の毒になった。

また扉を閉め、彼女のほうに向き、報告した。「立ち去られたようです」

若い女性はため息をつき、壁にもたれて右に頭をかしげた。ボンネットから黒髪の巻き毛がほつれ出て、肩のショールにかかる。ふとその巻き毛を指に巻きつけ、見かけと同じくらい柔らかいかどうか確かめたいとルーカスは思った。

「ああ、よかった。ありがとう。本当に本当にありがとう」彼女が言う。

「彼があなたを……悩ませているのですか、お嬢さま？」ルーカスは聞かずにはいられなかった。従僕がこのように詮索するのを、ミセス・コッツウォルズはよしとしないだろう。だが、見かけが従僕であってもなくても、自分は紳士であり、紳士はレディを守るものだ。しかし、この若い女性は何者だろうか？　人もあろうにサー・レジナルドからなんの迷惑をこうむっているのか？　あの男はたしかに尊大なばか者だが、ルーカスが知る限り、ほかの点では無害と言える。とはいえ、ルーカスにとって、あのナイト爵が夏じゅう面倒の種だったことは間違いない。サー・レジナルドが雇用法案に賛成か反対かを決めかねていたから、この数カ月、この法律の利点をナイト爵に説くために、かなりの時間を費やさければならなかった。

いまだ説得の必要がある男たちのひとりが同じハウスパーティに参加していると知れば、いつもならば嬉しいだろう。自分の主張を述べる機会をより多く得られるからだが、今回は特別なハウスパーティだから、サー・レジナルドに正体を気づかれれば気まずいことになるし、髪粉をつけようがつけまいが、その危険は大いにあり得る。徹底して避ける必要があるだろう。

「彼に悩まされてはいないわ……いまはまだ」女性が笑いをこらえているような表情で言う。「でも、だから彼からあんなに急いで逃げたかったの。これから悩まされることになるはずだから」

ルーカスはほほえむか眉をひそめるか迷った。この若い女性は興味を引く話し方をする。言うことすべてが予想外だ。ルーカスは気づくと、彼女が次になにを言うかを楽しみにしていた。とはいえ、サー・レジナルドによる面倒を予測する言葉を聞くのは嬉しいことではない。あのナイト爵はこの女性になにか、非紳士的なことを言ったりやったりしたのだろうか？

「あなたに近づかないようにと、わたしが彼に申し伝えましょうか？」この言葉が口を出た瞬間に、それがどれほど不適切に聞こえるか気づいた。伯爵としてのルーカスはそうしたことを言う権利を有するが、従僕のルーカスとなると……話はまったく違う。くそっ。当然ながら、従僕の格好をしているあいだは、彼女に近づくなとサー・レジナルドに言うことはできない。午前中をずっと過ごして初めて、従僕クラブの試みが賢明かどうかにルーカスは強い疑念を抱いた。

若い女性が一歩彼に近づいた。彼の顔を観察しているようだ。「ご親切にありがとう、ミスター……？」

「ルーカス」彼は思わず言った。しまった。それが名字だと思ったかもしれない。この若い女性のなにが、彼をこれほど動揺させるのか？　普段はこんなにあわてたりしない。もっとずっと冷静なのだが。

「ミスター・ルーカス」彼女は言った。「でも、それは必要じゃないと思います。サー・レジナルドのことは自分で対処できるわ。彼が来るのをわたしが先に気づけさえすればいいんですもの」いたずらっぽい笑みを浮かべてつけ加えた。

「仰せのままに、お嬢さま」ルーカスは言った。長居をしすぎた。母親が来て、付き添いもなくふたりきりで部屋にいるのを見つける前に退散すべきだろう。ルーカスは咳払いをして、若い女性がまだ封鎖している扉を差し示した。

「ほかになにかございますか、お嬢さま？」とびきり感じのよい口調で訊ねる。ちゃんとした使用人は、部屋からさがる前に、ほかになにかないか必ず訊ねると、ミセス・コッツウォルズに教えこまれた。

「まあ、わたし……」若い女性がまた顔を赤らめるのを見て、ルーカスは自分が、その柔らかそうな肌に触れたいと思っていることに気づいた。

「それでは、わたしは……」ルーカスはまた扉のほうを手振りで示した。

「まあ、ええ、そう、もちろん」紅潮した頬のピンク色がさらに深まる。しかし、彼が扉の取っ手に手をかけた瞬間、彼女は言った。「待って、あの――」

ルーカスは振り返ったはずみで彼女の伸ばしていた手をはたくような形になった。その手は硬貨を持っていたらしく、それが床に落ちてこつんと音をたてた。

それを拾おうとふたりが同時にかがんだ。「すみません」と彼は言い、彼女は「あら、ごめんなさい」と言いながら。

ふたりの頭がかなり大きな音をたててぶつかった。硬貨を先に拾いあげたのはルーカスで、ふたりは頭を撫でながら身を起こし、やたらに謝り合った。彼が硬貨を返そうとし、彼女がその手を押し戻した。手袋越しでも、彼女の指のぬくもりが彼の肌を熱く焦がした。

「いいえ、いいえ。取っておいてくださいな。あなたに渡すつもりだったの」彼女がさらに赤くなった。

「それはいただけません、お嬢さま。あなたを床に押し倒すところだったのですから」

「いいえ、取ってください。それだけのことをしてくださったわ。サー・レジナルドのことを心配してくれてありがとう」そうつけ加えてうなずいた。

「どういたしまして」彼女の金を受けとりたくなかった。自分が下劣な男のように感じたが、いまは、長くいればいるほど、ふたりだけのところを見つかる可能性が高まる。ルーカスの耳にワースの言葉が響いた。公爵は、客からの心づけをすべて受けとることに大賛成と言い切った。むしろ楽しみにしていると言っていた。事実、彼は従僕クラブで、自分が三人のだれよりも心づけをたくさん得るほうに賭けている。全員が同意し、そしていま、その賭けのことを考えたから、ルーカスはポケットに硬貨を突っこんだのだった。それに、本物の使用人ならば受けとるという事実に鑑みれば、その贈り物はありがたく受けとらざるを得ない。不必要に疑念を抱かせる必要はない。

「ありがとうございます、お嬢さま。もう行かなければ」彼は硬貨が入ったエメラルド色の胴着のポケットを軽く叩いた。

「いいえ、こちらのほうこそありがとう」彼女が答えた。「わたしにはそのくらいしかできないから」

ルーカスは取っ手を引いて扉を開けた。「ひとつお願いできますか？」彼は問いかけた。完全に不適切なことをしていると自覚しながらも、自分を止めることができなかった。

彼女が目をしばたたいて彼を見つめた。「なんでしょう？」

「お名前を教えていただけますか？」

彼女の目が驚いたように大きく見開いた。「わたしの名前?」

「はい、あつかましすぎる問いとお思いにならないといいのですが」ふいに、訊ねたのはあまりに無粋だったように感じた。しかし、質問には二重の目的があった。彼女とその家族について内々に調査するため、本当に名前が知りたかったのがひとつ。もうひとつは、不適切な質問をすることが、実際のところ使用人についてどう思っているかを知り、それによって彼女の性格を垣間見る最上の方法と思ったからだ。もしも使用人たちをぞんざいに扱う女性なら、必ずわかるだろう。

彼女は肩にかかった巻き毛を払い、にっこりほほえんだ。「あなたがご自分の名前を教えてくれたのだから、わたしの名前を言わなければ公平じゃないわね」そう答える。「わたしはフランシス。フランシス・ウォートン」

「ありがとうございます、お嬢さま」彼はお辞儀をした。すばらしい。この女性は彼の無粋な質問に怒らなかっただけでなく、すてきなほほえみまでくれた。少なくとも、これまでのところ、フランシス・ウォートンはとても感じのいい女性に思える。

ルーカスは部屋を出て、扉を閉めた。早すぎもせず、ちょうどいい頃合いだった。ちょうど隣りの寝室からジェームズが出てきたところで、ルーカスは彼と一緒に、次の馬車を迎えるために階段をおりていった。

ポケットから引っぱりだした硬貨を空中に投げ、落ちてきたのを受けて握りしめる。フランシス・ウォートン？　〝レディ〟という言葉をつけなかったが、このハウスパーティに招待されているからには、上流階級の一員に違いない。レディの装いをしていることはもちろん、レディのような話し方をして、シオドラからもレディとして扱われていた。そうだとすれば、彼に名前を言う時に「レディ」の称号をつけなかったのは興味深いことだ。父親の名前を言う必要があると思っている様子もなかった。ウォートン？　ふーむ。たしかに、その名字の男爵を知っている。彼の顔に笑みが広がった。うん、そうに違いない。フランシス・ウォートンこそ、目を離してはいけないレディになる可能性を秘めている。

# 5

その晩、クレイトン邸の優雅な食堂で長テーブルに着いたフランシスは、自分の右側が空いていることに大いなる不安を覚えていた。空席とは逆側のフランシスの横には母が坐り、フランシスのほうを向いて、頭がどうかしたかと思うほどのにこにこ顔でうなずいている。どうやら、この空席にこれから坐る人物に関し、母にとって嬉しい情報を知っているらしい。それが意味するのはただひとつ。サー・レジナルドがまもなく来る。そう推測すればうなずける。まず彼は晩餐のテーブルのほかの席に坐っておらず、しかも、彼が病気で晩餐に出てこないというフランシスの熱烈な期待は、食卓全体に聞こえる声でレディ・クレイトンが、「サー・レジナルドはすぐにいらっしゃいますわ」と言った時にあえなく消滅した。

フランシスの気持ちは深く落ちこんだ。夕食前からすでに、じゃじゃ馬娘のふりをするよりはましな代案と信じて、具合が悪いふりを試みていた。じゃじゃ馬娘のふりは演技をしなければならないから疲れるが、具合が悪いふりは、ベッドに横になって本を読んでいればいい。それよりよいことなんてある？

嘘の咳をして、手の甲を額に当て、うめくようなため息をたくさんついたにもかかわらず、母はそのどれも本物と認めず、フランシスに晩餐のためにドレスを着て、魅力的かつ感じよく振る舞う心の準備をするように命じた。どのような状況になっても、雇用法案とか政治などの話をいっさいしないようにと念を押すのも忘れなかった。

フランシスは気の毒なアルビーナに手伝わせてドレスを着ながら、魅力的かつ感じよく振る舞うことができるかどうか本気で悩んだ。もしもサー・レジナルドが夕食の同伴者になったら、そのどちらもとても難しい。彼が自分の足のこととか、そういうどうにもつまらない話をし始めた時に、どうすれば関心のあるふりができるだろう？妹のアビゲイルはほかの人々の退屈な話を聞いて、関心があるふりをするのがいつも上手だ。ところがフランシスはたいてい、母の描写によれば、追い詰められた小動物と眠たそうな聖職者の表情を交互に浮かべている。だからといって、どうすればいいの？　退屈な話は退屈だし、サー・レジナルド・フランシスはまさに退屈な話の常習犯であることをすでに証明している。

もうこれで千回目だが、母がなぜフランシスに見切りをつけて、その持参金をアビゲイルのためにとっておかないのかと考える。アビゲイルは魅力的だ。アビゲイルは感じがいい。アビゲイルは結婚や家政の管理や家族を持つことを楽しみにしている。

アビゲイルは政治を語りたがらない。アビゲイルはまさに、このハウスパーティに来ているほかの若い女性たちのようだ。アビゲイルが姉として生まれなかったのはあまりに不運だった。

フランシスは食卓に坐るほかの人々をそっと見やった。大半は若いレディとその母親たちだ。たしかに、改めて眺めてみると、この食卓には結婚相手にふさわしい独身男性が明らかに欠けている。フランシスは求婚活動に関してなんの関心もないが、ほかの若い女性たちは（フランシスの母と同様）ふさわしい相手との出会いを期待しているはずだ。フランシスは心のなかで肩をすくめた。もともと自分は、そうした独身男性と政治の話をすることに関心があるだけで、今回はその問題を持ちださないと母に約束している以上、この席にどれだけたくさんの独身男性がいようがいまいが関係ない。しかし、ほかの若い女性たちとその母親たちはあてがはずれたと思うだろう。

アビゲイルはもう一度こっそり食卓を見まわした。若くて美しい女性たちが何人か坐っている。その全員をフランシスは知っていた。フランシスと同じく、今年の社交シーズンに見放された女性たちだ。相手を見つけられなかった者たち。

明らかな例外がひとりだけいた。

レディ・ジュリアナ・モンゴメリー。

レディ・ジュリアナはモントレイク公爵の令嬢で、フランシスの友人メアリーの姉だった。美しく華やかな女性で、髪は金髪、瞳は淡い緑色、長身でほっそりとして行儀作法も完璧だ。美人で金持ちで人気者と三拍子揃い、タイムズ紙が彼女のデビューとそれに続く一連の求婚を取りあげるほどだった。母とアビゲイルはその記事を興味津々で読みふけり、フランシスでさえ、寄せ集めの噂話を覚えていた。デビューした一昨年には、独身のワージントン公爵の目に留まったという噂もあったが、それを本気で信じる者はいなかった。ワージントンは颯爽とした男性で、だれから見てもすばらしくハンサムだが、名だたる放蕩者で悪名高き賭博好きでもある。それでも、その噂にも多少の信憑性はあった。結局のところ、もしもワージントンが最終的に結婚するつもりならば、彼を祭壇に連れていくことができるのはジュリアナ・モンゴメリーだろう。驚いたことに、最初の社交シーズンが終わるまでレディ・ジュリアナはだれとも婚約しなかったが、今シーズンになってすばらしい結婚相手を見つけたらしい。若くて金持ちでハンサム、そして子どもがいないマードック公爵に一番近い血縁でもある男性と婚約が整ったとのことだ。

フランシスはワインをひと口すすり、グラスの後ろからレディ・ジュリアナを観察した。このハウスパーティに参加しているなかで、金髪は彼女とその母と、今シーズンにデビューしたがまだ婚約には至っていない妹だけだ。レディ・ジュリアナのすべてがフランシスとはまったく違う。堂々としている。落ち着きがある。魅力的。華やか。どうすれば穏やかで感じのよい表情を浮かべ続けていられるのか、フランシスには一生わからないだろう。レディ・ジュリアナが第一級のダイヤモンドであることは、紛れもない事実。おそらく持参金も法外なはず。そして求婚される可能性がある男性に向かって政治の話を持ちだすような不適切なことは絶対にしない。マードック公爵の甥が近づいたのも当然だろう。

突然レディ・ジュリアナが振り返り、フランシスと目を合わせたので、フランシスは危うくワイングラスを落としそうになった。あわてて目をそらした。最悪。じろじろ見ているところを、レディ・ジュリアナ・モンゴメリーに見つかった。今夜は、ほかにどんな無作法を披露することになるだろう？　フランシスは長い部屋の中央の炉だなに置かれた時計をちらっと見やった。きっと時計史上もっとも遅く時を刻む仕掛けの時計に違いない。フランシスはわからないようにため息をついた。まだこのあと三時間とは言わないまでも、少なくとも二時間はここに坐っていなければならない。こうした公式な集まりは決まって非常に長くて退屈だ。いまのように取るに足らないことが話題になっている時はなおさらのこと。母はサー・レジナルドがまだ来ないことについて、向こう隣りの女性とおしゃべりをしている。フランシスはすでにうんざりしているが、たしかにサー・レジナルドはまだ来ていない。

今夜が完全に無駄な時間にならなくて済んでいる唯一の要因は、けさ荷物を運んでくれて、フランシスの名前を訊ねたあのハンサムな従僕が給仕をしていることだった。夜のあいだずっと、フランシスは彼から目を離すことができなかった。彼がちらっとこちらを見たと思ったのはただの想像？　彼の名前はルーカス。ミスター・ルーカス。彼は信じられないくらい親切だった。しかも、心づけの硬貨を返そうとさえした。そんなことをする使用人は見たことがない。それを言うなら、あんなにハンサムで体格のよい従僕も見たことがない。お仕着せを見事に着こなしている姿は長身であることに加え、肩幅が広く、上着の肩が盛りあがっていた。形がいいのは言うまでもなくその下も――どうしよう――フランシスは頬がかっと熱くなるのを感じた。娘が従僕に関してこんな不純な思いを抱いていると知ったら、母はきっと癇癪を起こすだろう。フランシスはナプキンの後ろに笑みを隠し、ミスター・ルーカスのほうに目をやらないようにつとめた。あまりたくさんは。

ほどなくサー・レジナルドが急ぎ足で食堂に入ってきた。「遅れて大変申しわけありません、奥さま」彼は招待側である夫人に言った。「摂政皇太子殿下から手紙を受けとったもので。さすがに、ジョージーからの手紙を読まずに置いておくわけにはいきません」レディ・クレイトンだけに言っているふりをしていたが、その声は、食堂にいる全員に聞こえるくらい大きかった。

フランシスは我慢できずに、ミスター・ルーカスをちらりと見やった。彼の顔に一瞬よぎったのはあきれた表情？　これはおもしろい。フランシスはまたほほえみそうになるのを止めようと、ワイングラスを取ってもうひと口飲んだ。

サー・レジナルドはすぐにフランシスの右側の空席を見つけて坐った。そして、なにか言おうと口を開いたちょうどその時、母がフランシス越しに身を乗りだした。

「親愛なるサー・レジナルド、ぜひとも、手紙のなかで摂政皇太子殿下がなんとおっしゃっていたか、わたくしたちに教えてくださらないと」

フランシスは母が摂政皇太子という言葉を強調したのを聞き逃さなかったし、サー・レジナルドの注目を集めようとするあまり、危うく椅子から転がり落ちそうになったのも見のがさなかった。

薄い唇にひとりよがりの得意げなうすら笑いを浮かべたナイト爵の膝に、ミスター・ルーカスがナプキンを広げて置いた。サー・レジナルドは従僕を見ようともしなかったが、その顔に一瞬嫌悪のような表情がよぎったのをフランシスは見のがさなかった。

サー・レジナルドが咳払いをした。「そうですね、このハウスパーティに無事着いたかと訊ね、戻ったあとでカールトンハウスでの晩餐に来てほしいとのことでした」サー・レジナルドが食卓全体に聞こえるように声を張りあげた。

「あなた聞いた、フランシス？」母が何度もうなずく。「サー・レジナルドはカールトンハウスに招待されたそうよ」

フランシスはほほえんでうなずくことに最善を尽くしたが、そのどちらも痛々しいまでにわざとらしいことは自覚していた。なぜ摂政皇太子とカールトンハウスという言葉を強調しなければならないの？　これまで皇太子のことを気にしたこともないし、いまさら気にするつもりもない。皇太子は、フランシスが関心を持っている政治的問題のすべてにおいて、たいてい間違った側につく。

「返事を書いて、彼をこちらに招くつもりですよ。レディ・クレイトンのお許しがあればですが、もちろん」サー・レジナルドがほほえみ、レディ・クレイトンのほうにうなずくと、彼女はワイングラスをかかげて、頭を小さくさげた。「もちろんですわ、サー・レジナルド。すばらしいことですわ」

母はいまにも歓声をあげそうな勢いで、片手を胸に当てた。「摂政殿下が！　ここにいらっしゃる！　まあ、考えてごらんなさい、フランシス」

摂政皇太子が招かれるかもしれないという知らせに、部屋じゅうが興奮でざわめきたった。フランシスがミスター・ルーカスを一瞬見やると、彼は唇をぐっと引き結んでいた。両眉を持ちあげているのは、その知らせに驚いている風を装っているらしい。フランシスがまたナプキンを口元に持っていって笑いを押し隠した次の瞬間、サー・レジナルドが振り返って言った。「親愛なるミス・ウォートン、またお会いできて実に嬉しい。前回お会いした時にふたりで交わした、ホイストに関する魅力的な議論をまだ覚えていますよ」

「わたしも覚えています」フランシスがなんとかかすれ声を出すと、母が褒めるようにほほえむのが見えた。そう言いながら、ミスター・ルーカスに一瞬目をやった時、ぎゅっと唇を結んだ口元に笑みが漂うのを見たとフランシスは確信した。ああ、どうしよう、あの男性は本当にハンサムだ。食堂が急に暑くなってきた？

「そういえば」母が言う。「あなたさまの楽しいホイストのお話のことを、フランシスが何度も言っておりましたわ」母がフランシスに覆い被さりそうなほど、サー・レジナルドのほうに大きく身を乗りだした。そのはずみで、フランシスのワイングラスが倒れそうになり、フランシスはそれをつかむために椅子の背から落ちそうになるくらい身をそらした。実際に椅子は大きく後ろに傾いたが、ミスター・ルーカスがさりげなく近づき、まっすぐにしてくれた。

「気をつけなさい、フランシス」母がサー・レジナルドには相変わらず愛想笑いを向けたまま、小さい声でささやく。

フランシスは一瞬感謝のまなざしをミスター・ルーカスに向けてから、またワイングラスを唇まで持っていった。この調子でほほえみ続けたら、母はきっといつか頭が変になってしまうだろう。

フランシスがようやく会話に関心を戻すと、サー・レジナルドはまだホイストについて話し続けていた。フランシスは目の隅で隣りに坐るナイト爵を眺めた。自分のホイストの話がみんなの興味をそそると本気で思っているのだろうか？　満面の笑みを浮かべた様子は、母の言ったことを真に受けているかのようだ。フランシスは首を横に振りたい気持ちを必死に抑えた。こんな簡単にお世辞を真に受ける人がいるとは。

ほどなく、フランシスはミスター・ルーカスと目が合わないかと部屋をそっと見まわしたが、彼はいなかった。たぶん、次の料理を取りに調理場に向かっている途中だろう。フランシスはひとり取り残されたような奇妙な気持ちに襲われた。もう一度食卓を見まわす。レディ・ジュリアナは、フランシスと目が合うと、励ますようにほほえみかけてくれた。フランシスがほほえみ返したちょうどその時、サー・レジナルドがまた咳払いをした。

「あつかましいと思わないでいただければありがたいのだが、ミス・ウォートン、きょうの午後はずっとあなたを探していましたよ」ナイト爵が宣言する。

「そうでしたか？」フランシスはのろのろと答えながら、ワイングラスを、それが会話から救いだしてくれるかのようにしっかり握り締めた。「それはおあいにくさま」

その言葉を聞いた母がフランシスをにらんだ。

しかし、フランシスの言葉はナイト爵になんの影響も与えなかったらしい。まるで聞こえなかったかのように、彼は話し続けた。「そう、しかし、ロンドンからぼくの部下が手紙を持って到着し、そのなかに皇太子からの書簡があったので……」サー・レジナルドは文章の語尾をわざとにごした。

その手紙を読むほうがわたしと会うよりも大事。フランシスは彼の代わりに心の中で文章を言い終え、唇を嚙んで笑いをこらえた。ミスター・ルーカスが部屋にいて、この最後の部分も聞いていたらよかったのに。いちいち指摘する元気と充分なワインが揃えば、サー・レジナルドもむしろおもしろいのかもしれない。

「皇太子殿の手紙のことをもっとお話しくださいな」母がサー・レジナルドをうなが

す。母は興奮のあまり、自分のナプキンを揉んでぼろぼろにしてしまいそうだった。フランシスは相変わらずワイングラスを、正気との最後のつながりであるかのように握り締めていた。

「もちろん、皇太子の手紙にはほかにもたくさんのことが書かれていましたが」サー・レジナルドが快く応じる。「しかし、彼の秘密を漏らしてしまっては、皇太子の親友とは言えませんからね」ナプキンで唇を軽く叩きながら、フランシスに訳知り顔を向ける。

フランシスはみじめな気持ちで目をそらし、室内をうかがった。食堂で給仕をしている従僕は全部で四人、そのうちの二人が忙しくスープ皿をさげているあいだ、ミスター・ルーカスともうひとりは部屋を出ていたが、ほどなくガチョウのローストを載せた巨大な銀の皿を持って戻ってきた。空いているサイドボードにその皿を置くと、ほかのふたりの従僕が皿をさげるのを手伝い始めた。今回のような食事の時に使用人の出入りに注意を払ったことは一度もなかったが、今夜は気づけばミスター・ルーカスの一挙一動を見守っている。片づけが終わると、今度は彼が客のひとりひとりに薄く切ったガチョウのローストを勧め、ほかのふたりが大皿を持って彼についてまわった。彼が進んでくるのをそっと見守る。近づいてくるにつれ、フランシスは下腹部の奥に奇妙な感覚を覚えた。

「お嬢さま？」彼がようやくフランシスの席までやってきた。「ガチョウのローストはいかがですか？」

「ええ、お願いします」フランシスは彼のほうを見ないで答え、自分が赤くなっているのを母にもミスター・ルーカスにも気づかれないよう祈った。やだもう。これまでガチョウ（グース）のローストを勧められて赤くなったことなどない。まったく間抜け（グース）だこと。

フランシスの皿に手際よくガチョウのローストが供され、大皿がサー・レジナルドのほうに移動するあいだに、フランシスの母が訊ねた。「サー・レジナルド、皇太子殿下とよくご一緒に食事をされるのですか？」母の目がきらりと光るのを見て、フランシスは心配になった。それは公務上のことではないだろうか。ナイト爵と皇太子の友情に関する母の関心はほとんど妄想に近い。

「ええ、かなり多いと言えますかね」サー・レジナルドがまた得意げな笑みを浮かべた。

フランシスがミスター・ルーカスをちらりと見やると、今回は片方の眉をあげていた。サー・レジナルドの偉そうな宣言を疑問視していることは明らかだ。フランシスはナプキンを手探りし、笑いだす前に口に当てた。

「皇太子殿下もホイストがお好きですか？」なんとか笑いをこらえ、サー・レジナルドに訊ねる。

ナイト爵が目を輝かせた。フランシスが彼に質問したことか、あるいは、もっと話をする機会を得たことか、そのどちらが嬉しかったのか、フランシスはわからなかった。たぶん両方？「ええ、実にお好きですよ」

そのあと四十五分にわたり、フランシスはただ坐って、たまにワインをすすり、たまにフォークでガチョウをつつきながら、摂政皇太子のカードゲームの趣味について、サー・レジナルドとフランシスの母の長くて退屈な会話を聞き続けた。

サー・レジナルドがクレイトン・マナーへの旅について新たに話し始め、馬を替えるために止まったすべての場所の描写や、馬車から降りた時にどれほど背骨が痛んだか、最近の車道がどれほどぬかるんでいるか（話のなかでは、たぶんこれがもっともおもしろい）などの詳細をひとつたりとも省略しないつもりらしいとわかった時、フランシスはもうこれ以上耐えられないと判断した。病気のふりを信じてもらえなくても、じゃじゃ馬娘のふりをするのはだれにも止められない。（願わくは）サー・レジナルドをぎょっとさせ、（幸運に恵まれれば）食堂を去る言いわけになる騒ぎを起こそうと決意したちょうどその時、ミスター・ルーカスがフランシスのグラスにワインを注ぎ、フランシスは彼を見あげた。

ほら、いまよ。またとない好機。せっかくの贈り物にけちをつける人はいない。フランシスはミスター・ルーカスを見やり、この夕食のあいだじゅう、何度も目が合ってなんらかの気持ちが行き交ったように思えたのは単なる自分の想像ではないというかすかな希望にすがって、彼にウィンクした。もしもミスター・ルーカスが理解しなかったら大変申しわけないことになるが、どちらにしろ、あとで謝罪が必要なことは間違いない。

フランシスはミスター・ルーカスの腕を押しのけて、ワインがテーブルクロスとフランシスのスカートの両方にこぼれる原因を作った。そして、ぱっと立ちあがり、躍起になってナプキンで染みのついたドレスを拭った。「不器用なのろまね！」いかにもそう言う資格があるかのように、できるだけ辛辣な口調で叫んだ。「わたしのスカートを見てちょうだい。台なしだわ！」

ミスター・ルーカスがくるりと体をまわして食卓に背を向けたので、彼の顔はフランシスにしか見えない。その恐ろしい一瞬、フランシスは自分が完全に間違えていて、わざとこれをやったことを彼は理解していないかもしれないと思った。

しかし、彼がフランシスに一礼した時、その目のきらめきは、この策略に加担すると合図していた。「心からお詫び申しあげます。お嬢さま。すぐにお召し物を拭うものを持ってまいります」

「必要ないわ」引き続き辛辣な口調を装って言う。「このドレスはめちゃくちゃですもの。部屋に戻って、女中にやらせますわ」

なにが起こったのか理解する充分な時間を持てなかった母が、リンゴのように真っ赤になった。「フランシス、いったいどうしてしまったの？　声を低くしなさい」母は愛想笑いを顔に貼りつけたままサー・レジナルドの顔をうかがい、彼がこの醜態にどう反応するか見極めようとしている。

レディ・クレイトンが立ちあがり、滑らかな足取りでこちらにやってきた。美しい夫人は静かな声で謝罪し、フランシスとミスター・ルーカスをうながして、食堂の外に出ようとすばやく歩きだした。フランシスが戸口に向かって二歩歩くか歩かないうちに、サー・レジナルドが母に向かって言うのが聞こえた。「元気な女性は好きですよ。それに、あの従僕はたしかに不器用なのろまだった」

嘘でしょう？　まさか自分はこの振る舞いによって、あの最悪なナイト爵の心を魅了してしまったの？　廊下に出るやいなや、フランシスは振り返ってミスター・ルーカスに謝ろうとしたが、すでにレディ・クレイトンが彼に、地下の使用人用の食堂に戻って、今夜はそこから出ないようにと命じていた。ああ、どうしよう。フランシスがすべてをわざとやったことを彼が本当に理解しているかどうか確認できない。あとで彼を探しにいくしかないだろう。

# 6

フランシス・ウォートン。二時間後、ミスター・ルーカスは使用人用の食堂の壁に片方の肩でもたれて立ったまま考えていた。ありがたいことに、だれかに正体を気づかれる前に、ユーアンの妻でこのクレイトン・マナーの女主人、シオドラがうまく食堂から連れだしてくれた。すぐに食卓に背を向けたから顔は見られていないし、シオドラがミス・ウォートンとともに彼を追いだしたのも非常にすばやかった。

ルーカスは執事が仕事をすべて終えるまで見守り、翌日の予定についていくつか質問した。ここに来てから、使用人の世界についてかなり多くを学んだ。ありがたいことに、クレイトン家の使用人のほとんどは彼に教えることを喜んでいるようだ。たとえミセス・コッツウォルズの指示によるものであっても、ルーカスは彼らの支援と、彼の存在に困った様子を見せないことを、心から感謝していた。もちろん、なかには、彼を〝閣下〟と呼んではならないことをつい忘れる者もいるが、それはその都度指摘している。つい先ほども、使用人の食堂に彼がいたせいで、女中のひとりが顔を真っ赤にしていた。あの気の毒な少女がそれほど困惑していなければいいのだが。

仕事は想像していたよりもはるかに難しかった。今夜はずっと、料理がいっぱいに盛られた美しい皿をいくつも水平に持ちながら、階段を走りのぼったり、走りおりたりしていたが、試されているのは身体的な能力だけではなかった。知的な面も必要で、蓋つき壷に入ったスープをどの角度で供するか、給仕するあいだ客のどちら側に立つか、それぞれの席でどのくらい待って次の席に移れば遅すぎないかなど、こまごましたことを覚えるのでとても忙しかった。客や食卓に食べ物や飲み物をこぼさないことはそれ自体が偉業だ。それでも、もしもミス・ウォートンがわざと彼の腕を払わなければ、最初の夜はなんとか無事故で切り抜けられただろう。

しかしながら、これまでのところ今夜の最大の恐れは、食事客のなかで彼を知る者が——片手で数えられるくらいの人数ではあるが——突然彼の顔を見て、彼と気づくことだった。驚いたことに、ここでもいかにベルが正しいかを思い知らされた。侯爵は上流社会のただひとりたりとも、お仕着せ姿で髪粉をつけたかつらをかぶったルーカスに目もくれないと言い、たしかにだれも彼を見なかった。もちろん、ミス・ウォートンを除いてで、彼女は彼をちらちら見ていた。サー・レジナルドが彼女の隣りの席についた時は、彼女のことが心配になった。とりわけ、あのほら吹きが摂政皇太子と親しい仲だと自慢し始めた時は本気で心配した。サー・レジナルドは〝摂政皇太子〟という言葉を食卓の全員に聞こえるように、叫んでいるも同然の声を張りあげた。

しかも、皇太子を〝ジョージー〟と呼んだ？　それを聞いただけで、本当に病気になりそうだ。しかし、食卓に坐っている人々は感銘を受けたようだった。レディ・ウィンフィールドはとくにそうで、それがなぜかルーカスには理解できなかった。カールトンハウスは豪勢な食事で有名だが、楽しめるとはとても言えない。ルーカスはカールトンハウスでの晩餐の招待すべてを（しかも、何年ものあいだに受けた招待を合わせれば膨大な数だ）なんとか避けようと努力してきた。ミセス・フィッツハーバート（皇太子の愛人）のせいで居心地が悪く、会話もすべてがつねに皇太子を中心に展開する。

カールトンハウスの息苦しい空間よりも〈知りたがりのヤギ酒場（キュリアス・ゴート）〉で友人たちと過ごすほうがずっといい。しかしながら、サー・レジナルドの皇太子との親交こそ、このナイト爵の票を獲得することに関心を持っている理由のひとつだった。彼は皇太子の取り巻きのひとりであり、皇太子は議員たちに影響力を持っている。皇太子に忠実な王党派の人々を、ルーカスの主張になびかせることができれば、雇用法案の通過は保証されたも同然だ。しかし、サー・レジナルドと彼の仲間を取りこむためには、やりたくもないご機嫌取りを続けなければならない。

たしかに今夜、ルーカスはフランシス・ウォートンを気の毒に感じた。感じずにはいられなかった。必死に隠れようとしていたけさの状況の理由がわかったからだ。彼女はあらゆる手段を使ってサー・レジナルドを避けようとしている。ナイト爵が席についた瞬間から、逃げだしたい様子だった。ルーカスはみずから進んでサー・レジナルドの膝にナプキンをかけにいった。サー・レジナルドが彼を見あげ、彼に気づく心配はすみやかに消え去った。この年輩の男はルーカスを一瞥さえしなかった。ミス・ウォートンのデコルテを見おろすのが最大の関心事だったからだ。それをただ見ているのは難しかった。色目を使っているナイト爵の腹に一発くらわせたかった。

とはいえ、見えない存在というのは、それなりの利点がある。ルーカスはむしろ楽しみ始めていた。自分が魔法かなにかを使っているかのようだ。それは不安であると同時に自由な感覚に満ちていた。食事をしている人々が（ミス・ウォートンとシオドラを除いて）だれひとり彼と目を合わせないことには、正直まごついてしまう。その一方で、正餐の客の立場では聞く機会のない話を盗み聞きできる。

ルーカスはまた、ミス・ウォートンとサー・レジナルドのやりとりにも監視の目を光らせていた。サー・レジナルドが気の毒なミス・ウォートンに対して試みている退屈な会話を聞くために、幾度となくワインを注ぎ足してまわった。誓ってもいいが、その会話は全部道路のぬかるみに関する話だった。ミス・ウォートンとは一度ならず目が合い、そのたびに、ナイト爵の話にあきれた顔をし合った。

　その晩一度、気の毒なミス・ウォートンの顔に浮かんだ表情を見て、ルーカスは本気でサー・レジナルドの膝に深皿に入れたウミガメのスープをぶちまけたいと感じた時があった。しかし彼女はすぐに気の利いた批評を返し、ルーカスをほほえませ、母親を青ざめさせた。今夜はフランシス・ウォートンについてかなりのことを知った。この若いレディは何にでも反論するたちではないが、自分の考えを述べることができる女性だ。ミス・ウォートンの機知に富んだ言葉をもっと聞きたかったが、ジェームズとふたりで階下におりて次の料理を運んでくる役目だったから、頻繁に部屋を離れなければならなかった。

　シオドラも今夜はワインを飲んでいた。彼女は従僕クラブの計画を聞き、ぞっとしながらもおもしろがっていた。クレイトンの一番の難題は彼女の協力を取りつけることだったが、彼女はいったん同意したあとこの計画にどっぷり浸かり、そのひとつひとつを楽しんでいた。それでも、この食卓の客たちがだれひとりルーカスに気づかないことを知ってさすがに困惑しているようだった。たしかに、客のリストを見れば、ルーカスと会ったことがある人は数人にすぎず、あのずうずうしいサー・レジナルドはまさにそのひとりだったが、彼は自分のことと、自分が皇太子と親密であることを話すのに忙しくて、使用人にはまったく目をやらなかった。

クレイトンは食卓の反対側の席につき、きわめて真面目にルーカスを無視していた。徹底的に無視しすぎてむしろ奇妙なほどだった。ルーカスがガチョウのローストを運んで彼のそばに行った時でさえも、手を振って彼を追い払った。あまり露骨に振る舞わないでくれと、あとで釘を刺す必要があるだろう。

ミス・ウォートンに、彼女のドレスにワインをこぼすために利用された時は、さすがのルーカスも凍りついた。これで全員に気づかれてしまうのか？　彼女に〝不器用なのろま〟とののしられた？　ルーカスの口角に笑みが浮かんだ。気の毒に、演技がうまい女優とはとても言えない。彼女はその言葉をあまりに堅苦しく言いすぎた。しかし、愚か者のサー・レジナルドに見せるには充分だったし、彼女の目的は明らかにナイト爵の目の前から姿を消すことだった。

晩餐が終わった一時間後に階下におりてきた時、シオドラとクレイトンは腹がよじれるほど笑っていた。彼らはルーカスのぶざまな所作についてひと言注意する必要があるというふりをした。ほかの使用人たちの冷やかしも、ルーカスはこころよく受け入れた。彼らは口々に、そういう失敗を一度もしない使用人はめったにいないし、このパーティでもっとも口やかましい客にワインをこぼしたのが気の毒だったと慰めてくれた。もちろん、ルーカスはミス・ウォートンの秘密を明かすつもりも、彼女が怒ったふりをしていただけだと言うつもりもない。

しかし、従僕のふりを見つかる恐れは現実にあった。階下の安全な場所に来てからもふたたび、この邸宅に来てからもう何百回も浮かんだ思い、すなわち、この花嫁探し全般について、自分は誤ったやり方をしているかもしれないという思いにとらわれた。おそらく、すべてを母と姉に任せて、花嫁を見つけてもらうべきなのだろう。ふたりからは幾度となくそう言われている。その申し出を受けたくないのは、最上級の家柄の出で巨額な持参金つきの娘を母が選ぶと知っているからだ。その娘が彼をどう見ているかとか、彼がその娘をどう思うかはまったく考慮しない。姉はただ自分の友人たちのひとりを選ぶはずだ。母の方法よりはましかもしれないが、問題が多いことに変わりはない。妻を見つけるもっといい方法がきっとあるはずだ。とはいえ、ここに来たのが無駄でなかったことは否定できない。

今夜はかなりの時間を費やして、給仕をしながら花嫁候補者たちを見ていたが、結局のところ、視線はいつもミス・ウォートンに戻っていった。彼女の顔に浮かんだ、まるでサー・レジナルドの頭にスープの壷を勢いよくかぶせるところを夢想しているかのような表情のせいなのか、ナイト爵のつまらない発言に対する、あの男には理解できない気の利いた返答のせいなのか、とにかく彼の関心を引いた女性はミス・ウォートンだった。

「あんたさんが、今夜、食堂でおもしろいことやったって聞きましたよ」コックのミセス・クラクストンが、寝に行くために、エプロンで両手を拭いながら調理場から出てきて言った。

ルーカスは唇を嚙みしめ、首を傾げた。使用人たちが自分の雇い主や雇い主の客たちの噂話をしないことになっているのはもちろん承知している。同時に、ほぼ全員の使用人が自分の雇い主や雇い主の客たちの噂話をしていることも承知している。だから、ミセス・クラクストンのいまの発言で、ルーカスは自分が信頼されていると、まるでクラブの一員——使用人たちのクラブの一員であるようだと感じた。彼がこの噂話のことをクレイトンかミセス・コッツウォルズに言いつけると思えば、ミセス・クラクストンはこんなことをルーカスに言わないはずだ。

「いやあ、本当にそうだったよ」ルーカスは答え、壁から身を起こして、ミセス・クラクストンと一緒に、寝室の区画に通じる使用人用の階段に向かって歩きだした。彼は五階の男性用側の小部屋で夜を過ごしていた。可能なかぎり、すべての点で使用人になるとみずから望んだ。ベルも同じ階で寝ている。そしてワースは厩舎の上でほかの馬丁たちと寝ている。

「ぼくは〝不器用なのろま〟であるらしい」ルーカスはそうつけ加え、コックにほほえみかけた。

「あたしも見たかったですよ」ミセス・クラクストンが言い、首を振った。「それに、あんたさんがほんとはだれか知ったら、そのお嬢さんがなんと言うか、もっと知りたいですね」

ルーカスは警告するようにミセス・クラクストンを見やった。

「わかってますって。あたしの口からその話が出ることはありませんよ。でも、ついつい見たいと思っちゃってねえ」ミセス・クラクストンがそう言ってくすくす笑った。

ふたりが階段をのぼろうとしたちょうどその時、上から緑色のサテン地の塊がものすごい勢いでおりてきた。ルーカスがそのサテン地を来た女性のウエストのあたりをつかまなければ、おそらく転げて、丸石が敷かれた床に顔から突っこんでいただろう。

体を立たせ、足でしっかり立っていることを確認したところで、ルーカスはつかまえたのがミス・ウォートンだと気づいた。

「まあ、大変」ミス・ウォートンの肌が、胸元から髪の生え際までみるみる赤くなった。「本当にごめんなさい。皆さんが寝にいかれる前にここにおりてきたいと思って」

ミセス・クラクストンとルーカスはあっけにとられて彼女を見つめた。ちょうど仕事を終えたほかの使用人たちも何人か、ルーカスたちの後ろに集まり、まるで一角獣が突然目の前に現れたかのように、ミス・ウォートンを凝視している。

「なんかご用ですか、お嬢さん？」ミセス・クラクストンが眉をひそめて訊ねた。「なんかお食べになりたいとか？　女中に届けさせ――」

「いいえ、いいえ、いいえ、いいえ」ミス・ウォートンが言い、鎖骨のあたりに手を当てた。「そういうことではありません。ただ執事のミスター・ハンボルトにお会いしたくて、それから、今夜食堂で給仕をされていた従僕の方たちにも」

ルーカスは不安な思いでミス・ウォートンを見やった。彼の手にわざとぶつかってワインをこぼさせたと思っていたが、完全に間違えていたのかもしれない。無作法なのろま以外の呼び方で糾弾するためにわざわざ来たのか？　それとももっと悪いことかもしれない。なんらかの方法で彼の正体を知り、謎かけの答えを問いつめに来たのだろうか？

ミスター・ハンボルトが咳払いをして、小さい集団のそのまた後ろから前に出てきた。そのあいだに、ジェームズとほかのふたりの従僕たちも前に出た。ルーカスはすでに彼女の横に立っていたから、ただ頭をさげた。さげながら、ミス・ウォートンがなにを言おうと、彼が伯爵であることを使用人たちが言わないようにと念じた。彼らは人々の前で、とくにデビュタントの女性たちの前でそれについては決して口にしないようにと念を押されている。それでも万が一という懸念を抱きながら、ルーカスは言った。「何なりとお申しつけください」

ミス・ウォートンは彼がそこに立っているのに気づかなかったかのように、目をぱちくりさせた。「まあ、あなただったのね」よほど驚いたらしく、口がOの字の形の小さな丸になった。

「わたしです」彼は繰り返し、口元にかすかな笑みを浮かべた。ふたたび興味をそそられていることは認めざるを得ない。夜のこんな時間にこんな所まで、いったいなにをしにおりてきたんだ？

ミス・ウォートンはひとりひとりにうなずきながら、ルーカスとジェームズ、ほかのふたりの従僕、そしてミスター・ハンボルトと順番に眺めた。「本当に申しわけありませんでした」彼女が言う。「今夜の食堂でのわたしの振る舞いをお詫びします。あんなふうに振る舞ったのはわたしなりの理由があったのですが、とにかく、あなたがたに失礼をするつもりではなかったんです」

「お気になさらないでください」ミスター・ハンボルトがすばやく返事をした。

ルーカスはジェームズにうなずかれたのを合図と理解し、ミス・ウォートンに頭をさげた。

「そうですか、それなら、ええと、ありがとう」手袋をした両手を前で組み、不安げに指を引っぱる。それからルーカスのほうを向いた。「それから、あなたのことを〝不器用なのろま〟と呼んだことを心から謝罪します、ミスター・ルーカス。もちろんあなたは不器用でものろまでもないわ」

「それを正確に判断するほどわたしのことをご存じないと思いますが、お嬢さま」彼は笑みを浮かべて言った。

使用人たちがしんとしずまった。この沈黙はどうやら、従僕が滞在客に対して、きわめて生意気なことを言うのを目撃して驚いたということらしい。全員が息を止めていたらしいが、ミス・ウォートンはすぐににっこり笑って言った。「仮にそうだとしても、ミスター・ルーカス、今夜の食堂でのあなたのお勤めに本当に感謝しています。クレイトン卿とのあいだで困ったことにならなければいいのですけれど」

「彼が困るようなことはなにもありません」ミスター・ハンボルトが答え、笑いをこらえるように青い目をきらめかせた。

ミス・ウォートンがうなずいた。「よかった。それなら、わたしはもう戻らないと」そして、使用人全員が凝視しているなかで最後に言った。「もう一度、あんなふうに振る舞ったことを深くお詫びします」

彼女はスカートを持ちあげてくるりと振り返ると、来た時と同じくらいの速さで去っていった。ルーカスは顎を掻きながら、そんな彼女を見送った。非常におもしろい。

「さて」ミセス・クラクストンが言い、両手を腰に当てた。「なんと、こんなの初めてだよ。ご令嬢がここまでおりてきて、使用人たちの前で謝るなんて、見たことないねえ」

# 7

翌朝、フランシスはクレイトン卿の図書室に入る大きな木の扉のひとつをゆっくり押し開けた。昨夜の夕食時に、サー・レジナルドが遅れてやってきて、フランシスが退屈のあまりじゃじゃ馬のような振る舞いをするはめになる前、クレイトン卿は法制史に関する本を収集していると話した。フランシスは救貧法のことを知りたかった。現在提案されている雇用法案と同様の法案が以前にもあっただろうか？　そうした法案が廃案になったことは？　もしもあったなら、どんな議論をして、反対票を投じるように貴族院を説得できたのだろう？

もちろん、貴族の男性と救貧法について議論するために図書室に来たわけではなく、実を言えば、いまから票決までに、嫌がらずに聞いてくれる貴族にたまたま出会えた時のために、あらゆる知識を得ておくつもりだった。次の議会まで票決が延期されたことで、まだしばらく、議員を説得する時間の猶予ができた。このパーティが終わり次第すぐに取りかかるつもりだ。

「ああよかった」室内をのぞきこんで、だれもいないことを確認すると、フランシスは一瞬目を閉じて独り言をつぶやいた。なかに滑りこみ、急いで扉を閉める。願わくは、ほかの客がだれも入ってきませんように。少なくともサー・レジナルドからは安全に隠れられると、フランシスは皮肉っぽい笑みを浮かべて思った。彼がなにか読むものを探しにくる可能性はほとんどないだろう。いまもきっと、摂政皇太子との文通に忙しいに違いない。

部屋の中央まで進んだ。二階まで吹き抜けになっている広大な図書室で、壁一面、床から天井まで続くオーク製の本棚いっぱいに本が並んでいる。部屋の向こう側には緑色のベルベットのカーテンがかかり、真ん中の巨大な暖炉に弱い火が燃えている。紙とインクの懐かしい匂いがフランシスの鼻孔をくすぐった。なんて美しい、すてきな部屋だろう。フランシスはその場で踊るようにくるくるまわった。

これまでも、図書室は家のなかで一番好きなところだった。しかし、父が債権者たちへの返済のために本のコレクションをほとんど売ってしまったので、かなり前から自分の家には図書室がない。だからフランシスにとって、クレイトン卿の図書室はまさに夢のような場所だった。二階部分につながる階段があり、見あげるとそこは三方向の壁一面が本棚で、四つ目の壁は床から天井までガラスの窓だった。そこから屋敷の裏に広がる花の庭と遠くに草地が見渡せる。

フランシスは数分かけて、その贅沢な空間を静かに観察した。ふーむ。指の先で顎を軽く叩きながら考える。想像していたよりもはるかに膨大なコレクションだ。法律の本がどこに並べられているか、この屋敷のご主人に訊ねるべきだろう。どこにあっても不思議はない。

一日じゅう探しても、目当ての本を見つけられないかもしれない。クレイトン卿を探して訊くしかない。待って。それはだめだった。男性陣は、きょうの朝、馬で遠乗りをする予定になっていた。いま頃はみんな出かけているだろう。

両手を腰に当てて周囲を見まわし、目を凝らして部屋の一番遠い棚を眺めた。比較的すぐ、一階の窓に近い一番奥の端の本棚に、茶色の革で装丁された大判の本の全集を見つけた。

だが、そこまでの半分の距離も行かないうちに、図書室の扉が開いた。フランシスははっとして振り返り、走ってどこかに隠れたいという衝動を抑えこんだ。自分は、入室禁止の部屋にいるのを見つかった子どもではない。滞在客であり、ほかの人々と同じくこの部屋に入る権利がある。入ってきたのがだれであろうと、話をしたがっている人でないことを祈るしかない。おしゃべりな人はとても困る時もある。たとえば、読書をしようと思っている時とか。

侵入者の顔より先に背中が見えた。彼がくるりと振り返り、その背後で扉が閉まると、彼がなぜ後ろ向きに入ってきたかすぐにわかった。短い薪を両腕にいっぱい抱えていたのだ。そして、顔を見てすぐにだれかわかった。わたしの従僕！

というか、正確に言えば、自分の従僕ではない。自分に仕えているとか、そんなわけではないが、昨日の朝の、自分の部屋での初めての出会いや、昨夜の食堂での騒ぎがあって、いつしかミスター・ルーカスのことを特別な人と考えるようになっていた。彼に会えて嬉しかった。ここならふたりきりだから、とりわけ嬉しい。

きのうは夜じゅう、食堂での自分の振る舞いに彼が驚愕したかもしれないと心配していた。あの行動はあまりに軽率だった。客にワインをこぼしたことで、彼は厄介ごとに巻きこまれたかもしれない。ミスター・ハンボルトは、ミスター・ルーカスがクレイトン卿に叱られたと言ってなかっただろうか？　きょうの午後にレディ・クレイトンを見つけて、その記録を訂正してもらうつもりだ。昨夜、謝罪をしようと急いで階下におりた時は、ミスター・ルーカスに会えてほっとした。

というか、倒れるのを止めてもらって恥ずかしかったが、同時に安堵も覚えた。それから、彼の両腕が腰にまわされているのに気づき、真っ赤になった。実を言えば、くたびれきってまどろむまでずっと、心の中でその瞬間を何度も何度も思い返していた。

なぜかわからないが、彼に謝罪することが大事だと感じていた。フランシスのことをひどい女と思っているだろう。そこまでひどく思っていないことを祈るしかない。それなのに、思いがけなく謝罪する機会がもう一度訪れた……しかも個人的に。

「お嬢さま」図書室の真ん中に立っているフランシスを見ると、彼はすぐに言った。

「お邪魔して申しわけありません」

「邪魔なんてとんでもない」フランシスは答え、彼の話し方が洗練されていることにまた気づいた。ためらいながら、彼のほうに歩み寄る。「ミスター・ルーカス？　お名前、そうでしたよね？」

彼は視線を床に落としてうなずいた。「暖炉の火に薪を足しに来ました」そう言うと、薪を抱えたまま、大きな暖炉のほうに歩きだした。

「もちろん」フランシスは唾を飲みこんだ。「お引きとめしません」

彼は暖炉に近寄り、そばの床に薪をおろした。

フランシスは彼を見守った。法律の本はあとでいい。いまは、ミスター・ルーカスのほうがはるかに興味深い。彼はフランシスがこれまで会ったことがあるほかの従僕たちとまったく違う。いいえ、従僕だけでなく、ほかのすべての男性たちと比べても際だっている。とても美しい顔立ちだけではない。立ち居振る舞いもあるし、黙っているけれど、実はすべてを知っているというような目の輝きもある。彼は従僕としては、少し無礼な態度を取っている気がする。そんなところがフランシスは好きだった。とても好きだった。

彼が上着を脱いでそばに置いた。白いシャツとエメラルド色の胴着だけの装いでその場にしゃがみ、暖炉の火に薪を一本ずつくべる。こちらに背を向けていたから、フランシスはその背を失礼なほど凝視した。薪を持ちあげる時の肩の筋肉の動きを見つめずにはいられなかった。

ああ、どうしよう。わたしはどうしてしまったの？　これまでどんな男性に対しても、こんな不純な思いを抱いたことはなかった。ましてや、ほとんど知らない男性なのに。いますぐこの部屋を立ち去る理由が数えきれないほどある男性なのに。

でも、背を向けて立ち去りなさいと自分に言い聞かせても、実行することができなかった。その結果、彼がついに立ちあがってこちらを向いた時、フランシスはそわそわと円を描くように歩き、凝視していたことが知られないようにと祈っていた。すぐ後ろに机があることを忘れて、危うく激突しそうになる。そして、わっという声とともに、美しく磨かれた暗褐色の木の床に倒れこんだ。両肘とお尻が床にどんとぶつかり、一瞬息が止まった。

彼はすぐにそばに来て、片方の手でフランシスの肘を優しく支えて立つのを手伝った。彼の深い声が耳に響いた。「大丈夫ですか、お嬢さま?」

数秒間、気まずい沈黙が流れたあと、フランシスはようやく押しつぶされた肺に息を吸いこんで話せるようになった。「ええ……はい、大丈夫です」なんとか答え、片手を喉元に当て、真っ赤になっていないことを願った。「正直、痛いよりも恥ずかしいわ」彼に向かっておずおずとほほえみかけると、彼もすぐにほほえみ返した。白い歯がきらめく。

フランシスは下唇を嚙み、目をそらした。「昨晩のことと、いまのこれで、わたしのことをひどく不器用だと思ったでしょうね」片手でウエストを撫でおろし、スカートもまっすぐに直した。

「そんなことありません」彼はそう言うとフランシスを支えていた両手をおろしたが、フランシスはそのまま目をみはって彼を凝視した。

それに気づいた彼が気をつけの姿勢になり、眉間に皺を寄せた。「なにかお手伝いしましょうか?」

まあ、どうしよう。この男性の前に出ると、なぜこんなにもじもじしてしまうのだろう？　言葉を失って、ただ彼を見つめ、記憶する必要があるかのように、彼のハンサムな顔をくまなく探る。「いえ、なにも……ただ、あの……わたし……」なにを言おうとしているのか自分でもわからないまま刻々と時が刻まれるにつれ、ますます気まずい感じになってくる。「きのう助けてくれたことにもう一度お礼が言いたくて」ようやく口に出した。「わたしの部屋で、という意味です。それに、昨晩の夕食の時のわたしのひどい振る舞いにもう一度お詫びをしたくて」よかった。少なくともなんとかもう一度謝罪はできた。支離滅裂な言葉だったけれど。

彼の唇が少し曲がった。なにか言おうとして口を開いたが、そのあとすぐに閉じた。

フランシスは目を細めた。「なにか？」顔をそらし、目の隅から彼を見やる。「なにを言おうとしたの？」

「なにも、お嬢さま」彼は変わらず気をつけの姿勢のまま、首を少し振った。

「いいえ、どうか言ってください」フランシスはうなずいた。ああ、もう。きっと、わたしのことをばかみたいと思って、なにも言わないのね。それだけは避けたかったのに。

「なにか言う立場ではありませんので、お嬢さま」彼は直立姿勢を崩さず、フランシスの頭を越して窓のほうを見ている。仕事ひとすじの完璧な従僕。

ふーむ。この男性に本心を語らせるために、なんらかの後押しが必要なことは明らかだ。フランシスが客だから、正直に言うことはできないと感じているに違いない。

「なぜあなたにわざとワインをこぼさせたのか、疑問に思っているでしょう？」

彼が首を傾げた。「見当はついています」

フランシスは彼を見つめた。「どんな？」

彼はようやくフランシスと目を合わせたが、背筋をまっすぐに伸ばして両腕を後ろで組む姿勢はそのままだった。両脚を少し広げてしっかり立つさまは、船の甲板に立っているかのようだ。「あなたがどうしても部屋から出たかったのだろうと推測しています」

フランシスは思わず口元をほころばせた。「そんなにあからさまだったかしら？」

彼がまた首を傾げた。「サー・レジナルドに強い嫌悪を抱いているようにお見受けしました」

フランシスは小さく笑った。使用人とこんなに率直な、そして不適切な会話を交わしたことはこれまでなかったが、この従僕と、彼の雇用主の図書室で向き合い、自分がなぜ母が選んだ求愛者を嫌っているかの理由について話し合うことが、この世でもっとも普通のことのように感じた。唇を噛んで笑みを抑える。「わたしが恩知らずなひどい人間だと思っているでしょうね」

彼は顎をかすかに持ちあげた。「なぜわたしがそんなことを思うのですか、お嬢さま？」

フランシスはため息をついた。「なぜなら、サー・レジナルドがすばらしい花婿候補だから。そう母に言われています。彼がわたしに関心を持ってくださるのを喜ぶべきだわ。逃げるのではなく」

ミスター・ルーカスが視線を落とした。彼の顔に浮かんでいたのはおもしろがっている表情ではなく、むしろ……同情のように見えた。「わたしが言うことでないことは承知しています、お嬢さま。でも、あなたのお名前と同じ名字の男性と結婚するのが最善の選択とは思えません」

「それこそわたしが言いたいことなの」この件に関し、ついに自分に同意してくれる人を見つけたことが嬉しくて、フランシスはまた笑った。「母は耳も貸さないわ」

「それなら、母上は耳を貸すべきですね」彼が答えた。「さまざまな問題が起こりうるように思えますが」

フランシスは彼が現実の人間でないかのように、目をしばたたいて彼を見つめた。自分と同じように考える男性に会ったことがない。これまでに会った男性はあまねく、フランシスがまったく賛同できないことや、気が遠くなるほど退屈するようなことばかり言う傾向にあった。話をしていて、心から笑わせてくれた紳士が過去にいただろうか。正直思いだせない。ミスター・ルーカスの前ではもう何度も笑っている。それは奇妙だが、すばらしいことだ。

「あなたの言う通りだと思うわ」フランシスは彼に小さくほほえみかけた。「でも、もしも彼の名前が違っていても、サー・レジナルドに関心を持てなかったでしょう」

彼が咳払いをして、足を踏み替えた。「それはわたしには関係ないことです、お嬢さま。わたしは――」

まあ、どうしよう。彼に気まずい思いをさせてしまったのだろうか？　そうでないことを願った。両手を前で握り、深く息を吸いこんだ。どういうわけか、自分が甘やかされた感謝知らずの小娘のデビュタントでないことをミスター・ルーカスに理解してもらうのが、フランシスにとってとても重要だった。「もっといい方を見つけたいとかではないの。サー・レジナルドはすばらしい結婚相手におなりでしょう。わたしはただ……相手が自分でなければと願っているだけ」

ミスター・ルーカスが初めて体の緊張を解き、真剣なまなざしでフランシスを見おろした。「上流階級の紳士はだれであれ、あなたのようなレディがそばにいたら幸せになれるでしょう、ミス・ウォートン」

フランシスはかなり長いあいだ、ただ彼を見つめていた。まあ、なんということ。この男性はまさに理想の男性。こんなすてきな言葉を言われたらどんなに嬉しいだろう。フランシスはため息をつきたかった。彼に感謝したかった。でも、どちらも適切かどうかわからない。

ごくんと唾を飲みこみ、背筋を伸ばした。「わたしの気持ちをあなたにわかってもらうのは難しいとわかっているわ」なんとか説明をする。「でも、この階級では違うのよ」

「どのように？」彼が頭を傾げた。濃い緑色の瞳がフランシスの魂までのぞきこんでいるように思えた。

フランシスは片手を前に広げて説明しようとした。「使用人ならば、自分が望む結婚が許されるでしょう。持参金とか爵位とか家族とかそういうつまらないことを心配する必要がないわ。どれも本当にばかげたことばかりよ」

彼の両眉が勢いよくあがった。彼の口元にかすかな笑みが戻ってきたと思ったのは想像だろうか？「たしかにそうですね、お嬢さま」

フランシスは片手で目をこすった。ああ、どうしよう。使用人として働いている男性に、特権的な人生に対する不満を述べるなんて、大ばか者のように聞こえたに違いない。あんなことを言うとは、なにを考えていたんだろう？　明らかに、自分は心ない軽率な人間だ。ミスター・ルーカスに無視され、二度と話してもらえなくても、彼を責められない。

「本当にごめんなさい」フランシスはつけ加え、床を覆う高価そうな絨毯に目をやった。「ばかみたいに聞こえることはわかっているわ」首を振る。「要するに、わたしにぴったりの夫に関して、母の選択とわたしの選択が一致しないということ。どちらにしろ、あなたがそんな話を聞きたいはずないわね。きょうもとてもお忙しいでしょうから」

ミスター・ルーカスが自分の上着を置いたところまで歩いていった。かがみこんで床から拾いあげているあいだずっと、ああ、なんということ、フランシスは彼のズボンのお尻を見ることになった。彼が振り返り、フランシスのほうに向いた。「むしろ反対です。お嬢さま。だれかを避けるためにそこまでする人を見たことがありませんか」彼は袖を通して広い肩に上着を着た。「質問してもいいでしょうか？　なぜサー・レジナルドと結婚したくないのですか？　使用人部屋では、大変な金持ちと噂されていますが」

フランシスはシニョンから巻き毛が数筋ほつれだすほど激しくうなずいた。「ええ、彼はお金持ち」ため息まじりに言う。「でも、残念なことに、わたしは彼を愛していないの」

# 8

図書室の大きな扉のひとつがぎーっと音を立てて開き、ルーカスとフランシスは船の甲板に投げられたサイコロのように、ぱっと離れた。ほどなくレディ・ウィンフィールドが部屋に入ってきて、なかを見まわし、娘を見つけるとほっとした表情を見せた。

「ここじゃないかと思ったわ」少し苛立った口調でフランシスに言う。

ルーカスは暖炉のほうを向いた。昨夜の晩餐で、この年輩の女性は彼に気づかなかった。しかし、ルーカスはレディ・ウィンフィールドに会ったことがあったから、注意を引くようなことをする気はなく、その婦人が娘のそばに来た時には、すでに火かき棒で暖炉の火を突いていた。

「なにかご用、お母さま？」フランシスが訊ねるのが聞こえた。

「ええ、わたしと一緒に来なさい。もうすぐ紳士方が遠乗りから戻られるから、庭を散歩していれば、サー・レジナルドの注意を引けるかもしれませんよ」

ルーカスは首だけまわし、娘がすぐ後ろからついてくると見こんで、戸口に向かって勢いよく戻っていくレディ・ウィンフィールドを眺めた。

「とても楽しそうだこと」フランシスの大げさな口調は、まさに反対のことを示している。彼女がルーカスのほうに振り返ったので、彼はすばやくウィンクを返した。

フランシスも彼に目くばせし、口の形で「とっても楽しみ」と言ってルーカスをおもしろがらせると、母を追って図書室から出ていった。

ルーカスはフランシスが立ち去る後ろ姿を見送り、目をしばたたいた。彼女は彼の想像の産物だろうか？　聞き間違いではないのか？　たしかに彼女は愛のことを言った。実際、親の決める結婚よりも愛情を重んじているように聞こえた。本心なのか？　それとも、ただサー・レジナルドを好きになれないから、その結婚に抵抗しているのか？

火かき棒を脇に置き、ルーカスは彼女が立っていた場所のそばのソファを見やった。家具の上にピンク色のショールが載っている。近寄ってそれを手に取り、上質な布地を指でそっと撫でた。鼻のそばに持っていく。彼女と同じ匂いがした。目を閉じる。きのうの朝、彼女の客室に入った最初の瞬間から、彼はその花の香りに気づいていた。シャクヤクだ。

彼女を見つけて、このショールを返さなければならないだろう。いつ、どのように返すかは不明だが、方法を考えよう。ショールを持って暖炉のそばに戻り、強まる炎をじっと見つめた。ミス・ウォートンを好きになり始めているとすでに自覚している。彼女はおもしろくて聡明で、偉ぶることなく、使用人にも優しく語りかける。彼に対しても、一度ならず二度までも謝罪した。

この計画が始まってから初めて、彼の良心に罪悪感が忍びこんできた。もしもあの若い女性に特別な感情を抱くようになったら、自分はどうするんだ？　秋の社交界の催しに出ていって、彼女にケンダル伯爵だと自己紹介するのか？　それはまるで嵐のなかを手漕ぎ舟で旅するようなものだ。彼女が彼の求愛に応じるとはとても期待できない。だめだ。彼が嘘をついていたことを怒るだろうし、怒って当然だ。

従僕クラブの試みは、すでに複雑極まりない事態に陥っている。くそっ。なぜ自分はこの茶番劇がうまくいくと思ったんだ？　ああ、そうだ、エールのせいだ。いま思いだせるのはそれだけだった。

ここに来る前は、どういうわけか、ただ自分が巧みに使用人に扮し、結婚相手を探す若い女性たちを観察している姿しか想像しなかった。この計画では、その若い女性たちと、すでにミス・ウォートンと持ったような交流を持つ予定はいっさいなかった。そのうち必ず彼女は彼の正体に気づくだろう。

明らかに、戦略を充分に練っていなかった。このゲームを守るためには、少なくとも、ふたりきりでふたたび個人的な会話をすることは避けるべきだろう。手に持ったショールをじっと見おろす。そして周囲を見まわし、奥の壁のそばの大きな執務机まで歩いていった。下段の引きだしのひとつを開けて、ショールをなかに入れる。もしもミス・ウォートンがあした図書室に戻ってきて、もしもう一度会えたら、ただショールだけ返そう。長く話しこむことはしない。面倒が起こるだけだ。面倒だけは避けたい。

もうひとつ、面倒になりそうな件については、すでに決断していた。ハウスパーティの期間を有効活用して、サー・レジナルドとふたりだけで雇用法案について話す機会を見つける。そうした会合がいい結果になることは多い。だが、そのためにはルーカスが姿を戻し、貴族の装いをする必要がある。お仕着せと髪粉を振ったかつらを脱いで、できればサー・レジナルドがひとりか、少人数の男性たちといるところをつかまえなければならない。ケンダル伯爵が滞在していることを女性の滞在客たちに気づかれないために。気づかれれば、母親たちが競って、愛する娘を彼の通り道に押しやろうとするだろう。その娘たちを避けるのが、そもそも、従僕に扮した理由だった。同じパーティで、ケンダル伯爵と従僕ルーカスの両方になるのは極めて難しいだろう。しかし、ナイト爵と話すせっかくの機会を逃したくない。その時が来たら、綿密な時間割りを練りあげればいいだけだ。

図書室の扉がまた開き、ゆったりした足取りでベルが入ってきて、ルーカスの思いをさえぎった。ルーカスが図書室に来た表向きの理由は暖炉用の薪を運ぶことだったが、それはこの時間にここで友人たちと会うための口実だった。使用人としての第一日目について話し合うために、ここに集まることで全員が同意していた。友人たちが遅れたのは幸いだった。いや待て。ベルは遅れたことがない。ルーカスは机の上の時計をちらりと眺めた。定刻ぴったりだ。

ベルのすぐあとに、今度はクレイトンが入ってきた。「おはよう、ルーカス」子爵がいかにも楽しそうに言う。

ルーカスはミセス・コッツウォルズから指示された通り、かちっと音をさせてかかとを合わせ、すばやくお辞儀をした。「旦那さま」

これに反応して、クレイトンが笑いの発作に陥った。「なんだ、それは。ぼくたちだけの時にその芝居をする必要はないだろう」

「とんでもない」ベルが口を挟んだ。「この屋敷にいるかぎりは従僕として振る舞うのが理にかなう。役割から役割へ頻繁に切り替えるより、そのほうがはるかに面倒が少ないことを、ぼくは経験上知っている」

「そのことだが、実は――」友人たちに、使用人の服装を脱いで、サー・レジナルドに話をする計画を伝えようと思い、ルーカスは口を開いた。

「きみが最初の晩に危うく首になりそうになったと聞いたぞ」ベルがさえぎり、小さくにやりとした。

クレイトンも笑った。「そうだ、ルーカス、レディの夜会服にワインをこぼす従僕を雇うことはできないぞ」

ルーカスは背中で腕を組み、両脚を少し開いて踏んばった。いいだろう。午前中から、散々からかわれることは予想していた。「シオドラがぼくを首にしなかったことに感謝すべきだな」

クレイトンがまた笑った。「正直言って、きみがひと晩持ち堪えられたことのほうが信じられない。昨夜はずっと、そのうちシオドラが吹きだして、食事全体を台なしにするだろうと確信していたよ」

「シオドラはとてもうまく演じてくれた」ルーカスは答えた。「ぼくの振る舞いを叱責することさえした」そう言ってくすくす笑った。

男三人は窓のある壁側に置かれた木製の大きなテーブルまで行って坐った。ルーカスが椅子に坐って窓の外を見やると、フランシスと母親が、まるで園芸学に関心があるかのように、花壇のまわりをぶらついていた。フランシスはみじめな様子で、一方母親は首を伸ばし、明らかにサー・レジナルドを探しているようだ。

「どうやらきみたちふたりとも、ぼくの夜がどうなったか、すでによく知っているようだ。きみの方はどうだったんだ、ベル？」ルーカスは訊ね、庭にいるフランシスではなく、目の前の友人ふたりに気持ちを集中するよう最善を尽くした。

「成功、と言っていいだろう」ベルの氷のような淡青色の鋭い目がルーカスの目と合った。「まだ、コパーポット卿の上になにもこぼしていない」

「きみが従者をしている男か？」ルーカスは訊ねた。

ベルがうなずいた。「これまでのところ、かなりうまくやっていると思う。少なくとも、ひとりを除いては」

「ぜひ教えてくれ、そのひとりとはだれなんだ？」クレイトンが身を乗りだし、眉毛を動かした。

「これまで出会ったなかで、もっとも腹立たしい小間使いだ」ベルが答える。

ルーカスは片眉を持ちあげた。「小間使いと言ったか？」

「そうだ、際限なく口論をふっかけてくる」ベルが顔をしかめた。「あんなに疑り深い娘はこれまで会ったことがない——スパイであるぼくが会ったことがないと言うんだから、相当なものだ」

「きみが従者だと信じていないということか？」クレイトンがくすくす笑いながら聞いた。

ベルがあきれ顔をしてみせた。「従者どころか、ぼくが男だとも信じてないんじゃないかな」

「なるほど、だがきみは、その小間使いを非難できないわけだ。実際、偽りの姿なんだから」

ベルが片肘をテーブルにつき、顔をしかめた。「そうだとしても、会った瞬間にあれほど嫌われた経験はこれまでないぞ」

「傷ついたのか、ベル？」クレイトンが言い、子犬のような目で彼を見つめた。

「とんでもない」

「それはうちの使用人か？」クレイトンが次にそう訊ねた。

「いや違う。レディ・コパーポットが連れてきた。彼女の娘の小間使いだ」

クレイトンが肩をすくめた。「そうか。それでは、ぼくがなにか言うことはできないな。レディ・コパーポットに話をしてほしいなら別だが」

「いや、そこまで大げさなことではない。単に苛立ちの元というだけだ。自分でなんとかできると思う」ベルは頭を振った。「それより、ルーカス、きみの花嫁探しの進捗状況はいかに？　だれか見つかったか？」

ルーカスがミス・ウォートンのことを言おうと口を開いた瞬間、ベルが言葉を継いだ。「時間がなくてぼくはあまり探せていないが、少なくともひとり、きみが絶対に避けるべきレディを見つけたぞ」

「それはだれだ？」ルーカスは訊ねた。

「ミス・フランシス・ウォートンだ」

ルーカスは開けていた口をぴたりと閉じた。「なぜだ？」

「昨夜の晩餐で、〝荒ぶる神（ターマガント）〟のように振る舞った女性だろう？」クレイトンも訊ねる。「たしかに、金切り声で使用人に怒鳴るレディは、きみが妻に探しているタイプの女性とは言えないな。それに、彼女の父親は貧窮していると聞いた。持参金もなしだ」

ルーカスは咳払いし、なんとか話題を変えたいと、戸口のほうに目をやった。

「ワースはどうしたんだ？　彼が一夜を切り抜けたかどうか、きみたちどちらか聞いたか？」

「まあ、ワースのことだ」クレイトンが答える。「彼はいつも必ず最後に現れる」

友人たちの言葉に呼ばれたかのように、ワージントン公爵がぶらぶらと図書室に入ってきた。周囲に目をやって、四人だけのことを確認すると、低く響く声で呼びかけた。「だれか馬丁を呼んだかな？」

「ちょうどきみのことを話していたところだ」ワースがテーブルに加わると、クレイトンが言った。

「心配には及ばない、紳士諸君」ワースがにやりとする。「ぼくはまだゲームを続けている。正体は見破られていない」胸の前で腕組みし、自慢げににやりとした。

クレイトンがため息をついた。「残念。百ポンドが消える」

ワースが黒い眉を持ちあげた。「どういう意味だ？」

クレイトンは上着の内ポケットから財布を取りだし、数枚の紙幣を抜くと、それをベルに向かって放り投げた。「ベルと、きみがひと晩続かないことを賭けていたんだ」

「ぼくに対するきみの信頼の欠如には、非常に傷ついた」ワースが言い、クレイトンに向かって大げさに目をぱちぱちさせた。「そして、ありがとう、ベル。ぼくを信じてくれて」金をポケットにしまっている侯爵に言い、侯爵はワースに一礼を返した。

「しかし、デビュタントはひとりも厩舎に来なかっただろう、ワース？」ルーカスは笑いながら訊ねた。

「ひとりだけ来た」ワースが答える。その悩ましげな口調に、ルーカスは思わずワースを見返した。

「本当か？」ベルの口調も明らかに彼の関心を示している。「だれだ？」

ワースが両脚でバランスを取りながら、椅子の背にぐっともたれた。両腕は脇に落としてぶらぶらさせている。「そのひとりとは、レディ・ジュリアナ・モンゴメリーだ」

ベルが目を見はり、口笛を吹いた。「レディ・ジュリアナ・モンゴメリー？」繰り返す。「二年前にきみが婚約破棄したレディか？」

# 9

フランシスは翌朝ふたたび図書室に向かいながら、別にミスター・ルーカスと会うことを望んでいるわけではないと自分に言い聞かせていた。それでも、扉を開けて部屋にだれもいないことを知ると、胸に失望の痛みを覚えずにはいられなかった。使用人の仕事は予定が決められている。それとも違うのかしら？　きょうもまた薪を運んでここに戻ってくるかもしれないと期待したわたしがばかだった？

万が一ミスター・ルーカスが部屋に入ってきた時に多忙そうに見えるように、足を速めて、法律の本の置き場所と目星をつけた隅の棚に向かった。彼が来る気配はないまま五分が過ぎ、気づくとフランシスは自分がなにを探しているかもすっかり忘れて、しょんぼりと大きな書物の列を見あげていた。

だから、数秒後に扉が開いてミスター・ルーカスが腕いっぱいに小さい薪を抱えて入ってきた時、心臓はどきんと胸が痛いほど激しく打ったのだった。

あまりに急いで振り返ったので、バラ色のスカートがくるぶしに当たってさらさらと鳴った。「おはようございます」呼びかけてから、すぐに大きな声を出したことを後悔した。

声が大きいといつも母に叱られているが、ミスター・ルーカスは気にならないらしい。すぐに満面の笑みを浮かべたからだ。彼の返事も同じくらい元気だった。「またここに来られているかと思ってました、お嬢さま」

フランシスはスカートを持ちあげて彼のほうに近づいた。「がっかりした？　それとも嬉しい？」あまりに軽薄な質問だが、訊ねずにはいかなかった。

「嬉しいほうです。もちろん」彼はフランシスに向かって頭をさげると、そのまま暖炉に向かい、薪をおろした。

フランシスもそばまで行って数歩離れたところに立ち、彼がきのうと同じように上着を脱いで、火に薪をくべるのを見守った。思わずため息をつく。この姿を一日じゅうでも眺めていられる。

「昨夜は少しくつろいで食事ができたでしょう」ミスター・ルーカスがフランシスに背を向けたまま言った。「うまくサー・レジナルドから離れた席にお坐りになられたようで」

「偶然ではないのよ」フランシスは笑った。「きのうの午後にレディ・クレイトンとお茶をいただいて、彼女に窮状を訴えたの」

「話されたんですか、シオ……レディ・クレイトンと?」ミスター・ルーカスが咳払いをした。

フランシスはけげんそうに彼を眺めた。レディ・クレイトンを洗礼名で呼びそうになった? 奇妙なことだ。「ええ、一緒にお茶をいただいて、楽しくおしゃべりをしたわ。昨夜はほかの場所に坐ることに同意してくれたの。同情してくれたわ、優しい方。彼女のご両親も、彼女が少しも愛していない男性との結婚を望んだそうよ」

ミスター・ルーカスがちらりとフランシスを見あげてうなずいた。「ええ、クレイトン卿の馬を監視していて脚を折らなければ、すべてはまったく違うことになっていたでしょう」

フランシスはまたミスター・ルーカスを眺めた。いまのも奇妙な発言だ。主人の個人的な生活について、なぜそんなによく知っているの? それに、馬を監視するっていったいなんのこと?

「というか……ああ……そう聞きました。使用人の食堂で」彼はそう言い終え、また薪と暖炉のほうに注意を戻した。

なるほど、そういうこと。それなら筋が通る。彼は根拠のない噂話を聞いたわけだ。当然だろう。使用人たちは自分たちの主人に関する噂話が大好きだ。

フランシスはため息をついた。「そう。それでレディ・クレイトンはわたしを憐れんで、昨夜は離れた席に座らせてくださったのね。でも母は卒中を起こさんばかりに怒っていたから、今夜は調整してくださるようにとレディ・クレイトンにお願いしたでしょう。また彼の隣りに坐らなければならないと思うわ。でも、心配しないで、今回はあなたにワインをこぼさせるようなことはしないから」

ミスター・ルーカスがまた振り返ってフランシスを見あげたが、その顔には残念そうな表情が浮かんでいた。「それは残念と言ったら信じますか？」

フランシスは笑った。「わたしにワインをこぼしたいの？」

ミスター・ルーカスは肩をすくめた。「お客さまにもっとガチョウをいかがですかとひたすら訊ねてまわるよりも、はるかにおもしろい夜になりますから」

フランシスはまた笑った。「わたしたちのどちらがより退屈な夜を過ごすことになるか、競争したいくらいね。退屈な人々と世間話をするのがどんなものかわかるでしょう？」

ミスター・ルーカスの笑い声が図書室のなかに響いた。「そんなにひどいのですか？」

「少なくとも、わたしが隣りに坐った方々は、ええ、そうだったわ。昨夜はレディ・

ロザリンド・クランベリーの隣りに坐らせていただいたけれど、彼女が話したいのは購入したばかりの髪飾り用の布地のことだけ。髪飾りよ、信じられる？」

ミスター・ルーカスが首を振った。「なるほど、認めましょう。それはたしかにおもしろくなさそうだ」

「本当におもしろくないのよ」フランシスはため息をついた。

「あなたが気に入っている紳士はいないのですか？」彼は訊ねながら立ちあがり、両手についた埃を払った。

フランシスは頬を赤らめた。「そうね、わたしが気にいっているのは――」いくら頭を占めている言葉がそれだけとしても、〝あなた〟とはさすがに言えない。あまりに多くの理由から、それは不適切だ。

ミスター・ルーカスが咳払いをした。「うかがったのは、あなたがきのう、愛についておっしゃっていたからです。あれは、愛する人と結婚したいという意味ですか？」

「仮に結婚するとしてもね」せつないため息をもらした。「ええ、そうよ。いくら世間知らずと言われても、愛情は結婚の根幹と信じているわ」

ミスター・ルーカスが上着を拾い、広い肩にそれを着た。フランシスが唯一がっかりしたことがあるとすれば、彼が後ろを向いていなかったことだ。彼の背中は石の彫刻のようだから。「ごめんなさい、なんて言ったの？」しまった。彼がなにか言ったのに、全然聞いていなかった。

「こう言いました。あつかましい発言をお許しいただきたいのですが、レディからそのような発言を聞くのは珍しいと、あなたの……身分のレディが」

「わたしの身分？」フランシスは繰り返した。「わたしのような身分のレディは全員がお金とか地位のための結婚にしか関心がないと、あなたは思っているということ？」

彼の顔に奇妙な表情が浮かんだ。それは彼の思いを正確に伝えるものだった。「申しわけありません、お嬢さま。行き過ぎた発言で――」

フランシスは手を振って彼の謝罪を拒んだ。「かまわないわ」にっこり笑って言う。「あなたとわたしがお互いに正直でいてはいけないという理由はどこにもないもの、ミスター・ルーカス。たとえば、わたしは選択の自由があるあなたがうらやましい」

ミスター・ルーカスが今度は驚いた顔をした。「自由ですか？」彼は胸の前で腕を組み、頭を片方に傾げた。そんな様子が耐えがたいほどハンサムで、なにかわからないが、彼が使っている石鹸の香りにフランシスは頭がくらくらした。彼の首に顔を近づけて、その香りを嗅ぎたかった。

「奇妙に聞こえるのはわかっているわ」フランシスは答えた。「でも、少なくとも結婚の自由はあるでしょう？　使用人は自分が選んだ人と結婚できる。愛している人と」

「ああ」彼がうなずく。そのハンサムな容貌に、一瞬かすかな失望が浮かんだようにフランシスは感じた。「なるほど。あなたはサー・レジナルド以外の男性を愛しているんですね」

フランシスは思わず笑いだした。「いいえ」笑いながら首を振る。「そうではないわ。でも、サー・レジナルドは愛していません」肩をすくめる。「本心を言うと、わたしは結婚にまったく興味がないの」

彼が目をぱちくりさせた。「だれとも？」

「そうよ」フランシスはほつれた巻き毛を耳にかけた。

「もしも恋に落ちたら？」ミスター・ルーカスがまた訊ねた。フランシスの顔を真剣に眺めている。

フランシスはその質問にもまた笑った。「そんなことは起こりそうもないとだけ言っておくわね」

それでも彼はまだフランシスの顔をじっと見つめている。「それはなぜ？」

「なぜなら、今年はずっと、母がわたしを上流階級の紳士のほとんど全員に引き合わせたけれど、その全員が想像し得るなかで一番退屈で、一番もったいぶった気取り屋さんたちだったから」

彼が首を今度は反対側に傾げた。また抑えきれずににやりとする。「全員が？」

「ええ」フランシスは片手をひらひらと振った。「わたしが会った方は、自分を特別だと思っている愚かな人たちばかり。でも、最悪な部分はそこではないわ」

彼は明らかに関心を持ったらしく目を見開き、フランシスのほうに身を傾けた。

「なにが最悪な部分？」

「それは、全員がまるで、親切に話してやっているのだから、わたしが彼らの足元にひれ伏すべきであるというような態度を取ることよ。爵位を持つ紳士がたは、自分がほんのわずか関心を向けただけで、わたしが失神して倒れこむと、本気で信じているかのよう」

彼は笑いと戦っているかのように見えた。「爵位は気絶する理由にはならないと？」

「むしろその逆だわ」

「なるほど。従僕はどうですか？」彼がフランシスにウィンクした。

フランシスは両目を見開き、両手をこぶしにして腰に当てた。「まあ、ミスター・ルーカス、あなたはわたしを誘っているの？」

彼は一歩近づいてフランシスを見おろし、緑色の瞳でじっと見つめた。「もちろん違います、ミス・ウォートン。それは不適切でしょう」

フランシスは顔をあおぎたかった。自分も一歩前に出て、彼に触れたかった。彼に……キスしてほしかった。彼を見つめたまま、その場に立ち尽くす。じっと彼を見あげたまま永遠とも思える数秒が経ったあと、彼が一歩さがり、ふたりのあいだの張りつめた空気を払うかのように頭を振って、そして訊ねた。「あなたの心をつかむためにサー・レジナルドにできることは、なにもないのでしょうか？」

なんとか息を整えたフランシスは、指で小さく頬を叩きながら考えた。「ええ、ないわ。わたしが彼を説得できて、あのおぞましい雇用法案に反対すれば別だけど」

# 10

ルーカスは図書室から足早に立ち去った。くそっ、なんてことだ。いったい全体なにが起きたのか？　ミス・フランシス・ウォートンとの関係はうまく進んでいない。昨日の話から、クレイトンとベルが彼女をよく思っていないことは明らかだったが、それに加えて、なんと彼女は事もあろうに雇用法案に反対している。結婚に関心がないという意味の発言は言うまでもない。自分はどうしてこんな状況に陥ってしまったのだろう？

上流階級で結婚に興味がないという適齢期の女性にこれまで会ったことがない。もちろん母親たちのほうがより強く関心を持っているだろうが、若いレディたちも同様だと確信していた。ルーカスはついにまことの愛を信じる女性を見つけたが、その女性は結婚にまったく関心がないという。それどころか、上流階級の紳士たちを痛烈に批判した。自分は伯爵だと宣言することで彼女の気持ちを得られるとは到底考えられない。

さらに雇用法案のこともある。この法案についてとやかく言う女性になぜ出会ってしまったんだ？　それも、よりにもよって、なぜ彼と反対の立場を取る人物なんだ？　友人たちをよくわかっていなければ、彼らがいたずらを仕組んだと思っただろう。彼が関心を持ちそうな女性をこのハウスパーティに招き、彼に向かって、兄の法案をおぞましいと言わせる。いや、親友たちも、さすがにそんなばかげたことは思いつかないだろう。いや、このばかげた状況の原因は、この茶番劇に参加すると自分が同意したことだ。その結果として起きたさまざまなことは当然の報いと言えよう。

しかし、罪悪感については予想もしていなかった。罪悪感は心の中で着実に募りつつある。ミス・ウォートンと話すたびに、自分は積み重なった嘘のなかにどんどん沈んでいく。昨日は、もう二度と彼女とは話さないと、自分に言い聞かせた。きょう、彼女がまた図書室に来たとしても、丁重かつ適切に振る舞ってショールだけを返し、すぐに部屋を出ると自分に誓った。そのどれも実現しなかった。気づけばふたたび会えて嬉しくなり、調子に乗ってまた長々と会話を交わした。控えめに言っても、情けない行動だ。

しかも、彼女にショールを返すことすら忘れた。というより、そうすることを無意識のうち思いださないようにしていたのかもしれない。自分はなんてばかなんだ。適切な行動とは、当然ながら、即座に彼女とのすべての接触を断ち、このハウスパーティから遠ざかることだ。しかし、そうわかっていても、自分がふたつの理由から、そうするつもりがないとわかっていた。ひとつは雇用法案に関してサー・レジナルドと話をする機会を逃したくないこと。そしてふたつ目は、法案に反対の立場を取る理由を彼女から聞きたいと思っていること。

おそらく、ミス・ウォートンはこの法案について、間違った噂話を聞いたに違いない。それ以外に、彼女が反対する理由を説明できるか？ 法案の追加条項はまさに庶民を助ける意図で、広大な地所を経営する勤勉な紳士たちを支援して小作人の雇用を守らせるために加えられている。この法案が通過しなければ、自分やフランシスの父親のような男たちは、新しい小作人を拒否せざるを得なくなる。それを望む人がいるだろうか？

ミス・ウォートンは法案の詳細を理解していないとルーカスは確信していた。彼女の意見を聞いたあとに、きちんと説明して道理をわからせることができるに違いない。そうだ、それこそまさに自分がやるべきことだ。罪悪感と、この芝居を続けても自分がみじめになるだけだという確信があるにもかかわらず、ルーカスは次にミス・ウォートンと会う機会が楽しみだった。彼女から離れていようとしても、もはや遅すぎる。何度も会って話したのだから、ロンドンでもすぐに彼に気づくだろう。あしたも図書室の暖炉に薪を運んでいって、どうなるか様子を見よう。

しかし、その前にまず、友人たちに話をしなければならない。サー・レジナルドと会うためには、彼らの助けが必要だ。昨日は、厩舎にいるところをかつての婚約者に見つかったとワースが告げた直後に、ちょうど図書室に入ってきた滞在客に邪魔された。四人ともあわてふためき、主人と三人の使用人が図書室で席を同じくしているのがあたかも日常的なことのような顔をせざるを得なかった。クレイトンは立ちあがって指示を出し始め、それに従ってほかの三人が違う方向に散らばった。昨夜のうちにクレイトンはメモを寄こし、会合の場所を階下の使用人用の区域にある貯蔵室に変更した。そこならだれにも聞かれないし、邪魔が入る可能性も低い。

ルーカスは使用人用の階段を使って一段おきに地下までおりていった。ミス・ウォートンと長く話していたせいで、けさの会合に遅刻したのは彼だった。狭い貯蔵室に入っていくと、すでに三人とも来ていた。

「きょうも従僕の仕事で忙しいか、ルーカス？」ベルが訊ね、金髪の眉を片方持ちあげた。

ベルは一番奥の隅の壁に肩をもたせて胸の前で腕組みし、みんなのほうを向いて立っている。ワースは左の壁の前に置かれた樽に腰掛けて片脚をぶらぶらさせ、一方クレイトンは戸口のそばの壁にもたれて立っていた。子爵はルーカスが部屋に入るやいなや、待ち構えていたように扉を閉めると、部屋の真ん中に置かれた小テーブルに着席した。

「そんなところだ」ルーカスはつぶやき、クレイトンの向かいの椅子に滑りこんだ。

「みんなまだ滞在客にばれずに、使用人としてやっているか?」ベルが訊ねた。「ぼくはいまのところ大丈夫だ」

「ぼくもだ」ワースが宣言する。「あの迷惑千万のレディ・ジュリアナをのぞいてだが」

「それだよ」ベルが一歩前に出た。「いったいなにが起こっているんだ、ワース? きみはなにも言わないじゃないか」

ワースはうなり声を漏らし、目をこすった。「この世のすべてのハウスパーティのなかで、いったいなぜレディ・ジュリアナ・モンゴメリーはこのパーティを選んだんだ? それにクレイトン、彼女をここに招待してくれても、ぼくはまったく嬉しくないんだが。きみをよく知っていなければ、きみがぼくの賭けの勝率をさげるためにわざと招待したと思うところだ」

「それどころか、ぼくはまったく関与していない」クレイトンが答えながら椅子の背にもたれた。「昨夜、それについてシオドラに聞いたよ。彼女の話では、もともとレディ・ジュリアナの母上と妹さんを招待していたが、最後の最後にレディ・ジュリアナも同行するという通知が来たらしい。断りの手紙を書くには遅すぎた。それに、シオドラがどんな口実を使えばそれを拒否できたと言うんだ？」

「たしかに。だがまあ、いちおうぼくに、ジュリアナが来ることを知らせてくれてもよかったかな。あの娘は馬好きだ。知っていれば姿を消すことができたのに」

「厩舎で姿を消す馬丁は、いい馬丁とは言えないぞ」クレイトンが笑った。

「しかも、シオドラはきみとレディ・ジュリアナの過去がまったく思い浮かばなかったらしく、彼女が来ることをぼくにも言わなかった。きのう、きみからその話を聞いて初めて知ったわけだ」

「とにかく」ベルが口を挟んだ。彼女がきみを見た時になにが起こったかを話してくれ、ワース」

「そうだ」ルーカスも言い、身を乗りだして、テーブルに片肘をついた。「彼女はきみに気づいたわけだろう？」

「もちろん、彼女はぼくに気づいた」ワースがおもむろに告げ、ぶらぶらさせていた片方のブーツの先をひょいと蹴りあげた。「あの生意気な娘は目ざといんだ。ぼくが一度会ったら忘れられない人間だということは言うまでもないが」坐り直し、全員に向かってにやりと笑った。

ベルがあきれ顔で急かす。「それで？　どうなった？」

ワースの笑みは消えなかった。「彼女を警戒させずになんとか説得し、一緒に遠乗りに出かけた」

「それでどうなったんだ？」ルーカスは訊ね、ワースがよく見えるように椅子をまわした。ワースとレディ・ジュリアナの交際に関してルーカスが記憶しているのは新聞のゴシップ欄を賑わせた噂話だけだ。そのあとにワースは惨事を免れたと言っていた。ルーカスが知るかぎり、ふたりは実際に婚約はしていなかったはずだ。

「黙っているように、なんとか説得した」ワースが答え、組んでいる両腕を手で撫でて、危なかったというしぐさをしてみせた。

「どうやって？」ベルが狭めた鋭い目でワースの顔を探る。

ワースが咳払いをした。「ぼくの魅力でかな？」

ベルが片方の眉をあげる。「本当に？」

「わかったよ。それは違うといちおう言っておこう」ワースが答える。

「嘘だろう、まさか、そんなことできないよな、ワース？」ルーカスがうめいた。

「できるし、今後もやるさ」ワースが言い返した。「それについてはみんなで話し合ったはずだ。ひとりやふたりなら、ぼくたちの正体を知ってもまったく問題ないという話だった。このパーティの残りの人々が知ることはない」

「同感だ」クレイトンがうなずいた。「レディ・ジュリアナが黙っているかぎり、きみたちはまだ参戦中ということだ」

「ありがとう」ワースがこの屋敷の主人に一礼し、ほかのふたりに向かってにんまりしてみせた。

「黙っていることに同意させるために、きみがなにをしなければならなかったかは、想像するしかないが」ベルがひゅっと口笛を吹いた。「ぼくの記憶では、最後にふたりで話した時に、彼女から、きみは〝受け入れがたい人物〟と言われたはずだが」

「正確に言えば、書いた時にだな」ワースが答える。「それに、どんなに突かれてもなにも言わない、努力は認めるがね、ベル。念のために言うとすれば〝受け入れがたい人物〟といえば彼女だってそうだ。さあ、もっと楽しい話をしよう。有望な花嫁候補者は見つかったか、ケンダル？」公爵がルーカスに向かって目くばせをした。

ルーカスはクラヴァットをぐっと引っ張り、鼻のてっぺんを掻いた。言えることがあるか？「いや」それが唇から出た最初の言葉だった。間違いなくフランシス・

ウォートンに惹かれているが、今のところ結婚に至るにはほど遠く、彼女と彼女の家族を考えても、彼女がよい選択肢と言えない明白な問題点が多々ある。それでも、友人たちと話し合いたいことがあった。「未来の花嫁はまだ見つかっていないが、きみたちの助けを必要とすることがある」

「そうなのか?」クレイトンが身を乗りだした。

ルーカスは咳払いをした。「実はサー・レジナルド・フランシスがここにいるので――」

「サー・レジナルド?」ベルが口を挟んだ。「ぼくはまだ会っていない。なぜいるんだ?」

「それはぼくも答えを知りたい質問だ」ルーカスは椅子の背にもたれ、腕組みしてクレイトンを見やった。

「仕方がなかった」クレイトンがぐっと顎を持ちあげる。「サー・レジナルドはいつも招待している。皇太子と非常に親しい間柄だ。あの取り巻きたちの機嫌をあえて損ねたくない」

「しかし、ぼくが晩餐の給仕に出る前に警告してくれることはできただろう」ルーカスは言う。

ワースがヒューと口笛を吹いた。「おもしろい話になってきたぞ」

「たしかにそうだ」クレイトンはややたじろいだ様子を見せた。「シオドラもぼくも、ベルの理論が正しいか確かめたかったというのもある。本当に、使用人の格好をしているとと気づかれないのか？　そして、ケンダル、きみはそれを証明した。サー・レジナルドは一度もきみを見なかった。いやはや、驚きだよ」そう言いながら片手で膝を叩く。

ベルが袖口を引いて位置を直しながら、当たり前のことのように言った。「だから、そう言っただろう」

「たしかに、きみはそう言った」ルーカスは答えた。「しかし、もしもサー・レジナルドがぼくを見たら？」

「そうなったら、最初の晩で賭け金を失ったさ」ワースが言い、樽からひょいと飛びおりて、ルーカスの背中を叩いた。「肝心なのはそこだ」

「きみがレディ・ジュリアナにやったのをまねすれば、彼に黙っているように説得できたかもしれない」

「そいつも、なかなかいい試みだ」ワースが言う。「だが、彼女になんと言ったかを教えることは断固拒否する」

ルーカスは肩をすくめた。

「それで、あのほら吹きサー・レジナルドは、きみが彼の料理を供しているのに気づかなかったわけか、ケンダル」ベルが信じられないというように頭を振った。

「ケンダルが、彼の婚約者になるはずの女性にワインをこぼした時も気づかなかった」クレイトンがつけ加えた。

「だれの婚約者になるはずなんだ？」ワースが眉をしかめて訊ねた。

「サー・レジナルドのだ」クレイトンが答えた。「サー・レジナルドがミス・ウォートンに狙いを定めているのは明らかだ」

「ミス・ウォートン？」ベルが繰り返した。「あの口やかましい？」

「ここにはまだほかにも、口やかましいのがいるのか？」ワースが聞く。「レディ・ジュリアナだけかと思っていた」

「ミス・ウォートンは口やかましいわけではない」ルーカスは思わず言った。「ただ、サー・レジナルドを思いとどまらせたかっただけだし、それは非難できない」

友人たちの頭が一斉に彼のほうを向いた。彼らの顔に浮かんだ表情は、まるでルーカスに突然ふたつ目の頭が生えたかのようだった。それを見てルーカスは、そもそも彼らがこの計画をもくろむことになった〈知りたがりのヤギ（キュリアス・ゴート）酒場〉での夜を思いだした。

クレイトンが咳払いをした。「これは全員の関心事だと思うが、いったいどうやってそれを知ったんだ、ケンダル？」

ルーカスは唇をぎゅっと結び、いくつかの返事を考えては捨て去った。やれやれ、やってしまった。なぜ、おとといの晩餐でミス・ウォートンが使用人に暴言を吐くふりをしただけと自分が知っているのかを、もう少しさりげなく説明したかったが、こうなってはもはや無理だろう。

「あのレディと話したんだ、そのあとに。彼女は……謝罪した」

「謝罪した？」クレイトンの顔に浮かんだのは純粋な衝撃の表情だった。「きみを探しだしてということか？」

ルーカスはうなずいた。「そうだ。夕食のあとに調理場までおりてきて、ぼくたち全員に謝罪した」

「だが、彼女がサー・レジナルドを思いとどまらせようとしたことを、どうしてきみは知っているんだ？」ベルが追及する。

ルーカスはまたネクタイを引っ張った。やれやれ、事態はますます複雑化している。

「彼女がぼくにそう言った」

「なんだと？」ワースが叫んだ。「あのレディがきみに直接、サー・レジナルドの求婚に関心がないと言ったのか？」

「そうだ」ルーカスは答えた。もう手遅れだ。この道を歩き始めたからには、通り抜けねばならない。

「だが、彼女はまだ、きみを従僕だと思っている。正しいかな？」ベルが眉をひそめて確認する。

「正しい」ルーカスは答えた。

クレイトンが首を振った。「いったい全体なぜ彼女は彼に求婚を思いとどまらせたいんだ？　彼女には持参金がないし、関心を持っているのはサー・レジナルドだけのようだが」

それはルーカスが答えるべき質問ではない。「いずれにせよ、彼女がぼくにそう言ったんだ」

「食堂できみに怒鳴ったことを謝罪した時にか？」ベルが訊ねる。

ルーカスはうなずいた。「そうだ」

「それにしても、紳士の求婚に関心がないことを、彼女がなぜ一介の従僕に話したのかを知りたいものだ」ワースも追及に参加する。

ルーカスは深く息を吸いこんだ。やれやれ。それも白状するしかないだろう。「なんというか……親しくなったんだ。毎朝、図書室で会っている」

今度は三人の男全員の眉が一斉に持ちあがった。

最初に声が出るようになったのはワースだった。「レディが従僕と親しくなる？」

鼻を鳴らすような音を発した。「なるほど。完璧じゃないか？」

「完璧じゃない。最悪だ」ルーカスはつぶやいた。

「なぜだ？　きみは使用人たちに感じがよいレディを探していたと思ったが」ワースが言い募る。

ルーカスは首を振った。「そうだったが、こうしてすでに数回も話したあとに、いったいどうやって、ケンダル卿として彼女に会える？　彼女はあの従僕だと気づくだろう」

「ああ、なるほど。それはたしかに問題になりそうだ」

「ぼくに言わせれば、それは今後の課題だ」ベルが下唇をつまみながら考える。「いまそれについて心配することはない、ケンダル。そういうことは、必ず解決できる方法があるものだ」

「そうは思えないが」ルーカスは言った。「だが、たしかに、これについて話し合うのはもうやめよう」暑いかつらを脱ぎ、片手で髪を掻きあげる。「それより、ほかの話をしたいんだが？」

「いいぞ、なんの話をしたいんだ、ケンダル？」クレイトンが興味を示して身を乗りだした。

「サー・レジナルドと内密に話をする必要がある。しかも、ケンダル伯爵として会わなければならない」

クレイトンがふんと鼻を鳴らした。「なるほど、つまり、二カ所のうちひとつで従僕のルーカスのふりをし、もう片方ではケンダル伯爵になって、行ったり来たりするわけか？」

ルーカスは手の甲で額をこすった。「そんなところだ」

「見るのが待ち切れない」クレイトンが笑いだし、片手でテーブルを叩いた。「合間に服を着替えて早変わりか」

ワースのしゃがれた笑い声が小さい部屋の壁に反響した。「間違えそうだな。注意しろよ。きみがお仕着せを着たケンダル伯爵で出てきたら、きみは賭けに負ける」

「あるいは、伯爵の格好の時に、サー・レジナルドのワインをこぼしてもだな」クレイトンがつけ加える。

ベルが壁に背中をつけてもたれ、大きく息を吐いた。「やれやれ、ケンダル、きみは物事を複雑にするのが本当に得意だな」

# 11

翌朝フランシスはそわそわして、客用寝室の化粧台の鏡の前にじっと坐っていることもできなかった。アルビーナが熱した焼きごてで忙しく巻き毛を作っている。先ほどはフランシスの頬にバラ色の頬紅をほんのり差してくれた。大好きなシャクヤクの香りの香水も両耳の後ろに軽くつけてある。胸のあたりがどきどきして、図書室に行くために地味な黄色のドレスを着ているのではなく、まるで舞踏会の準備をしている時のように感じた。

ミスター・ルーカスはきょうもまた図書室に来るだろう。それは確信していた。自分が彼と一緒に過ごすひとときを楽しみにしているという事実が確かなのと同じように。でも、そんなことをしても意味がない。彼と未来を築けるわけでもないのに。たとえ自分が望んだとしても。両親は決して許さないだろう。それに、自分はずっと結婚に激しく反発していたのでは？　そうよ、ミスター・ルーカスと結婚したいというわけじゃない。ただ、あの男性に会っているだけ。いいえ、違う。たしかに彼はハンサムでおもしろくて、そして魅力的でしかも——。

「あちっ」

「すみません、お嬢さま。わざとじゃなかったんです」アルビーナがたじろぎ、鼻の頭に皺を寄せた。

フランシスは右頬に手をやり、アルビーナが誤って熱い焼きごてを一瞬当てた箇所にそっと触れた。

鏡越しに女中と目を合わせる。アルビーナの目が不安そうに見開いている。「どうかお母さまには言わないでください、ミス・フランシス。あたし、すごく怒られます、絶対に」

フランシスは頬を撫でるのをやめ、励ますように女中にほほえみかけた。「ええ、もちろん母にはいわないわ、アルビーナ。大丈夫よ。心配しないで」

アルビーナが止めていた息を吐きだした。不安げな表情が目から消え、アルビーナはフランシスの髪を整える仕事を再開した。

フランシスは鏡に映る女中をそのまま見守った。アルビーナは中背で、金髪に青い瞳の容姿はそれなりにかわいい。しかし、いつもうつろな表情を浮かべている。仕事は完全にこなし、不満をこぼすこともない。だからこそフランシスの家のわずかふたりの使用人のひとりに残った。いまはこの家にいる女性三人全員の小間使い役を務め、掃除もして、料理も手伝う。それ以上なにを望めるだろう？　この気の毒な娘は、母からの叱責など気にかけなくていい。この家にとってどうしても必要な人材だからだ。それでも、彼女は心配しているのか。コック以外は全員解雇されると恐れているのかもしれない。きっと、次にまな板に載せられるのは自分だと思っているのだろう。

もう百回目ぐらいになるが、フランシスは心のなかでまた父をのろった。父は自分の意志の力で賭博台を離れることができない。時々夜遅くに、寝室で声を荒らげて言い合っている父母の会話が聞こえてくる。母は父に賭け事をやめてほしいと懇願し、父は次の賭けに勝って、すべてがうまくいくと言い張る。母は無駄な議論をしている。父はやめるつもりなどさらさらない。家族の生活は少しずつ変わり、家財が売り払われ、使用人が解雇された。しかも、母の不機嫌と家族の切り詰めた生活だけが、父の情けない選択の結果でないこともフランシスには次第にわかってきた。

夜な夜なロンドンの街屋敷の戸口に来る男たちの人数がどんどん増えていったからだ。母とアビゲイルは気づいていない。男たちがたいてい、家族が寝室にさがったあとに訪ねてきたからだが、フランシスの寝室の窓はちょうど父の書斎の真上だった。一段高い声の響きと脅しをかける怒声がたびたび聞こえてきた。このことを母にもアビゲイルにも話したことはない。ふたりを心配させたくなかったからだ。言ったからといって、なんの意味がある？　しかし、おそらく母が信じているよりも父の状況ははるかに切羽詰まっているのだろうとフランシスは推測していた。

「きょうはどんな予定ですか、ミス・フランシス？」アルビーナの訊ねる声にフランシスは思いを振り払った。女中は髪を巻き終えて、その巻き毛をちょうどいい位置にせっせとピンで留めていた。

フランシスはため息をつき、さりげなく聞こえるように最善を尽くした。「そうね、きょうもまたクレイトン家の図書室に行こうと思ったんだけど」

アルビーナが頭を振り、腐った牛乳を嗅いだ時のように顔をしかめた。「なんであの読書っていうのにそんなに我慢できるか、全然わかりません」

フランシスはくすくす笑った。「わたしは読書が大好きなのよ」

「知ってます、お嬢さま」アルビーナが答え、ヘアピンでまたひとつ巻き毛を留めた。

「でも、すごく退屈に思えるんですけど」

フランシスは鏡越しに女中にほほえみかけた。「あなたももっと試してみたらいいのに、アルビーナ。前に書く勉強を手伝った時のように、読むのも手伝ってあげるわよ」実際に昨夏、アルビーナはフランシスに書き方を教えてほしいと頼んできた。彼女と毎日計三時間、朝昼晩に勉強を続けた結果、この娘が短期間に相当な進歩を遂げたことに一番驚いたのはフランシスだった。アルビーナは生来頭がよくて勤勉な生徒だった。しかしいま、アルビーナは目の前の仕事に集中していた。「わかっています、お嬢さま。何度も言われてますから。いつかやりたいです。でもいまは、書き方だけでいいです」

フランシスのほうは、女中が仕事をしやすいように頭を動かさないことに集中した。「ほかの使用人の方たちは、あなたに対してどんな感じ、アルビーナ？　階下でという意味だけど。クレイトン卿の使用人たちのこと」アルビーナがミスター・ルーカスについてなにか知っているかどうかと思ったことは否定できない。たとえば、彼は妻帯者？　けさまでは、その可能性について一度も考えなかった。

「普通の感じです」アルビーナがため息まじりに言う。「特別に感じがいいとは言えないですけど、協力的でないとも言えないです」

フランシスはうなずいた。役立つ噂話とは言えないが、少なくともフランシスの女中は悪い扱いを受けてはいない。

アルビーナが最後のピンを留め、両手でフランシスの頭を押さえて髪全体を馴染ませた。

「でも、ひとりだけいますよ」

フランシスはふいに興味を引かれ、鏡に向かって身を乗りだした。「あら？」

「彼のこと、好きになったかもしれません」アルビーナがにっこりした。

フランシスもほほえんだ。「そうなの？　アルビーナ、あなたがそんなことを言うの、初めて聞いたわ」

「見かけもすごく素敵なんです。クレイトン卿の従僕です」

フランシスはどきりとした。自分がすでに答えを知っていることを恐れながら、なんとか質問を発した。「なんという名前なの？」

アルビーナは一歩さがり、両手を胸の前で握って夢見るような表情を浮かべた。

「ルーカスです。ミスター・ルーカス」

# 12

予想していた通り、翌日の午前中にルーカスはフランシスが図書室にいるのを見つけた。窓辺のテーブルに向かって坐り、前に大きな本を開いていた。

「おはよう、ミスター・ルーカス」彼が戸口から入っていくと、彼女はすぐに挨拶をした。

「おはようございます、お嬢さま」彼は答えた。しまった。彼女のショールを持ってくるはずだったのに。また返すのを忘れてしまわないように、昨夜は上階に持ってあがり、けさ持っておりるつもりだった。しかし、来る前に、サー・レジナルドに宛てて、明日の午後に客間のひとつで会いたいという依頼の手紙を出す必要があった。その手紙をサー・レジナルドに届けるようにほかの従僕に頼むことなどに気を取られ、フランシスのショールを寝室の机の上に残してきてしまった。あした、必ず持ってこよう。

ルーカスは暖炉に薪を補充する日常業務をすばやく済ませると、フランシスが坐っているテーブルまで歩いていった。片越しにのぞく。「なにを読んでいるんですか？」

「きょう読んでいるのはシェイクスピア」彼女が答え、彼が題名を見られるように本を閉じてみせた。「シェイクスピアを読んでいて、サー・レジナルドの前でじゃじゃ馬娘のように演じることを思いついたの」

「『じゃじゃ馬馴らし』？」ルーカスはそう訊ねた瞬間に、文学作品の名前を口にした自分を蹴飛ばしたくなった。フランシスは、従僕がどうしてシェイクスピアについて知っているのか不思議に思うだろうか？

しかし、彼女はそれについてなにも思わなかったらしく、すぐに答えた。「まさにその本よ」

ルーカスはフランシスをちらりと見やった。耳に近い頬に赤いみみず腫れができている。

「なにかあったのですか？」

彼女は彼の目を気にするように、そのみみず腫れを撫でた。「ああ、これはなんでもないの。焼きごてでちょっとした事故があって」

「そうですか」ルーカスは言った。「でも、その事故にもかかわらず、あなたの髪型はとても素敵です」

彼女が顔を赤らめている隙に、ルーカスは彼女の隣りの椅子に腰をおろして訊ねた。

「昨夜の晩餐での会話はどうでしたか?」

フランシスが前日に予想していた通り、きのうの晩の食卓でフランシスはサー・レジナルドの隣りに坐らされていた。ナイト爵の特大の口が皇太子の来たるべき来訪についてひたすら語っているのがルーカスにも聞こえてきた。それ以外、食卓は静かで、そしてまたしても、だれもルーカスに気づかなかった。

フランシスはあきれ顔で目をくるりとまわしてみせた。「サー・レジナルドが皇太子殿下の来訪について延々と話し続けていたわ」

「そうでしたね。皇太子殿下が月曜日に来られると聞きました」ルーカスは答えた。

フランシスがうなずいた。「月曜日なんてすぐなのに、それでもサー・レジナルドは待ち切れないみたい」

ルーカスは笑った。「皇太子殿下の到着後、晩餐の会話がさらにつまらなくなると思いますか?」

フランシスは肩をすくめた。「少なくとも、おもしろくはならないでしょうね。前にも言ったように、上流階級の催しの食事ほど退屈なものはないのよ。わたしが話したいことを話したい人は間違いなく誰ひとりいないし、今回のパーティもそれは同じ」

ルーカスはテーブルの上に突いた手にもたれ、彼女をじっと見つめた。「あなたはなにについて話したいのですか？」

フランシスはなにか言おうと口を開き、すぐに閉じた。

「なんですか？」ルーカスはうながした。「なにかおっしゃろうとした。それはなんですか？」

フランシスが身を乗りだして声を低めた。「秘密を打ち明けてもいいかしら、ミスター・ルーカス？」

彼はうなずいた。「もちろんです。でも、なぜ秘密なんですか？」

フランシスは周囲に目を走らせ、口元に愛らしい笑みを浮かべた。「なぜなら、クレイトン卿のハウスパーティでこの話をしてはいけないことになっているから。母と約束をしたの」

「なにについて？」ルーカスはまたうながし、やきもきしながら彼女が次に言うことを待った。

数秒間考えこんだあと、フランシスは満面の笑顔になった。「そうだわ」目を数回しばたたく。「わたしが母と約束をしたのは、このパーティで紳士の方々と政治とか救貧法の話を絶対にしないということ。それを従僕と話さないとは、約束していないわ」

「従僕となにを話すんですか？」ルーカスは目を狭めた。

彼女の笑みがさらに広がった。「わたしがなにについて話したいか訊ねたでしょう、ミスター・ルーカス？　その答えは政治よ。あなたと政治や法案について議論しても、母との約束は完璧に守れるわ」そう言って、嬉しそうに手を叩いた。「ね、そうでしょう？　やっぱりあなたのこと好きってわかっていたわ。サー・レジナルドを避けるのをあなたが最初に助けてくれた時から」はしゃいだ声でそう言ってから、また顔を赤らめた。

「待ってください。あなたは政治に関心があるんですか？」ミスター・ルーカスは眉をひそめた。

「ええ、政治。法律。すべての人々に影響を及ぼす決断。この国において、とても重要なことだわ。リボンや髪飾りとは違って」テーブルをこぶしで叩きながら、言葉のひとつひとつを切って強調する。

彼女に関するこの発見に興味を掻きたてられ、彼は肘をついた手に顎を載せた。彼女がこんなに熱心に話すのを初めて聞いた。「たとえばどんなことが重要なんですか？」

「一例を挙げれば、雇用法案のようなこと」彼女が顔をしかめる。

ルーカスは両眉を持ちあげた。「雇用法案？」

「そう。秋に議会が再開した時に票決される予定の法案のことをご存じ？　とても重要な法律なの」

ルーカスはそっと息を吐きだした。その法案に関する知識をどれほど披露したかっただろう。慎重に言葉を選んだ。「前にもそうおっしゃってましたね。それについて、なにをご存じなんですか、ミス・ウォートン？」

彼女は彼を品定めするように眺め、口元を引き締めた。「いかにも男の人のような言い方をするのね、ルーカス」

彼は小さく笑った。「申しわけありません。ただ、そのようなことに関心がある女性をあまり知らないので」

彼女は巻き毛を耳にかけ、胸の前で腕を組んだ。「わたしもそういう従僕をほかに知らないわ。だから、驚くのはお互いさまということね」

「たしかに」彼は目を細めて彼女を見つめた。「でも、とても興味があります。話してください。その法案に賛成なのですか、反対なのですか？」

彼女が身震いし、一瞬目を閉じた。「もちろん反対よ、ミスター・ルーカス。全面的に、徹底的に、疑う余地なく反対。当然のことよ！」

彼はぽかんと口を開け、首の後ろを掻いた。「そうなんですか？」くそっ、くそっ、くそっ、なんてことだ。この女性は法案に反対している。いや、ただの反対じゃない。〝全面的に、徹底的に、疑う余地なく〟反対している。

「ええ」彼女が勢いよくうなずいた。「率直に言うと、心臓が胸のなかで鼓動している人が、どうしてこれに賛成できるのか理解できないの。実はここに来たのも、そうした法律の史実を調べたかったからなのよ。歴史上の同様の法律を研究することで、反対票を増やせないかと思って」坐ったまま振り返り、膨大な蔵書を眺めた。「でも、どこを探せばいいかもわからない」

「まず、その法案についてなにが気に入らないのか話してください」ルーカスはうながした。

「そうね、ひとつは、広大な地所を経営している貴族により多くの権限を与え、貧乏な借家人や小作人の持つ権利を削減するところ。それによって、すでに富裕な人々のポケットにさらにお金が入ることになる。使用人や労働者階級にはなんの恩恵もなく、むしろ、ひどい雇用者だった場合に紹介状がもらえず、仕事を見つける選択肢が大幅に減少する」

ルーカスは唾を飲みこんだ。彼女がいま言ったのはどれも、ある視点から見れば真実かもしれないが、彼自身はまったく異なる角度から考えていたことだ。「その法案について、よいと思うことはないのですか？」おそるおそる聞いてみる。

彼女は数秒のあいだ指でテーブルを叩いていたが、それから口を開いた。「そうね、通商法のもっとも厳しい条件のいくつかを無効にするのが唯一の利点でしょう」

通商法は初期の法律であり、労働者にほぼなんの権利ももたらさない。この通商法の最悪な部分を無効にするのが、兄の法案のなかで、ルーカスも一番気に入っている点だった。少なくとも、その部分はミス・ウォートンと合意できるだろう。

ルーカスは立ちあがった。「ついてきてください」彼は言い、部屋の反対側に向かって歩きだした。「法律書がどこにあるか知っています」

「そうなの？」彼女の声には驚きが混じっていた。

しまった。主人の広大な図書室のなかで、特定の本がどこにあるかを従僕が知っていれば奇妙に思われることを考慮しなかった。話題を変えるのが最善と判断する。

「どうやって、投票結果に影響を与えるつもりですか？」

フランシスは彼について歩きながら返事をした。その声は確信に満ちていた。「わたしは女性にすぎないけれど、ミスター・ルーカス、でも政治的な決断に関与する男性の方々と同席することはよくあるわ。その時間を使って、彼らの投票に影響を与えるべく努力をしなければ、怠慢のそしりを免れないでしょう」

ルーカスは黙ったまま、図書室のほかのところから隠れて見えない奥まった隅まで行った。なかに入ると、フランシスも続けて入ってきた。

「まあ、すごい」彼女が叫び声をあげ、くるくるまわって全体を眺め、にっこりほほえんだ。「ここにこんな小部屋（アルコーヴ）があるなんて、全然気づかなかったわ」

ルーカスは指を差した。その小部屋の一階部分と二階部分の両方の天井近くに法律の本が並んでいる。

彼女は彼の指の先に視線を移し、そしてまたにっこりした。「まあ、ミスター・ルーカス、本当にありがとう。あなたが教えてくれなかったら、絶対に見つけられなかったでしょう」一瞬ためらい、それからまた目を細めた。「聞いてもかまわないかしら。なぜここにあるって知っていたの？」

ルーカスは目をそらし、額を掻いた。このいまいましい髪粉つきのかつらのせいで頭がかゆい。こういうことは実行する前にもっとよく考える必要がある。だが、彼女と一緒にいるとなぜか気軽な気持ちになる（むしろ軽率というほうが近い）。しかし、ありがたいことに、彼は歩いてくる途中ですでにその答えを考えていた。「ぼくもこの部屋でかなりの時間を過ごしているので。読書が好きだし、仕事が終わっていれば、クレイトン卿も気にされません」

「従僕が読書好き？」その言葉が口から出るやいなや、彼女は口に手を押しあてた。「まあ、なんということを。ごめんなさい。ひどい言い方だったわ」指の隙間からささやくよういう言う。

ルーカスは首を振った。「いいえ、かまいません」彼女が罪悪感にかられてこれ以上質問しないことを願うしかない。

「わたしはただ……」彼女が言葉を継いだ。「あなたを侮辱するつもりはなかったの。ただ……。あなたの話し方はとても洗練されているし、それがなぜか不思議に思って……」

ルーカスはそばの本棚の堅い木の枠に手をついてもたれた。「このような話し方をして、法律書を読むほどの教育を受けたのに、なぜ従僕をしているのか？」

彼女が下唇を噛み、首を振った。「そのように言うと、ひどく聞こえるわね。本当にごめんなさい。お詫びします」

「いいえ、謝らないでください」彼は答えた。「ぼくの家族が以前からクレイトン家と親しかったんです。彼が気にかけて、ぼくを従僕として雇ってくれました」やれやれ。あいまいな言い方だが嘘ではない。完璧な返事だ。

「そうだったのね」フランシスが言う。「そんな説明をあなたにさせてしまって、自分が愚か者に思えるわ」

「そんなことはありません、本当に」自分が従僕のふりをしている時に、彼に失礼なことを言うのは当然だ。その点に関して言えば、彼もまた罪悪感を覚えている。ルーカスはふたたび、話題を変えるのが最善策だと判断した。

「さて、どうしますか？」彼は開いた両手を本棚のほうに広げた。「お探しの本があれば、見つけるお手伝いをしますが」

「いいえ、これ以上あなたを引きとめるわけにいかないわ。必要な本を見つけるまで、自分でいろいろ探してみます」

「そうですか」ルーカスは彼女を見守った。ほかにもなにか言いたそうだが、ためらっている。

「ひとつうかがってもいいかしら、ミスター・ルーカス？」ようやく意を決したように言った。

彼はうなずいた。「もちろんです」

「わたしの女中の……アルビーナに会ったかしら？　下の階でだと思うけれど」

ルーカスは唇を嚙み、いまの質問について考えた。階下では多くの使用人に会った。クレイトン家の使用人も滞在客の使用人もいたが、アルビーナという名前は思いだせなかった。「会っていないような気がしますが。なぜですか?」

「いいえ、なんでもないわ」フランシスは首を振り、忘れてというように片手を振った。「気にしないでくださいな。そうだ待って。もうひとつ質問があったわ」

彼は驚いて彼女を見やった。「なんですか?」

彼女の頰がかっと紅潮した。「あなたは結婚して……ますか? それとも婚約しているとか?」

ルーカスは眉間に皺を寄せた。「もちろんしていません」

彼女が安堵のため息をついた。「よかった」

その言葉にルーカスはほほえみ、彼女の横を抜けて小部屋の出口に向かった。それと同時に彼女が避けようと脇に寄り、ふたりは真正面からぶつかった。彼女の頭が後ろにそり、彼の顎がさがった。その格好で、ふたりの唇はたった十センチほどしか離れていなかった。

ルーカスは動けなかった。フランシスが巻き毛を耳にかけるのをじっと見守る。彼女が見あげて彼と目を合わせると、その黒い瞳に金色の斑点が見えた。彼の手が勝手にゆっくり動き、彼女の肘を包みこんだ。彼女の呼吸が速まり、それに合わせて胸も速く上下する。わからないほどほんのわずか前に頭を傾けると、シャクヤクの香りにくらくらしそうだった。

ルーカスはキスをしたくて思わず唇を舐めた。彼女の舌も同じように唇を舐めた。

彼は息を吸いこんだ。頭のどこか後ろのほうで、いま背を向けて歩き去らなければ、越えてはならない一線を越えるとわかっていたが、彼女から離れることができなかった。

「そんなにすぐに行かなければいけないの？」彼女が震える声でささやいた。

「まだもう少しいられます」彼はかすれ声で答えた。「あなたがそうしてほしいならば」

答えの代わりに、彼女の両手が動いて彼のシャツの前をのぼり、首にまわされて彼の頭を引き寄せた。「そうしてほしいわ」ささやき声で言う。

それ以上の誘いは必要なかった。彼の唇が彼女の唇に重なり、最初は熱く押し当て、それから唇を開いて彼女の唇に斜に合わせた。唇のあいだに舌を滑りこませると、彼女は喉の奥で小さくうめいた。

ルーカスの体は瞬時に硬くなった。彼女の体を強く引き寄せ、むさぼるように唇を奪う。いくらキスしても足りなかった。彼女は柔らかくて、春のような味がして、香水の香りにもっと味わいたい気にさせられた。キスが激しくなるにつれ、彼女の両腕が彼の体にまわって強く抱き締める。本棚に押しつけたかった。彼女の体に自分をこすりつけたかったが、怯えさせたくはなかった。彼とキスをすると決断したことを後悔しているかもしれないし、唐突な動きをすれば、そのせいで彼を押しやるかもしれない。

両手で背中を撫でおろす。低く、さらに低く。そしてさらに強く抱き寄せる。彼の喉の奥から思わずうめき声が漏れた。

彼女を抱いてキスしていると、時がくるくる回転しているような気がした。このキスを終えたくない。その時、庭のどこかで呼んでいる声が聞こえ、ルーカスははっと我に返った。彼女の唇からゆっくりと唇を離し、両手を持ちあげて彼女の顔をそっと包みこむ。彼女はまだ目を閉じていて、唇はピンク色で腫れていた。

彼女の額にキスをしてから、一歩さがった。

彼女が目を開いた。激しくあえぎながら、前に立っているのが血の通うひとりの男ではなく、見知らぬ異国の生き物であるかのように、彼を見つめる。そして口元に手をあげて、指で自分の唇を触った。

困惑のせいで、愛らしい眉がひそめられる。「わたし……たぶん行かないと」彼女がささやいた。

ルーカスはうなずいた。この小部屋を出る前に、いきり立つものがなんとか小さくなることを願った。咳払いをして、ほかのことを考えようとする。なにか？　なにかないか？　彼は首を振った。ああ、そうだ。「行く前に、先ほどあなたが雇用法案に関して言ったことについて、ひとつ聞いてもいいですか？」

フランシスがうなずき、たったいま起こったことを理解しようとするかのように、また一瞬目を閉じた。「もちろん」ようやく言う。

ルーカスは片腕で本棚に寄りかかった。「先ほどあなたが、今後パーティなどで同席する貴族院の議員と話をして、雇用法案に反対票を投じるよう説得するつもりと言ったように理解していますが」

彼女が彼の顔をじっと見つめ、それから片眉を持ちあげた。「そんなにぞっとした顔をしないで。男性は何世紀ものあいだ、同じことをやってきたでしょう。舞踏会室で舞踏会が開催されているあいだに、書斎で紳士たちがポートワイン片手の雑談中に重要な決断をすることなど絶対にないと信じるほど世間知らずではないわ」

ルーカスは足を踏み換えた。ありがたいことに、いまの話で陰茎の高まりはみるみるおさまった。「それについて議論するつもりはありません。しかし、教えてくださ い。胸のなかで心臓が鼓動している人があの法案になぜ賛成できるのかわからないとあなたは言った。そこまでひどいでしょうか？」

「ええ、ひどいわ！」彼女の言葉は叫び声に近かった。咳払いをして、深く息を吸う。彼女の次の言葉は、もっとずっと穏やかな口調で発せられた。「理由はいくらでも挙げることができるけれど、その最大のものは、あの法案が富裕層を利するだけということ」

ルーカスはそれが真実でないと知っていた。チャールズはそのような意図で法案を起草したわけではない。しかし、これまで彼女の意見を抑えこもうとした男たちと同類だと感じさせないで話を聞いてもらうには、きわめて慎重に答えるべきだと直感が言っていた。

呼び鈴が鳴った。

ルーカスは小部屋から出て、そばの執務机の上に置かれた時計を見やった。「どちらも行かねばならないですね。でも、これについては、またぜひ話をしたい。あすまたここで、というのはできますか？　そうだな、一時間早く？」

「できると思うわ」小さい笑みが口元に浮かんだ。「またキスしてくれるとあなたが約束したら」

その言葉にルーカスの口元にも笑みが浮かんだ。「できると思います」

# 13

翌朝、静かな図書室でルーカスと過ごした一時間は、この屋敷のパーティに来てからもっとも楽しいひとときだった。彼は機知に富み、親切で知的で、そして最初にも感じた通り、従僕としては態度が大きかった。そしてなにより、彼女の言うことに耳を傾けてくれた。フランシスはそこに坐り、彼も仕事があるからと言いわけをして部屋を出る代わりに隣りに坐って、フランシスが話しているあいだ、じっと目を見つめてくれていた。いくつかの点を明確にするために質問し、うなずいたり、つぶやいたりして関心を持っていることを示してくれた。

ミスター・ルーカスはフランシスが会ったことのある上流階級の爵位を持つ貴族のだれよりも礼儀正しい紳士であることを示した。知り合いの紳士はだれも、ルーカスのようにフランシスの言葉に耳を傾けてくれなかった。彼らはフランシスの機嫌を取り、手を軽く叩いたけれど、自分がほかの娯楽に興じているあいだは、フランシスを壁際で壁の花たちと一緒に坐らせておき、しかも、フランシスが雇用法案がなぜひどいかの理由を並べても、だれひとりとして、その指摘を真剣に考えているようなふりさえしなかった。

順序立てて自分の主張を言い終えると、フランシスはミスター・ルーカスを見つめ、すべての点で同意してくれることを期待した。こうして説明すれば、だれでも、フランシスの論理が真実とわかるはずだ。しかし、彼はすぐに同意せず、むしろ、まったく予期しないことを言った。「貴族が答えるだろうということを推測してみると」彼が言う。「彼は自分に依存している多くの人々に対する義務を遂行するために、その法案を支持するのが当然だと言うでしょう」

フランシスはまるで相手が竜に姿を変えたかのように彼を凝視した。「なんのことを言っているの？」

彼が肩をすくめた。「もしもぼくが貴族だったら、賃金原価が抑えられ、仕事をしない者を解雇できる保証を得ることは助けになると言うでしょう。より多くの人を雇い、すでに働いてくれている人々への責任も果たせます」

フランシスはあきれた顔で目をくるりとまわした。「そんなたわごとをクレイトン卿に吹きこまれたの？」

ミスター・ルーカスは咳払いをした。「しかし、クレイトン卿のような男たちにも果たすべき責任があるのでは？　あなたの父上にその法案の話をすれば、きっとそう言ったはずです」

フランシスは歯を食いしばった。「わたしの父は人生で一度たりとも、責任を果たしたことなどないわ」その言葉はよく吟味する間もなく口からあふれだした。

「それは気の毒に」ミスター・ルーカスが言い、心から気の毒に思っていることが伝わる表情でフランシスを見つめた。しかし、彼のまなざしに憐れみはなかった。よかった。フランシスは憐れみを受けるのが嫌だった。

肩をすくめた。「気の毒に思う必要はないわ。厳しいけれど真実ですもの。地所はすべて抵当に入り、使用人のほとんどは解雇したわ」こうしたことを他人に言うべきでないのはわかっていた。でもなぜだか、ミスター・ルーカスになら大丈夫だと感じていた。なぜだか、彼にはなにを言ってもいいと、それで彼がわたしについて何かを判断することはないと感じていた。

「そういう状況ならば、法案が通れば、父上のポケットにお金が戻るかもしれません」ミスター・ルーカスが言葉を継ぐ。

「父のポケットが空っぽなのは、すべてを賭け事で失ってしまうため。そんなお金があったら、わたしはむしろ、父が解雇した働き者の使用人たちのポケットに入れたいわ」

ミスター・ルーカスが低めた声には遺憾の意がこもっていた。「そこまで悪化している？」

フランシスは顎をあげ、目をそらした。泣かないと決めていても、目の後ろがちくちく痛んだ。「残っている使用人はアルビーナとコックのミセス・ウィンバリーだけなの」

彼が前かがみになり、フランシスの手に触れた。フランシスはその箇所から腕の上まで、火が一気に燃えあがるような感覚を覚えた。「気の毒に、フランシス」

彼がフランシスを名前で呼んだのはそれが初めてだった。フランシスは自分も同じようにしたかった。まばたきをしてもう一度涙を抑える。「大丈夫よ。わたしたちは大丈夫」なんとか笑みを浮かべる。「それでふと気づいたけれど、あなたの洗礼名を知らないわ」

彼が目をそらした。フランシスと視線を合わせずに数秒間なにも言わなかったが、それから答えた。「ルーカスがぼくの洗礼名です」

フランシスは眉をひそめた。「なんですって？　なぜそう言わなかったの？　ずっとミスター・ルーカスと呼んでいたわ」

「訂正するのは出すぎたことと思ったから。言うまでもなく、そもそもあなたに洗礼名を教える立場でもありません」

「では、名字はなんというの？」

彼はまた目をそらした。「それは……ウッドです。ルーカス・ウッド」

フランシスはうなずいた。「そう、それは覚えやすい名字だわ。それで、ルーカス、教えてちょうだい。まさか、この法案に賛成なんてあり得ないでしょう？」

彼は首の後ろを掻いた。「これにはさまざまな側面があると思います。おそらくあなたが、つまりぼくたちが知らない点が」

フランシスは坐ったまま、両こぶしを腰に当てた。「まあ、どうかわたしにそんなこと言わないで。その言い分は通用しないわ。この法案に関して、言っておきますが、わたしは熟知しているの」

それからの半時間を費やし、ふたりはこの法律のあらゆる側面について議論した。従僕なのに、ルーカスがこの法律の詳細に精通していることを、フランシスは認めざるを得なかった。フランシスの主張のすべてについて、彼は貴族ならこう反論するかもしれないという反対意見を提示した。

「残念ながら、あなたは、雇い主に影響を受けすぎていると思うわ」しまいにフランシスはそう断言した。

「それはなぜ?」彼がまた眉間を狭める。

フランシスは片手をあげて苛立ちを示した。「ルーカス、あなたは雇われの身でしょう? この法案が、あなたとあなたの子どもたちをこの仕事に縛りつける以外になんの利点もないことがわからない?」そう言ってからはっと顔を赤らめた。「ごめんなさい。あなたのことを勝手に決めつけて。子どもを持ちたいに違いないとか」

「実際、とてもほしいと思っています」彼は静かな口調で答え、フランシスの顔をじっと見つめた。

顔の紅潮がさらに深まるのが自分でもわかった。どうしよう、なぜわたしは、彼の存在もしない子どものことを口にしたの? 「そう。それならなおのこと、こういう法律が、あなたのためにはまったくならないことがわからない?」

ルーカスは窓の外に目をやってしばらく黙っていた。人差し指で机にくるくると丸く円を掻いている。「あなたが正しいかもしれない」

「もちろんわたしは正しいわ。貴族院はこの法律を廃案にする力があるのに、ただ自分たちと自分の財布のためだけに可決しようとしている」

彼がまたフランシスと目を合わせた。「あなたは雇われの立場ではない。なぜそこまで熱心に、この法案が無効になることを望んでいるのか教えてください」

「なぜなら」フランシスの静かな口調で言い、振り向いて窓の外の庭とその向こうの草地を眺めた。「公正さを重んじ、なにが正しいかを考えているから。自分のことや、自分の利益よりも人々のことを大事に思っているから」

ルーカスが声を低めた。「この法案に賛成している人々が私益だけを考えていると？」

フランシスは小鼻を膨らませた。「そうでないはずがないわ。この法案は、何年も何十年も、時には次の世代になっても働き続ける勤労者にとって、なんの助けにもならない」

「貴族院でも、この法案に反対の人はいると思いますが」彼が指摘する。

「充分とはとても言えない数よ」フランシスは答えた。ルーカスがこの法案に賛成なのか、それともフランシスを苛立たせるためにただ異論を唱えているのかはっきりしなかったが、どちらにしろ、法案について議論できるのはなにより嬉しかった。

彼が体の前で指を伸ばしたまま手のひらを合わせた。「貴族院でだれがこの法案に賛成でだれが反対なのかはご存知ですか？」

「いいえ。でも、見当はついているし、まだ決断していない人が数名いることも理解しているわ。次に社交界の催しに出席した時に、その人たちと話したいと思っているの」

ルーカスはなにか言おうとしたがすぐに口を閉じ、最後にこう言った。「その人々の考えを変えられると？」

「それはわからないけれど、やってみなければ」フランシスは強い決意をこめてうなずいた。

「自分が正しいと確信している？」彼が目を細めてフランシスを見つめる。

「確信以上よ」

彼はなにかじっと考えているように見えた。

フランシスは彼をつかんで揺すぶりたかった。でもそうはせず、彼のほうに身を乗りだして言った。「ルーカス、聞こえてる？　わたしの言ったことを考えているの？」

彼はぼんやりとフランシスの目を眺めていたが、いつしか視線を移し、彼女の口を見つめた。ああ、彼はまたキスをしようとしている……フランシスは彼にそうしてほしかった。「あなたはぼくに、非常に多くのことを考えさせる」そう言いながら身をかがめて顔を近づける。彼のまぶたが閉じ始める。フランシスも顔を近づけ、ふたりの唇が触れると、彼はすぐに椅子から出て、テーブルの脇の床に敷かれた分厚い絨毯の上に横たわり、自分の上に彼女を抱き寄せた。

体をまわして彼女の上になり、顔と首すじにキスを降らせる。

こんなのどうかしている。いまこの瞬間にもだれかが入ってきて、ふたりを見つけるかもしれない。そう思っても、やめることができなかった。両腕を彼の肩にまわして彼を引き寄せ、スカートの下で可能なだけ脚を広げる。

彼の唇がフランシスの首すじを滑りおり、耳に擦りつけ、さらに低めてデコルテにキスを這わせ、最後にドレスを引きおろして片方の胸をあらわにした。彼の唇に乳首を包まれると、フランシスはもはやなにも考えられなくなった。彼の執拗な舌が感じやすい先端をかすめる。堅くなったものを彼の唇で引っぱられると、フランシスの脚のあいだに熱が溜まった。「ルーカス」彼の耳にそっと叫ぶ。彼が身を震わせ、さらに強く体を押しつけた。もっとも親密な場所が押しつけられると、フランシスにも彼のズボンの形がはっきり感じられた。それをこすりつけられると、思わず大声を出しそうになった。

彼の口が戻ってくると、フランシスは彼の髪に指を差し入れてかつらを押しやった。かつらが脇の床に落ちる。フランシスは彼を見つめた。黒い髪だ。フランシスはその様子が好きだった。とても好きだった。眉の色から推測はしていたが、かつらをかぶらない彼はさらにハンサムだった。

一抹の罪悪感が脳裏をよぎる。自分の恥知らずな振る舞いに対する罪悪感ではなく、アルビーナが彼に惹かれていると言っていたことに対する罪悪感だった。正気ならば、彼にここを出ていかせただろう。こんなことをするべきではない。彼にアルビーナとの結婚を勧めるべきだ。でも、アルビーナが彼に会う前から、自分は彼と過ごしていたのだと思わずにはいられなかった。それに、ああ、こんなふうに彼の唇を首すじに感じていてはなにも考えられない。

ルーカスが体を回転させ、フランシスを上にして引き寄せた。ふたり一緒にテーブルにぶつかる。テーブルの隅の近くに広げてあった小型本の一冊がふたりの顔から数センチしか離れていない床に落ちる。落ちた原因がおかしくて思わずふたりとも笑いだし、キスは中断した。

ルーカスが彼女の鼻に鼻をこすりつけた。「やめる合図でしょう」

フランシスは両手を彼の首にまわしたまま、ため息をついた。「わたしもそう思うわ」

彼が横に転がり、かつらを拾いながら飛び起きると、フランシスが起きるのを手伝った。数秒かけてどちらも服をまっすぐに整えると、彼はフランシスが坐れるように椅子を引いた。フランシスは、まるで直前のひとときが起こらなかったかのようにふたたび席に着いた。彼がなぜフランシスのことを魅力的と思ってくれるのか、まったくわからない。自分がそこまで美人でないことはわかっている。

ルーカスは咳払いをした。フランシスは身を乗りだし、かつらをかぶり直したが、形がゆがんでかぶりにくいようだった。フランシスは身を乗りだし、かつらが正しい位置になるように手伝った。

「ありがとう」彼が言う。「これに慣れるのがなかなか難しくて」

「え？」フランシスは怪訝な顔をした。

「ああ、いや、これは新しいかつらなので。古いのに慣れていたから」また咳払いをする。

「ところで、その法案の提出者については？　何者か知ってますか？」

フランシスはほとんど見えないくらい目を細め、食いしばった歯のあいだから吐きだすように言った。「ええ、もちろんよく知っているわ。その男性を憎んでいるもの。もしそのろくでなしのケンダル卿を見かけたら、彼のひどすぎる雇用法案に対してわたしが思っていることをはっきり言うつもり」

# 14

図書室でのルーカスとの密会のあと、フランシスは急いで自室にあがっていった、毎日彼と過ごしているひとときは、まさに逢い引きだと思うが、それでもフランシスはこのつかの間の会合をやめるつもりはなかった。頭がはっきりしたいまは、アルビーナを裏切ったとまでは言えないと思っていた。ルーカスの話を聞くかぎり、アルビーナは彼と知り合いになっていたわけではない。ただ遠くから彼に憧れていただけだ。もちろん、正しいことをしようと思えば、フランシス自身がその男性に魅了されているとアルビーナに告げるべきだろうが、それは問題外だ。毎朝図書室で従僕と密会してキスをしていると、自分の女中にどうやって説明できる？　アルビーナが母に言いつけるとは思わなかったが、その確証はない。これは絶対に噂が広がってほしくはない話で、アルビーナは折に触れて噂話をする。いいえ。この特別な秘密は自分のなかだけにしまっておくべきものだ。よくないことだし、反道徳的だけど、これまでで一番楽しいこと。アビゲイルがここにいれば打ち明けられるのにとフランシスは思った。アビゲイルは秘密を守れる。

フランシスは喉に片手を当てながら、ゆるやかにカーブするらせん階段をのぼり、自分の寝室に向かった。部屋に入ったら、すぐに鏡でキスマークがないかどうか確認しなければ。パーティでほかの若いレディたちがそれについて話しているのを聞いたことがあるが、自分には関係ないと思っていた。それがいまや、巻き毛を引っ張ってかぶせ、恋人が首につけた印らしきものを隠そうと必死になっている。フランシスは身震いし、自分に押し当てられたルーカスの唇の感触を思いだした。首に触れた彼の唇。醜聞としか言いようがないけれど、乳首を包んだ彼の舌。ああ、彼がもう一度それをしてくれるのが待ち切れない。フランシスはうつむいて笑みを隠した。

ルーカスはただハンサムというだけではない。愛の行為だけでなく、議論からも刺激を受けている。おとなの男性と初めて交わした本物の会話だった。互いに同等な立場だと心から感じられた。政治について話したほかの紳士は全員が、フランシスの考え方をはねつけようとした。使用人に命じてお茶のお代わりを持ってこさせ、最近上映された劇とか、すぐ隣りに掛かっている美しい絵画のこととか、そういう退屈なことを話そうとした。

いま気になっているのは、ルーカスが雇用法案に本気で賛成しているかどうかだ。かなり熱心に法案を擁護していた。法案の提出者であるケンダル卿はクレイトン卿の友人と聞いている。伯爵が訪れた時に給仕をしたかなにかで、ルーカスはケンダル卿をよく知っているのかもしれない。そうだとしても、ルーカスが自分たちの階級の助けにまったくならない法案に賛成するなどあり得ない。おそらく、フランシスと同じくらい議論を楽しんでいて、反論の材料をフランシスに提供したかったのだろう。あとになって考えてみれば、とてもありがたいことだ。

三階の踊り場に達し、寝室の扉に向かって廊下を半分ほど歩いた時、横の扉が開いて、サー・レジナルドが現れた。フランシスはその場で凍りつき、彼がこちらに気づかずに通り過ぎるよう祈ったが、さすがに今回はその幸運に恵まれなかった。サー・レジナルドは通り過ぎず、大げさに足を止めて一礼し、帽子を持ちあげた。

「ここにいらしたんですか、ミス・ウォートン。きょうはまた一段と美しい」

ルーカスとキスをしたせいで唇が腫れて見ないだろうか、キスマークがついたとしたら、首にはっきり見えるだろうかとフランシスは考えた。そして思わずくすくす笑いだした。

「どうかしましたか、大丈夫ですか、ミス・ウォートン？」サー・レジナルドは本心から心配しているようだった。

「ええ、もちろん。わたしは……その……あの…元気ですわ」くすくす笑いながら答える。指先を唇に当てて、笑いを止めようとした。図書室でルーカスとあんなふうに過ごしたあとで、サー・レジナルドに会うなんて滑稽としか言いようがない。

「ほかのレディたちと一緒にピクニックランチに出かけるのですか？」サー・レジナルドが話題を変えたのはありがたかった。

「ええ、ええ、そうですね、参加するつもりです」フランシスは笑いを止めようと、腕の内側をつねった。

「それはいい」ナイト爵がまた一礼した。「それでは、今夜晩餐の時にお目にかかれますね」

そうじゃないことを願っていますと言いたいと思った。そのせいでまたくすくす笑いが止まらなくなった。「ええ、晩餐」どっちつかずの返事をする。

「遠乗りにも行きたいと思っていますよ」彼が言う。「あすの午後とか？」

フランシスがあすの午後はほかの用事が入っていると言うために口を開こうとした瞬間、サー・レジナルドが指を鳴らした。「待ってくれ。いや、あすはだめでした。あすの午後はケンダル卿と会う約束だ」

フランシスは笑いやんだ。目を細めてサー・レジナルドを見やる。「ケンダル？ケンダル卿とおっしゃいましたか？」

「そう、ケンダル伯爵ですよ。知り合いかな?」サー・レジナルドが飾りたてた袖を引っ張りながら訊ねる。

フランシスはこめかみがどきどきと脈打つのを感じた。「お会いしたことはありません。このパーティにいらしているとは知りませんでした」

「いや、まだ来ていない」サー・レジナルドが答える。「一日か二日滞在するだけらしい。クレイトンの親友だからね、それはご存じかな?」

「ええ、そう聞きました」普通の呼吸をしようと必死になりながらも、何百という思いが脳裏を駆けめぐる。ケンダル卿――あのケンダル卿――がここに来る? このハウスパーティに?

「ぼくの知るかぎり、彼はそろそろ到着する頃でしょう」サー・レジナルドが言い添えた。

「そうなんですか?」フランシスの顔にゆっくりと笑みが浮かんだ。もしもあの悪党のケンダル伯爵がここに来るならば、ぜひとも面と向かって一言二言言いたいことがある。「何時に伯爵とお会いになるのですか?」

# 15

ケンダル伯爵としてハウスパーティに参加することになったルーカスには、ほかの滞在客の多くと同じ三階に寝室が用意された。午後になるとその部屋にベルが来て、ルーカスの従者を務めてくれていた。クレイトン家のお仕着せから、自分の裏革のズボンとエメラルド色の上着に着替えるのを手伝ってもらいながらも、ルーカスは先ほどフランシスと交わした会話を頭のなかで再生せずにはいられなかった。雇用法案について語る時の彼女は、知識が豊富で洞察力に優れていた。

この問題に関するしっかりした意見を持っていることは明らかで、ルーカスはいたく感銘を受けるとともに、その分、苛立ちも強かった。彼女が意見を変える可能性はほぼなさそうだ。実際、彼女に多くの指摘を受け、ルーカスは自分の論理を疑問視せざるを得なくなった。兄と約束したからこそ、この法案を通すことにひたすら打ちこんできた。人が聞いてくれそうな論理を吟味して同輩の貴族院の議員たちに長々とそれを繰り返し、実際に自分も信じてきた。その一言一句を。それなのに、従僕である彼にとって、そうした法案がなんの利益もないのがどうしてわからないのかとフランシスに訊ねられた時、ふいに罪悪感に押しつぶされそうになった。いまだけ従僕であるふりをしているだけだと自分に言い聞かせた。だが、結局フランシスを傷つけることになるとすれば、こんな芝居など情けない言いわけにしかならない。

罪悪感だけをとっても、その特殊な感情は彼女とキスをしたことにより二倍になり、三倍になった。彼女に最初にキスをした時は罪悪感もまだ小さかった。たしかに、彼の正体を知らない女性にキスをするのは、非常に気高い行為とは言えない。しかし、彼女の熱烈な反応を受けて即座にその疑念を捨て去った。二度目にキスをした時は、まさに至福のひとときだった。彼女がケンダル伯爵を憎んでいると宣言するまでは。その発言により、彼はただの嘘つきであることが証明された。

冗談から始まった茶番劇が、深刻な事態に変化しつつある。彼の嘘が加速度的に増えていく。自分の正体や立場について大嘘をついているさなかにキスをする。ひどいことだ。

自分の行為に対し、なんの言いわけもできない。彼女に話しかける権利はなかった。ましてやキスをするなんてとんでもないことだ。彼女は彼を憎んでいる。まあ、憎んでいるのはケンダル卿だが、それがルーカス本来の姿なのだ。彼女は友だちである従僕のルーカスが自分の憎んでいる男と同一人物だと知らない。自分のことを彼女にどう説明するのか？　そもそもどうしてそんなことができる？　彼女は彼に対して心の内を打ち明けたが、その彼は最初から憎くてたまらない敵だった。彼のほうは、彼女が目の敵にしているのが自分だとは知らなかったが、そんなことは関係ない。いまはもう知っているが、それでもまだ真実を打ち明けていない。この状況を正す方法を見つける必要がある。少なくともいまの自分に彼女とキスをする権利はない。だからもう二度としない。

「罪悪感にはどう対処するんだ？」いまは彼が右足のブーツを履くのを手伝ってくれているベルに訊ねる。ベルはふたつの理由からルーカスの従者を務めてくれていた。ひとつはもちろん、ルーカスの従者が同行していないこと。もうひとつは、ベルがあらゆる機会をとらえて従者の技術を磨きたいと言い張ったからだ。

「なんの罪悪感だ？」ベルが笑った。

「罪の意識を感じたことは一度もないのか？　きみはスパイだ。嘘をつくのが職業じゃないか」

その非難にベルは身を起こし、あっけに取られたようにルーカスを凝視した。「ぼくは国王に仕える義務を果たすために必要なことをやっている」

ルーカスは息を吐きだした。「自分にどう言い聞かせようが関係ない。ぼくはこれを崇高な目的のためにやっているわけではない。あまりにたくさんの嘘をついたせいで、もはや自分がだれかもわからない」

ベルはしばし考えこんだ。「たしかに、ぼくが嘘をつかねばならない人々は、その前にぼくに嘘をついているか、なにか罪深いことをやっているという事実が、ぼくにとってはかなりの救いになっていると思う」

「そうだろう。だが、ミス・ウォートンはぼくに嘘をついていないし、悪いこともしていない」ルーカスは答えながら、靴下を穿いた足をブーツのなかに滑りこませた。「この試み（エクスペリメント）――クレイトンはそう呼びたがる――は、ぼくが想像していたこととまったく違った」

ベルがもう一方のブーツをつかみ、ルーカスが足を入れられるように差しだした。「違うというのは、きみがミス・ウォートンと恋に落ちたからか？」

ルーカスはぽかんと口を開けた。「なんだと？　違う、ぼくは――」

「まさにきみが望んでいたことじゃないか？　真実の愛を見つけたかったんだろう？　きみが彼女とふたりきりで過ごし、彼女がきみを使用人と認識しているという事実はたしかに多少曖昧だが、乗り越えられないことではない。だろう？　ただし、持参金についてはぼくが正しかったと思うが？」

「ああ、持参金はきみが言う通りだった。だが、問題は持参金ではない。真の愛情に基づいたまことの妻を探すために、ぼくはこれを始めた。そのために、自分も真の愛情に基づいたまことの夫になる必要があるという事実は考えもしなかった。たとえぼくがミス・ウォートンを心から愛していたとしても、たとえ彼女を心から望んだとしても、もはや自分のものにはできない。彼女に話したすべてが嘘八百だからだ。この計画のすべては最初からばかげていた。すぐにロンドンに戻って、母が示した最初のレディと結婚するべきだ」

ベルの笑い声が部屋じゅうに響きわたった。「そんなことをしてなにが楽しい？」

「楽しくはないだろうが、罪悪感もない」ルーカスはうなった。

ベルが首を振った。「罪悪感は最悪な感情とは言えないぞ、ケンダル」

ルーカスは両手をこぶしにして腰に当てた。「そうか、では、もっと悪いのはなんだ？」

ベルが肩をすくめた。「後悔だ」

ルーカスは首をそらして天井を見あげ、またため息をついた。「もはやどうでもいいことだ。ぼくは決断したよ。きょうの午後にサー・レジナルドと雇用法案について話す。今夜は使用人用の食堂にいて、食堂には近づかない。あすの朝にミス・ウォートンに別れを告げる。そしてここを去る」

ベルが意味ありげににやりと笑った。「もしも彼女を愛していないのなら、なぜ別れを告げるんだ?」

「ぼくの従者として勤務する初日に首になりたいか?」ルーカスの声はうなり声に近かった。

ベルの笑い声がまた鳴り響いたが、すぐに扉を叩く音で遮られた。

「どうぞ」ルーカスはベルが持って構えていた上着に袖を通しながら、扉に向かって声をかけた。

扉が開く。入ってきたのは、クレイトンの従僕のひとり、アーサーだった。彼が差しだした銀の盆の上に一通の手紙が載っていた。

「あなたさまにです」アーサーが言い、ルーカスに向かって一礼した。

「ありがとう、アーサー」ルーカスは彼に向かって硬貨を放った。「さがっていい」

盆から手紙を取り、皿をそばのテーブルに置いた。

「クレイトンからか?」ベルがルーカスのお仕着せをたたんで洋服だんすにしまいながら無頓着そうに訊ねる。

ルーカスは首を振った。「いや違う。さすがのきみでも当てられない人物だ」

「読んでくれ」ベルが急かす。

ルーカスは大きく息を吸い、先にさっと目を通した文章を音読した。

ケンダル卿

我々はまだ会ったことはありませんが、あなたの雇用法案に関連して、早急に話し合いたい重要な件があります。あなたがこちらのハウスパーティに参加すると聞き、数分の時間をいただけないかと思った次第です。ご多忙とは存じますが、ご検討賜りますようお願いいたします。

F・R・T・ウォートン

「ミス・ウォートンからか?」ベルが片方の眉を持ちあげた。

「そうに違いない」ルーカスは答えた。「ぼくが男からの手紙だと信じるように、頭文字だけを使っているのだろう」

ベルが眉をひそめた。「面会に来たのが若い女性だと気づいた時にきみがどういう対応をすると思っているのかな?」

ルーカスは肩をすくめた。「その時になってから心配するつもりだろう」

ベルが頭を振った。「ミス・ウォートンはわきまえるべきだな。男に対し、ふたりきりで会うことを求めるのは不適切とわかっているだろうに」

ルーカスはうなずいた。「なぜ洗礼名を使って署名しなかったかは明白だ。くそっ、これをどうするべきだろう？」

ベルは口元を引き締めた。「ぼくがきみに扮して会うこともできるが」

「だめだ！」それは叫び声と言ってもいいほど強い口調だった。「これ以上芝居はなしだ。もうすでに複雑きわまりないことになっている」

ベルが笑った。「いいだろう。もしも気が変わったら、知らせてくれ。自分でない人物に扮することに関して、ぼくはちょっとした専門家だ」

ルーカスは友を見やった。「そうだな。そう言えば、きみが前に話していた小間使いはどうなった？」

ベルの答えは低いうなり声だった。

これは興味深い。ベルは決して冷静さを失わない。もっとゆっくり質問できる時に、この話はもう少し突いてみるべきだろう。

ルーカスは懐中時計を確認した。自分自身の服を着て、自分の持ち物を使えるのが快適であることは認めざるを得ない。「遅刻だ。下におりてサー・レジナルドに会わねばならない」そう言い残し、戸口に向かった。「ぼくが一階にいるあいだに邪魔が入らないように、シオドラがきょうの午後は、若いレディたちとその母親たち全員をピクニックに連れだすと約束してくれた」

「すばらしい」ベルがルーカスのほかの服を片づけながら答える。

ルーカスは扉を開けて廊下に出た。

「ミス・ウォートンの件はどうするつもりだ？」ベルが呼びかける。

「まったくわからない」ルーカスは言い返した。

# 16

フランシスがクレイトン卿の温室で行きつ戻りつしていると、やはりパーティの招待客である若いレディの三人組が賑やかに入ってきた。

「ミス・ウォートン、ここにいらしたのね。あなた、お聞きになった?」ひとり目のレディが呼びかける。

「聞いたってなにを?」フランシスは返事をした。この美しい場所でひとりの時間を楽しみたいと思っていたが、その目的でここに来たのは間違いだったらしい。

「ケンダル伯爵がいらしたんですって」ふたり目のレディが告知する。彼女の息遣いは明らかに速くなっている。

「きっと晩餐にいらっしゃると思うわ」三番目がほとんど悲鳴に近い声で推測する。

それはまさに、フランシスがここで行きつ戻りつしていた理由だった。ケンダル卿に手紙を届けてから一時間以上経つのに、まだ返事が来ていない。偏頭痛がひどいからと、なんとか母を納得させてピクニックから戻ってきた。でも三人の様子を見るかぎり、ピクニックを抜けだしたのは自分だけではなかったらしい。

自分は母に逆らって伯爵に手紙を届けた。いけないことであるのはよくわかっている。それでも、ケンダル卿と話すことの長所短所を比較検討し、こんな機会は二度と訪れないと判断した。フランシスが参加する会にケンダル卿が出席することはほとんどない。だから、サー・レジナルドと廊下で出会ったあと、すぐに決心した。いくら母でも、知らないことには傷つかない。とはいえ、母との約束を破るのは、ケンダル卿と話をするこの一回かぎりと、フランシスは心に誓っていた。

行きつ戻りつしていたのにはもうひとつ理由がある。サー・レジナルドは午後四時にケンダル卿に会うと言っていたが、どこで会うのか聞きそびれてしまった。この屋敷には百以上の部屋がある。そのどれであってもおかしくはない。

ここは忍耐が必要だろう。でも残念ながら、フランシスの長所に忍耐力はなかった。それに、たとえサー・レジナルドとケンダル卿の会合場所がわかったとしても、個人的な会話に乱入するのは礼儀作法に反することだろう。

でも、この男性と会わない選択肢はないと心に決めている。ケンダル卿はおそらく、議論の相手を言下に追い払うような男だろう。雇用法案について話したがっている者が女性と知ればなおさらだ。

だからこそ、思いきって頭文字だけで署名した。あれを見れば、きっと男性からの手紙と思うだろう。彼のような男性は、女性がそんなことをするとは思いもしない。もちろん、未婚女性である自分がふたりだけの会合を彼に求めるのは不適切だ。だが、不適切のそしりを受ける危険を賭するだけの価値はある。長く話す必要はない。短い時間でも言いたいことは言える。社交シーズンのあいだずっと何百回となく鏡の前で練習して、社交界の催しでたまたまケンダル卿と会える日に備えてきた。その機会は訪れなかったが、それでもせりふは忘れていない。

「ケンダル卿が到着されたことは聞いたわ」フランシスは三人のレディたちに向かって答えながら、関心を持っていないふりをすることに最善を尽くした。

ひとり目のレディが立ちどまってフランシスを凝視した。「それなのに、わくわくしていないの？」

「わくわくするべきかしら？」フランシスは何食わぬ様子で目をぱちぱちさせた。

「ケンダル伯爵とお会いになったことないの？」ふたり目のレディが訊ねる。

「ないわ。なぜ？」フランシスは思いきって聞いてみた。「あなたがたは会ったことがあるの？」

三人のレディは顔を見合わせた。「いいえ、ないけれど、でも噂によると信じられないくらいハンサムだそうよ。結婚相手として最高ですって」

フランシスは三人に向かって、さらに目をぱちぱちさせた。「その噂のせいで、あなたがたはそんなに興奮しているの？」

三人がいっせいに眉毛をあげ、目を見開いて、まるで聞いたことが信じられないというように顔を合わせた。

「ただハンサムなだけじゃないのよ、フランシス。アドニスのようだと聞いたわよ」最初のレディが言う。

「それにただすばらしい結婚相手というだけじゃないのよ」第三のレディも言う。「ワージントン公爵の次に望ましい独身男性なの」

フランシスはうなずき、なんとか感銘を受けたような表情を顔に貼りつけた。「そうなの。では、あなたがたのためにも、その方が晩餐にいらっしゃるといいわね」

彼女たちがわくわくしている当の相手が、実は大ばか者であることを教えても意味がない。レディたちはくすくす笑い、おしゃべりしながら小道を歩き去った。フランシスはあきれ顔でその後ろ姿を見送ると、近くにあった花の咲いたオレンジの木の後ろに滑りこんだ。ここならば必要なだけひとりでいられる。

三人のデビュタントは話を誇張したのかもしれないが、自分はよくわかっているから、そんなほらは信じない。三人ともわざと意地悪を言っているのだろう。自分が上流社会で二番目に望ましい独身男性を振り返らせるようなデビュタントでないことは、彼女たちだけでなく本人も重々承知している。容姿はよく言ってまずまず、持参金は雀の涙ほど。たとえケンダル伯爵が愚か者でなかったとしても、たったいま、伯爵の情報を得るために会話を交わした富裕で美しい令嬢たちと競うつもりはなかった。ケンダル卿こそ、フランシスが結婚したくない男性の筆頭であることは言うまでもない。本当にあり得ない。伯爵と親しくするくらいならば、つま先を踏みつけて怒らせるほうがまだましだ。

それに、たまたまだけれど、アドニスのような男性ならば自分も最近会っている。ルーカスに比べれば、ケンダル伯爵はトロールのようだろう。今年の社交シーズンを過ごした結果、フランシスはほかの若いレディたちが独身男性たちの容姿を、その人の爵位の高さと札入れの分厚さに基づいて大げさに言う傾向があると気づいた。

信じられないほどハンサムと聞かされ、実際にその男性を見ると、いったいレディたちはなにを騒いでいるのだろうと不思議に思うことがほとんどだったからだ。フランシスが知りたいのは、ケンダル伯爵が一分か二分の時間を割いてくれるかどうかということだけだ。でも、彼からの返事が来ないまま時が経つにつれ、ますます不安が募った。サー・レジナルドに会う前に伯爵が返事をくれることを期待していた。フランシスは偏頭痛で寝ているというふりをするようアルビーナに頼んで部屋から抜けだしてきた。もしもケンダル卿から返事があったら、すぐに探しに来るようにとアルビーナには言ってある。

使用人の区画にそっとおりていき、ルーカスを探したいという思いにかられた。ばかげた考えだが、彼にまた会いたい気持ちを抑えられなかった。できれば明日でなく、もっと早いうちに。神経が過敏になっているいま、彼と会えれば心が落ち着く。それははっきりわかっていた。

背後で小枝が折れる音がしてあわてて振り返ると、アルビーナが通路をこちらに向かって歩いてくるのが見えた。心臓がぎゅっと縮まって跳びだしそうになる。

「アルビーナ!」小さい声で呼びかけ、手を振ってオレンジの木の後ろに招く。「ここよ」

アルビーナが横を向き、フランシスを見つけてうなずいた。スカートを持ちあげて、急ぎ足でやってくる。手には手紙もなにも持っていないようだ。

「返事は届いた?」フランシスは両手を握り締めながら訊ねた。

アルビーナが首を横に振る。「いいえ、お嬢さま。残念ながら」

フランシスの心臓がまたぎゅっと縮まって元の位置に戻った。「そう」残念な気持ちが声に出ないように気をつける。

「でも、あたし、お手伝いできると思います」アルビーナが言葉を継ぐ。

「どうやって」フランシスは女中の顔を見つめた。

「下でほかの女中のひとりと話したんです」アルビーナが言う。「それで、ケンダル伯爵の部屋がどこかわかりました」

フランシスは目を見開いた。「本当に？」嬉しさのあまり、ぴょんと飛び上がりそうになった。部屋の前で待っていれば、伯爵も逃げようがないだろう。「アルビーナ、ありがとう、すばらしいわ。それで、その部屋はどこなの？」

「三階の踊り場から数えて右側の六番目の扉です」アルビーナが誇らしげな笑みを浮かべて言った。

「それは確かなの？」

「クレイトン卿の女中が教えてくれた場所です」アルビーナが答える。

「ありがとう、アルビーナ」フランシスはスカートを持ちあげて、温室の正面に向かって歩きだした。「すぐにそこに行って、彼が戻るまで待っているわ」

# 17

ルーカスはケンダル伯爵として非の打ち所なく装い、ぴったり午後四時にクレイトン家の青の間に向かった。ナイト爵はルーカスの招待に返事を寄こし、必ず行くと請け合った。約束の場所に向かいながら、ルーカスの頭にはベルの質問がまだ鳴り響いていた。「ミス・ウォートンの件はどうするつもりだ？」どうするつもりなんだ。本当に。

もちろん、返事を書くべきだが、なんと言えばいいかわからない。わかっているのは、選択肢がふたつしかないということ。彼女と会うことを了承し、すべてを告白する。だが、彼女から永遠に憎まれる危険がある。もうひとつは、いまは会う時間がないと返信する。彼女は喜ばないだろうが、そもそも彼に批判的なのだから、そこに悪い評価がもうひとつ加わるだけだ。そのほうがまだましかもしれないとルーカスは思った。結局のところ、彼女に対して嘘をついていたことを認め、すべてを説明できるわずかな可能性に賭ける覚悟があるかどうかにかかっている。使用人に扮していたことは許してくれたとしても、自分と対立する立場の男とキスをしたと知った時に許してくれるとは思えない。くそっ。いったいなぜ、すべてがこんなに複雑にからまってしまったんだ？

ルーカスは青の間の扉の取っ手を握り、一回深呼吸した。フランシスの件をどうするかはあとで決めよう。いまはナイト爵を説得しなければならない。

ルーカスが入っていくと、サー・レジナルドは室内ですでに腰をおろしていた。

「会えてよかった、サー・レジナルド」ルーカスは淡々とした口調で言いながら、自分より年輩の男のほうに歩み寄った。背後で扉が閉まった。

「こちらこそ」サー・レジナルドが答え、挨拶するために立ちあがった。

握手をする。

クレイトンの使用人によってお茶が供されたが、ルーカスはまっすぐサイドボードまで歩いていった。「もう少し強い飲み物をご所望かな、サー・レジナルド？」

「ぜひ」というのがナイト爵の返事だった。

ルーカスはふたつのグラスにブランデーを注ぎ、部屋の中央のソファが置かれている場所に戻った。サー・レジナルドが窓に面したソファに坐っていたので、ルーカスはそのソファに直角に置かれた椅子に腰をおろした。

「時間を作ってくれて感謝する」ルーカスは言った。この機会を利用して、彼を充分に観察する。目のまわりには皺がくっきりと刻まれ、それは額と口元も同様だった。頭は完全に禿げている。肩は傾斜している。なで肩であることは間違いない。つまりハンサムな男ではまったくないが、嫌悪感を催すと言い切るほどでもない。レディならば、もっと手厳しく描写するだろう。たしかに、レディならと思っただけでぞっとしたのは否めない。自分がもしフランシスならば、寛大に言っても、嫌悪感を催すと言い切るほどでもないと形容される人物に人生を預けたいだろうか？

「認めますよ。あなたから手紙を受けとって驚いたことは、ケンダル」サー・レジナルドが口火を切る。「いらしていると知らなかったのでね」

「来るはずではなかったので」ルーカスは答えた。「最後の瞬間に予定が変わった」

少なくともこれは真実だ。たまには真実を言いたい。

「クレイトンから、あなたが長く滞在するつもりではないと聞きましたが」サー・レジナルドが続ける。

「それは本当です。だから、きょうの午後に会ってくれてありがたい」

「どういたしまして」ナイト爵が言い、ブランデーを小さくすすってからソファの横の小テーブルにグラスを置いた。

「長く滞在できないのは残念だ」サー・レジナルドがさらに言う。「このハウスパーティはなかなかいいですよ。それに、摂政皇太子が月曜日においでになる」

「そう聞きました」ルーカスは答えた。「よろしくお伝えください」

「そうしましょう」サー・レジナルドが言う。「だが、あなたはほかにもいろいろ見損ねますよ。たとえば、わたしは今週ここで花嫁を見つけるでしょう」

その言葉にルーカスはみぞおちを殴られたような衝撃を受けた。なんとか無表情を保ったまま、答えをすでに知っている質問をする。「そうですか？　その幸運なレディはどなたかな？」

「実は」サー・レジナルドが胸を張り、片手で濃い紫色の上着の前を撫でおろした。「まだ正式にはなにも決まっていないが、わたしはミス・フランシス・ウォートンのとりこになりましてね」

「ウィンフィールド男爵の令嬢ですか？」ルーカスは頰の裏側を嚙みながら言った。

「ええ、彼の長女だ。少々頑固だし、どうやら自分は政治を熟知していると思いこんでいるらしい」彼は見下した様子でくすくす笑い、あきれ顔をしてみせた。「想像できますかね？　しかし、よき夫ならば、そうしたことはすべて制御できるはずだ。それに、なかなかの美人ですしね」

「ウィンフィールドは借金で首がまわらないと聞いたが。持参金はあるんでしょうね？」ひどい言い草だが、ルーカスは指摘せずにはいられなかった。それに、制御だと？　この男は本当に制御と言ったのか？　フランシスの政治に関する意見を制御できると思っているなら、明らかにフランシスのことを理解していない。

サー・レジナルドは片手をひらひらと振った。「持参金はわたしにとってどうでもよいことだ。実際、あの家族の関心はそこにあると思っていますよ。わたしの目的が多額の持参金なら、若く美しい花嫁はなかなか望めないが、金はすでに、どう使えばいいかわからないほどあるのでね」ナイト爵が厚かましくもウィンクをした。ルーカスは顎に一発くらわしたい衝動をなんとか制御した。

「彼女も関心を持っているんでしょうね？」ルーカスは目を狭めて年上の男を見つめた。これもすべきでない質問だが、またしても自分を止められなかった。

「関心を持たない理由はないでしょう」サー・レジナルドが咳きこみ、レースで飾られた袖からハンカチを引っ張りだして口に当てた。「あの娘にほかの選択肢はないからね」

ナイト爵がにやりとすると、黄色くなったがたがたの歯が現れた。ルーカスはフランシスを思って身震いした。上流社会の男全員が鼻持ちならない退屈なくずと彼女が思うのは当然だろう。この男はここに坐り、彼女の将来について、彼女にはなんの発言権もないように語っている。

「なるほど」ルーカスはこわばった声で答えた。この男を殴って気絶させる前に話題を変えたほうがいい。ルーカスは首を振った。「いずれにしても、あなたに今回ここに来てもらった理由は――」

「当ててみましょうか」ナイト爵がこびるような笑みを浮かべてみせた。「あなたは雇用法案について話し合いたい」

ルーカスも笑みを浮かべ、ブランデーをひと口すすった。「なぜそう推測したのかな、サー・レジナルド？」

ナイト爵はため息をつき、また片手をひらひらさせた。「あなたはこのところ、だれをつかまえてもその話をしているでしょう、ケンダル。その法案で頭がいっぱいだという評判だからね」

「退屈な会話になっていたら大変申しわけない」ルーカスはこわばった笑みをナイト爵に向けた。この男は気をつけて扱う必要がある。失言ひとつで、サー・レジナルドと、どちらに投票するかをいまだ表明していない仲間の王党派たちを反対勢力に追いやってしまう。「前回話し合って以来、その件について考えてくれただろうか？」

サー・レジナルドが椅子に腰をおろし、ブランデーをまたひと口すすった。「正直に言えば、まだ考えていない。あなたが聞きたい答えでないことは知っているが、それが真実ですよ」

ルーカスはうなずいた。「それは仕方がない。まだ決めていないのならば、この法案のいい点をもう少し話せたら嬉しいが」

「そうだろうな、ケンダル。だが、そこが問題だ」サー・レジナルドがじれったそうにため息をついた。

ルーカスは眉をひそめた。「どういう意味かな？」

「あなたの関心事は法案のどうでもいい詳細だが、わたしの関心事は――」彼は片手をくるくるまわした。「詳細と言っても、もしもわたしがあなたの思惑通りに投票したら、どんな得があるかについての詳細だ」サー・レジナルドがまたこびるような笑みを浮かべる。

ルーカスは歯を食いしばった。政治の場でこういう展開はあり得ないと信じるほど世間知らずではないが、現実に突きつけられると気分が悪くなる。

「良心に従って投票することが期待されていると思うが」そう答え、怒りを抑えることに最善を尽くした。「前にも言った通り、利点を議論することが望ましいと――」

「理想論を掲げるのもいいが、ケンダル」サー・レジナルドが鼻であしらう。「わたしが言っているのは、なんらかの取引が必要だってことですよ」

「どんな取引を考えているのかな、サー・レジナルド？」単にこの男がなにをほしがっているかを知りたいという理由からルーカスは問いかけた。「どうしたらいいかわからないくらいの資産があると言っていたが」

「金がほしいわけではない、ケンダル」ナイト爵の目に暗い光がきらめいた。「いわく言いがたいものとでも言うかな」

「というと？」ルーカスはうながした。

ナイト爵が露骨にあきれた顔をする。「権力だ、もちろん」

ルーカスは眉をひそめた。「権力？　ぼくになにができるというのか――」

ナイト爵が自分の袖を引っ張る。「あなたがワージントン公爵と非常に親しいというのはだれもが知っている」

ルーカスはふたたび、怒りを爆発させないように必死にこらえた。自分がやりたいこと、すなわち嫌悪と侮蔑をあらわに椅子から飛びだして立ち去ることはせずに、歯を食いしばって深い息を吐いた。「あなたのほうこそ摂政皇太子と非常に親しいはずだが」

サー・レジナルドはばかにするように片手を振り、くすくす笑った。「ジョージーはなんの権力も持っていない。だれもが知っていますよ。ただの摂政ですからね。周囲からすごいすごいとおだてられ、晩餐会を計画したり、宮殿をいくつも建てたりしているだけだ。いや、わたしがなりたいのは公領大臣で、勝つためには議会で公爵全員の賛成票を得る必要がある」

ルーカスはあっけに取られ、頭がおかしくなったのかと思いながら相手を眺めた。権力という言葉だけでは、その地位を説明し尽くせない。公領担当大臣は、国王の収入のかなりの部分を占めるランカスター公領の領地と租税の管理をする立場で、議会でもっとも高い地位のひとつでもある。

一瞬声が出なかった。「ランカスター公領担当大臣になりたいと？」

「その通り」

即座に立ちあがり、サー・レジナルドには目もくれずにこの部屋から出ていかないのは非常に難しかった。しかし、まずは情報を引きだす必要がある。「きみに賛成票を投じるようにワージントンを説得できなかったらどうする？」

ナイト爵が不快そうに口をすぼめた。「その場合は、雇用法案に賛成できないことになる。さらに言えば、賛成するように友人たちを説得することもできないということですな」

なるほど、このためにサー・レジナルドは何カ月ものあいだ、立場を明らかにするのを拒んできたわけだ。

「そうですか」ルーカスは立ちあがった。いますぐにこの男から離れる必要がある。「あと二晩、この屋敷に滞在する予定だ。出発する前に返事をしましょう」

「すばらしい」サー・レジナルドは答えた。「あなたの決断を聞くのを楽しみにしていますよ」

ルーカスは床に穴が開きそうなほど激しい足取りで、三階の自分の部屋に戻っていった。数歩歩くたびに、立ちどまって壁にこぶしを叩きつけたい気持ちにかられる。それを抑えたのは、ひとえにクレイトンと、よく手入れをされている彼の屋敷に対する敬意ゆえだった。

英国海軍は名誉と尊厳に満ちた場所だった。不当な行為を目にすることもあったが、それにも誇りと説明責任が伴っていた。そこには衡平さがあり、忠誠心があった。政治の駆け引きとは無縁だった。

爵位を受け継いで発見した世界は、秘密と嘘の汚水溜めだ。彼の兄はそれに耐えられた。ルーカスは耐えられない。サー・レジナルドとその策略には吐き気を催すし、あの男がフランシスに触れると考えただけで身の毛がよだった。彼女に、あのうぬぼれたナイト爵はふさわしくない。

玄関広間にたまたま人影がないことを感謝しながら、大階段を一段とばしで駆けあがった。そして三階の踊り場に達するやいなや、右を向いて部屋のほうに歩きだしたが、すぐにぴたりと足を止めた。

彼の寝室の扉の真ん前に、胸の前で腕組みをして立っていたのは、ほかならぬフランシスだった。

# 18

フランシスはケンダル伯爵の部屋の扉の前ですでに十五分近く立っていた。自分がしていることがどれほど不適切かはよくわかっている。自分が救いようのない愚か者に思えたが、いまは仕方なかった。自分の評判も、このハウスパーティの滞在客にどう思われるかも気にしていられない。労働者階級の人々のために、アルビーナのような女中やルーカスのような従僕たちのためにやらねばならない。この雇用法案がもたらす悪環境よりももっといい人生を生きるべき人々だ。たとえ投票結果を変えられなくても、法案の作成者にこの利己的なたわごとをどう思っているか、はっきり言うつもりだった。

通りかかっただれかに、ケンダル卿の部屋の外にいるのを見られた時に使う言いわけはすでに考えてある。迷ってしまったふりをして、レディ・メアリー・モンゴメリーを待っているところと言うつもりだ。このハウスパーティに招待されたレディのひとりで、そのなかでは一番好きな友人だ。もちろんメアリーの部屋はこちら側ではないが、だからこそ、すっかり勘違いして迷いこんでしまったと言える。同じように見える扉がずらりと並んだ階で方向がわからなくなって困惑している娘をとがめる人などいないだろう。

温室ではずっと行ったり来たりしていたが、ケンダル卿の部屋の外の廊下に移動してもそれは同じだった。頭のなかで話すことを何度も繰り返していたのも同様だった。彼がどれほど利己的な金の亡者で、階級差別の意識が強いろくでなしかを言ってやるつもりだ。立ちどまって貧民の生活について考えたことがあるだろうか？　自分の従僕とか、自分のコックをちゃんと見て、どんな人生を送っているかを考えたことは？　自分の法案が彼らの人生をさらに困難にすると思ったことはないのか？　いいえ。それはない。なぜなら、そんなこと気にしていないからだ。考えているのは自分と自分の仲間のことだけ。彼らは、自分たちが気にしていない人々のために、自分たちだけに利するような規則を作る。この法案を提出するのは最低最悪の行為だとはっきり告げたい。そして、長年抑圧されてきて、彼のせいでさらにひどい事態をこうむる人々全員の苦しみのせいで、夜、枕に頭を横たえても一睡もできないことを願うと言ってやる。

フランシスは決然とうなずいた。彼はきっと、愚かしい言いわけをもごもごとつぶやき、フランシスの小さなかわいい頭をそんなことで悩ませるべきではないとかなんとか言うだろう。黄色い歯を見せ、臭い息を吐きながら、恩着せがましくほほえみかけるだろう。アドニスですって？　冗談じゃないわ！　彼はサー・レジナルドよりも健康状態が悪いだろう。きっと肥満したおしゃべりの飲んだくれだろう。

扉の前でさらに数分待った時、軽やかな足取りが聞こえて、メアリーの姉、レディ・ジュリアナが踊り場に現れた。全面刺繍の透けた布地がスカートに重ねられた美しい白いドレスをまとったその姿は、ファッション雑誌から抜けだしてきたかのようだった。もう婚約者のいるというその女性は、ちらりとこちらに目をやり、フランシスがぞっとしたことに、二度見をしてから、さりげなくこちらに向かって歩きだした。

フランシスは下唇を噛み、自分の左右を眺めた。メアリーを待っているという言いわけを使うのははばかられるが、ほかにどんな選択肢があるだろう？

「まあ、ミス・ウォートン、あなたなの？」声が聞こえるくらいまで来ると、レディ・ジュリアナが呼びかけた。

フランシスは目をぱちくりさせ、一瞬反対側を見やった。レディ・ジュリアナはわたしの名前を言ったけれど、だれかと間違えたのかしら？　しかし、フランシスの後ろにはだれもいなかったから、仕方なく振り向いて、ちょうど目の前で足を止めたレディ・ジュリアナと向き合うしかなかった。

「わたし、ですけど？」眉をひそめ、彼女の問いかけを繰り返す。

レディ・ジュリアナが共謀するようにほほえみかけた。そして一歩前に出てフランシスの腕に腕をからませると、優しくうながして一緒に歩きだした。廊下のレディたちの部屋が並んでいるほうの端に向かう。

「ケンダル伯爵のお部屋の扉の前に立っているとは知らなかったなんておっしゃらないでね」数歩歩くとすぐにレディ・ジュリアナがささやいた。

フランシスは顔から血の気が引くのを感じた。否定したい気持ちと、彼の寝室の扉がどれかをどうして知ったのか聞きたい気持ちのはざまで迷う。

「それは……わたし……ええと、あなたはなぜご存じなんですか？」結局そう訊ねた。仕方がない。自分がいい女優でないのはよくわかっている。

レディ・ジュリアナが共謀の笑みを深め、背後を振り返って、この廊下にだれもいないことを確認した。「彼が到着したことを聞いたのよ。レディたち全員がその話で持ちきりよ。それに、彼の部屋の場所は、階下で盛んに話し合われている話題ですもの」

「レディの皆さんが興奮してその話をしているのは耳にしましたけれど」フランシス

はうなずいた。ケンダル卿の部屋のことが屋敷じゅうで話されていたと知って少し気分が悪くなった。フランシスとはまったく違う理由でうろうろしているほかの若いレディたちと鉢合わせしなかったのは本当に幸運だった。

「あなたは興奮していないの?」レディ・ジュリアナが疑わしそうにフランシスを見やる。

フランシスは長いため息をついた。当然の質問だろう。「絶対に信じてもらえない話なのですが、レディ・ジュリアナ、本当のことを言う必要がありそうですね。さもないと最悪な人間とあなたに思われそうだから」

レディ・ジュリアナのきらめくような笑い声がふたりを包んだ。「まあ、あなたが話したいのなら、ぜひ聞かせていただきたいわ、ミス・ウォートン」

フランシスは導入部分を省略し、できるだけ単刀直入に話そうと決めた。「信じられないと思いますが、わたしはケンダル卿と、彼の雇用法案について話をしたいんです、彼が貴族院に提出したものです」

レディ・ジュリアナは目を見開いたが、その顔に浮かんだ表情を描写する唯一の言葉はまさか……称賛?

「あなたからそんな言葉を聞くとはまったく思っていなかったわ」レディ・ジュリア

ナがフランシスを相変わらず優しくかたわらに引き寄せたまま歩きながら答えた。まだ数歩しか進んでいないが、廊下のレディたちの区画の端に向かっていることは間違いない。

フランシスはたじろぎ、小さく唇を嚙んだ。「信じてくださるの？」

レディ・ジュリアナがフランシスの手の甲を軽く叩いた。「もちろん信じるわ」

今回目を見はったのはフランシスのほうだった。「本当に？」

レディ・ジュリアナが小さく笑った。「もちろん信じるわ。そんなに予想外な言いわけ、だれも思いつけないでしょう？」

フランシスは安堵のため息を漏らし、両肩から力を抜いた。「なんてありがたいこと。本当なんです、誓うわ」

「もちろんそうでしょう」サー・レジナルドがうなずく。「でも、教えてちょうだい。ケンダル卿にその法律についてなにを言うつもりなの？　とても興味があるわ」

「その法律についてなにかご存じですか、レディ・ジュリアナ？」フランシスは訊ねた。

「残念ながら全然」彼女が首を振る。

「それは、貧しい人々を傷つける恐ろしい法案なんです」

レディ・ジュリアナが息を呑んだ。一瞬足を止めてフランシスの顔をじっと見つめる。「それを聞いてとても驚いたわ」

「なぜ？」フランシスは眉をひそめた。

レディ・ジュリアナが歩みを再開した。フランシスの腕は相変わらずつかんだまま、また優しい笑みを浮かべてフランシスを見やった。「ケンダル伯爵にはお会いしたことがあるけれど、とても感じのよい方のようだったから」

フランシスはあきれた顔をせずにはいられなかった。「いいえ、彼は違います。会ったことはないけれど、ひどい人だと信じています。きっと見かけも太ってみっともない方だと確信しているわ」

レディ・ジュリアナがまた小さく笑い声を立てた。「だれかがあなたにそう言ったの？」

フランシスはいたずらが見つかったような顔でレディ・ジュリアナにほほえみかけた。「彼の法案の中身に基づいてただ推測しただけですけれど」

「まあ、本当に必要だと感じるのならば、彼を待ち続けることに反対はしないけれど、よく気をつけてね。向かい側の椅子に坐って待つことをお勧めするわ。そこならば、だれかが通り過ぎても言いわけしやすいでしょう」

フランシスはふたりの背後をちらりと見やった。たしかに、ケンダル卿の扉と反対側の比較的近い場所に椅子がある。先ほどは、スピーチの練習に一生懸命でその椅子に気づかなかった。

「すばらしい考えだわ、レディ・ジュリアナ。どうもありがとう」

レディ・ジュリアナはフランシスの腕を離し、彼女のほうを向いた。「わたし、あなたのことを心配していたのよ、ミス・ウォートン」

「心配？　わたしのことを？」フランシスは自分を指さして目をぱちくりさせた。きょうまで、自分の名前をレディ・ジュリアナが知っているとさえ思っていなかった。ましてや心配していたなんて信じられない。

「ええ」レディ・ジュリアナが静かに答える。「晩餐であなたのことを見ていたわ。あなたをサー・レジナルドと結びつけようと、お母さまは最善を尽くしていらっしゃるけれど、あなたと彼が互いを幸せにできるとは思えないのよ」

フランシスは大きくうなずいた。「まったく同感です、レディ・ジュリアナ」

レディ・ジュリアナはフランシスの顔を探るように見つめた。「サー・レジナルドの好きな話題はもっぱら自分自身だけど、一方のあなたはとても考え深くて知的な女性のようだわ。彼のつまらない話を聞き続ける人生をあなたが楽しめるとは思えない」

フランシスの目の奥に涙がこみあげた。フランシスがまさに聞きたかったことを言ってくれるとは、レディ・ジュリアナはなんて優しいのだろう。「おわかりと思いますが、わたしはこれまでずっと、サー・レジナルドのよい性質をすぐに見抜けない……あるいは見抜こうと努力をしないのは、母に対して誠実ではないと感じてきたんです」

レディ・ジュリアナが同情の笑みを浮かべ、またフランシスの手を軽く叩いた。「用心してね、ミス・ウォートン。たしかに、レディは自分の心を優先する選択肢を与えられないことがほとんどだけど、あなたがみじめな思いをするのは見たくないわ。あなたはわたしの妹の友だちで、いつも妹に親切にしてくれたから」

「こちらこそですわ。妹さんはわたしにとても親切にしてくださいます」フランシスはつぶやいた。

レディ・ジュリアナは廊下の端に向かって滑るように立ち去ったが、その前にフランシスに向かって手を振り、そして次のように言ったようにフランシスには聞こえた。「ケンダルに多少なりとも分別があれば、彼の寝室の前にいるあなたを見た瞬間に、あなたを抱きあげるでしょう。彼はよい妻を探しているんですもの」

フランシスは頭を振った。レディ・ジュリアナの言葉が正しく聞こえたはずがない。それに、たとえそれがレディ・ジュリアナの言ったことだとしても、フランシス自身が抱きあげてほしくない男性の筆頭はケンダル卿だ。フランシスは身を震わせた。とんでもないことだわ。とにかく、見張り場所に戻って、憎むべき男性との対決に備えてスピーチを練習するべきだろう。

レディ・ジュリアナのありがたい忠告に従い、フランシスはケンダル卿の戸口までのちょうど中ほどあたりに置いてある椅子まで廊下を戻った。その椅子の横に立っていようと決める。そうすれば、ケンダルの到着に備えることができる。彼がすばやく部屋に滑りこむ隙を与えない。

十分ほど経った頃には、ケンダル卿が夕食前に自室に戻ってくるつもりかどうかに疑問を持ち始めた。フランシスの得た情報では、クレイトン卿と書斎で酒を飲むこともあるらしい。このあとは、その部屋を探すべきだろうか。もちろんその考えはすぐに諦め、胸の前で腕組みしたちょうどその時、若い男性が階段を駆けのぼってきた。かなり離れていてよく見えなかったが、最初に思い浮かんだのはルーカスの名前だった。呼びかけようとしたちょうどその時、ふたつの理由からその男性がルーカスではあり得ないことに気づいた。第一に彼は紳士の装いをしている。第二に、すぐにくるりと後ろを向いて、逆の方向に大股で歩き去った。ルーカスならば、挨拶をしてくれるはずだ。

フランシスは両手をあげて、指のつけ根を目に押し当てた。なんということ、きっと疲れているに違いない。そのせいで見間違えたのだろう。たぶん、坐るべきかも。

フランシスが椅子に腰をおろし、黙って数分間坐っていると、後ろからフランシスのことを呼ぶ男性の声が聞こえてきた。

廊下のレディ用の区域のほうを振り返ると、金髪で背の高いハンサムな男性がこちらに歩いてくるのが見えた。お仕着せを着ているが、クレイトン家のものではない。

「ミス・ウォートン」彼がもう一度呼んだ。

「はい？」フランシスは近づいてくる彼を見守りながら返事をした。

「わたくしはバクスターと申します」男が言う。「コパーポット卿の従者です。数分前にたまたま調理場で女中がレディ・ウィンフィールドのために湿布がほしいと言ったのを聞きました」

「レディ・ウィンフィールドはわたしの母ですが」答えながら、ふいに心配で胸がきゅっと締めつけられた。

「はい、ミス・ウォートン、だからわたくしがあなたさまを探しにきました。お母上は庭で滑って足首をひねったようです。いまはお部屋で横になっておられますが、あなたさまをお呼びになっているとのことで」

「まあ、大変」フランシスは立ちあがり、スカートを持ちあげた。「すぐに行かなければ」

「そうなさるのがよいかと思います、お嬢さま、あなたさまやお母さまになにか必要なものがあれば、わたくしが階下に伝えにいけますので、どうぞおっしゃってくださ い」

「もしもなにか必要だったら、アルビーナを行かせますわ」フランシスはすでに後ろを向き、母の部屋がある反対側の区画に向かって歩きだしていた。

階段の上にもうすぐ着くという段になって、ようやく従者にお礼を言っていないことを思いだした。振り返ったが、彼はもういなかった。

フランシスは自分の寝室に向かって急いだ。ああ、どうしよう。母が無事なことをただ願った。母との約束を破ろうとしたから、天が罰を与えたのではないかと思わずにはいられなかった。いいえ。きっぱりと首を振る。それはばかげた考えだ。でも本当にそうかしら？

ケンダル卿とは話ができないまま、彼の部屋の前を離れることになったが、彼はまだしばらくこの屋敷に滞在するわけだから、なにがあっても彼が帰る前には探しだそう。当面はただ、彼がフランシスの手紙に畏れ多くも返事をくれるのを待つしかない。

# 19

翌朝ルーカスは、期待と不安が入り交じった思いで図書室に向かって歩いていた。フランシスに会いたかった。彼女と話しかった。政治の話だけではない。障害物競争やクリスマスや子どもたちやさまざまな事柄についてどう考えているかを訊ねたかった。上流社会を嫌う理由をもっと訊ねたかった。煎じ詰めれば、彼女の理由は彼が上流社会を嫌う理由とほとんど同じだ。彼女は正直で率直で、世間からどう思われていようと気にしていないらしい。だれもがそうなれるはずだ。彼もそんなふうに生きていけるはずだ。

フランシスがサー・レジナルドと結婚すると考えただけで、昨日は非常に苦々しい思いだった。ルーカスを慰めてくれた唯一の点は、母親がどれほど希望しようとも、あの男と結婚しないと彼女が決断している事実だ。もちろん、父親に命令されたら、この結婚を回避することはかなり難しいだろう。ルーカスには、ウィンフィールド男爵が娘の希望も考慮することを祈るしかできない。

昨夜はいくつもの理由で眠れなかった。きのうの午後、彼の寝室の扉の外にフランシスがいるのを見た時は、息が止まるかと思った。すぐに逆方向を向き、ほぼ全力疾走で立ち去った。そして使用人用の階段を使ってベルの部屋に直行し、侯爵を派遣して、フランシスを部屋の前からどくように誘いだしてもらった。またひとつ嘘をついたわけだが、ベルは喜んでその職務を遂行してくれた。ベルはフランシスにこれまで会ったことがなく、このハウスパーティでもすれ違っていないと請け合った。

少なくともこの作戦は功を奏し、ルーカスは部屋に戻って着替えに必要なお仕着せを回収できたのだった。とはいえ、朝起きた時にフランシスが彼の部屋の外で待っていたらどうなる？　だから、使用人用の区画の五階の部屋にそっとあがり、そこで従僕として寝たほうが安全だと判断した。少なくともそこならば雇用法案に関して議論を突きつけたいフランシスに待ち伏せされる可能性はほとんどない。

そのあとはかなり長いあいだ、フランシスが寄こした手紙にどう対処するか決めかねていた。そしてしまいに、もっとも安全な方法は返事を書いて、いまはロンドンに戻らなければならないので時間を取れないが、そのうちぜひお目にかかりたいと告げることだと判断した。

卑劣な方法だが、少なくともふたつの目的は達成できる。ひとつは、彼女がそもそも要請すべきでなかったこの独身男性とふたりだけの不適切な会合が実現するのを防ぐことだ。独身の男女ふたりが付添人なしに会うことの危険性を彼女がしっかり考慮しているとはとても思えない。ふたつ目は、クレイトンの屋敷のど真ん中でひどい騒ぎを起こさないこと。ルーカスが彼女と会ってすべてを告白すれば、そうした事態になるのは避けられない。

ルーカスはフランシスに真実を告げるつもりだった。しかしいまは、自分がやりだしたこの謎解きゲームから波風立てずに抜けだす必要がある。そもそも、フランシスが従僕ルーカスとの将来を夢見ることはあり得ない。それは不可能であり、どちらもわかっていることだ。彼女の心は多少痛むだろうが（それは彼も同様だが）、結局はどちらも先に進むだろう。このような過ちを二度と起こしてはならない。

フランシスに会う最後の機会が甘くもほろ苦いひとときになるだろうと考えながら、ルーカスは図書室に入っていった。すでに窓辺のテーブルの椅子に坐っていたフランシスが彼にほほえみかけた。幸せそうに輝く顔を見て、ルーカスはその愛らしい顔が困惑と怒りにゆがむさまを想像した。彼が真実を告げれば、必ずそうなるだろう。

「来たのね」フランシスが呼びかける。「けさは来ないのかと思い始めたところよ」

彼は顔になんとか笑みを浮かべた。「おはようございます」

「きのうはなぜ晩餐の給仕をしなかったの？」彼女が訊ねる。

その質問には答えを用意してあった。「クレイトン卿から違う用事を命じられたんです」

「早く薪の支度をしてくださいな」彼女がそう続けたところを見ると、いまの言いわけはすんなり受け入れたらしい。「きょうは話したいことがたくさんあるの。どこから始めたらいいかわからないくらい」

ルーカスはすばやく仕事をすませると、テーブルに近づいた。「なにを話さなければいけないんですか？」嘘をついている自分を嫌悪しながら訊ねる。そして、彼女の隣りの席に坐った。

彼女がいたずらっぽく瞳をきらめかせる。「まずひとつは、ケンダル卿がここに来ているということ。昨夜の夕食には出てこなかったけれど、滞在していることは確実よ」

「なぜわかったんですか？」ルーカスは眉をひそめた。彼の来訪のことがすでに広まっているのか？　もしそうならば、常時、顔を伏せていなければならない。

「ほかでもないサー・レジナルドが教えてくれたの。ケンダル卿がなぜ夕食に来なかったのかわからないけれど」

「おそらく、上流社会の集まりを嫌っているからでしょう」ルーカスは推測のように言ったが、ケンダル卿が晩餐に出席しない理由はまさにそれだった。それと、フランシスがすぐに彼に気づくという事実だ。

「そうかもしれない」フランシスが肩をすくめた。「でもわたしは、彼のことを、注目の的になるのが好きな男性に違いないと思っているわ」

ルーカスがひどく咳きこむと、フランシスは彼の背中を軽く叩いた。ひどく咳きこんだせいで、ようやく収まった時には目に涙がにじんでいた。「申しわけありません」

「大丈夫？」フランシスが心配そうな表情で訊ねる。

「ええ、大丈夫です。ほかになにを言おうとしていたんですか？」彼は話題を変えるために訊ねた。

彼女が不思議そうに首を傾げた。「コッパーポット卿の従者と名乗る男性と奇妙な出会いがあったのよ。その人のこと知ってる？」

「コッパーポット卿の従者？」ルーカスは繰り返し、ネクタイを引っ張った。

「ええ、昨夜、ケンダル卿の部屋の前の廊下で待っていた時に、わたしを探しにきたの。母がくるぶしをひねったと教えるために」

ルーカスは心配しているふりをしようと最善を尽くした。「母上は大丈夫なのですか？」

「そこなのよ。母の寝室に駆けつけたら、母はまったく元気だったのよ。くるぶしもひねっていなかったの。奇妙なことじゃない？」

ルーカスはまたネクタイを引っ張った。「おそらく、だれかほかの人と間違えたのでは？」

フランシスが首を振った。「そうではないと思うわ。わたしのことをはっきり名前で呼んだから。それに、母の名前も知っていたわ」

「それはたしかに奇妙だ」ルーカスはぎこちなく答えた。咳払いをし、気が進まない話題にあえて踏みこむ。「ケンダル卿の部屋の外でなにをしていたんですか？」

彼女の目がきらめいた。「彼を待っていたのよ、もちろん。サー・レジナルドから、きのうの午後に彼と会うと聞いたから。雇用法案について彼とどうしても話したかったの」

フランシスが彼に手紙を送ったと知っていることを、うっかり漏らすわけにいかない。代わりに訊ねた。「話せたんですか……彼……ケンダル卿と？」

フランシスが首を横に振った。「いいえ。母の部屋に戻って、母が大丈夫だとわかったあとは、夕食のために着替えをしなければならなかったから、ケンダル卿の部屋の前に戻ることはやめたわ」

した。

「そのほうがいい」ルーカスは言った。「また行くつもりですか?」

「いいえ。でも、会ってほしいという依頼の手紙を届けてあるわ」

「本当に?」今度は、その行動に対して適切と思われる憤りを示すことに最善を尽くした。

「不適切であることはわかっているわ」彼女が下唇を小さく嚙んだ。「でも、頭文字だけで署名をしたから、彼はわたしが女性だとわからないはず」

ルーカスはまたしても最善を尽くし、フランシスに厳しいまなざしを向けた。「彼と会った時にどうするつもりですか? 男性に扮する?」

彼女の目がまたきらめいた。椅子に坐り直して背筋を伸ばす。「それも悪くないかもしれないわ」

「いえ、ただの冗談です」ルーカスは急いでつけ加えた。

彼女が笑う。「もちろんそうよね。でも、彼と話す機会を得る助けになるならば、なんでも試してみるわ」

いまや罪悪感が声高に歌いながらルーカスの体じゅうの血管を駆けめぐっていた。自分は質問になんでも答えられるわけではない。しかし、八点鐘が当直交代の合図であることは知っている。つまり、この狂気の沙汰をすみやかにやめるべき時ということだ。

このゲームから抜けることはすでに決断していた。あとは、サー・レジナルドに返答するための一日だけが残っている。昨日あの場であの男に出ていけと言わなかったのは、ひとえに自分の冷静さを信頼できなかったからだ。さらには、ナイト爵の要求にどう対処すべきかに関し、友人たちの助言が欲しかった。サー・レジナルドに返事をしたらすぐに、この屋敷をあとにするつもりだった。

しかし、フランシスに別れを告げずに姿を消すのはあまりにひどい。ルーカスは明朝にもう一度だけ、図書室でフランシスと話をすることにした。なぜ去らなければならないかの理由はすでに考えてある。多くの嘘にもうひとつ嘘を重ねても事態は大して変わらないだろう。どうしてもフランシスに別れを告げたかった。いまいましいハウスパーティを去る前に。そして賭けに負け、ワースとベルを競わせる。そもそも、このばかげた賭けに乗ること自体を拒否するべきだった。だが、不誠実の深みにこれほど深くはまってしまうとは知るよしもなかった。

ひと晩じゅう悶々として、フランシスに真実を告げ、嘘が判明するたびに彼に対する好意がどんどん褪せていくのを見るべきか、それともこの美しいレディとの美しい記憶と……、そして彼女と、だれであろうと彼女の夫となる幸運な男にロンドンで出くわすことがないようにという希望を胸に立ち去るべきか考えた。くそっ。どちらの選択肢もよくない。いずれにせよ、彼女を傷つけることになるからだ。

ルーカスは置き時計を見やった。立ち去る頃合いだ。少なくともいまは。これ以上一緒にいても、事態を悪化させるだけだ。今後釈明する責任がある非常に多くの嘘に、また嘘を重ねることになる。しかも、これ以上とどまれば、彼女に……キスをしたくなる。そのどちらも、双方にとってよくないことだ。

「もう行かなければなりません、フランシス」なんとか言葉にする。「ぼくは……まだ仕事が残っているので」あまりに情けない言いわけだが、この状況下では、さらに複雑な嘘を作りあげないことが最善と考えた。

フランシスはうなずいたが、その目に失望が浮かぶのがはっきり見てとれた。「もちろんだわ」彼女が言う。「あしたもここで会ってくれるかしら?」

「ええ……そうします。あした」声がかすれて、自分の耳にも哀愁を帯びて聞こえた。少なくとも、それだけはするべきだろう。最後にもう一度会う約束をする。別れを告げるために。

「ルーカス、あなた、大丈夫?」フランシスが頭を傾げて彼を眺めた。ルーカスはテーブルの表面を見つめたが、なにも見ていなかった。

ようやく目をあげて彼女と視線を合わせる。「二度とケンダル卿を探さないと約束してくれますか？」

彼女がはっと息を呑んだ。「いいえ、ルーカス。それは約束できないわ。そんなこと言わないで」

ルーカスはうなずいた。「やらねばならないことはやらねばなりませんね」彼は立ちあがり、椅子をテーブルの下に入れると、戸口のほうを向いた。罪悪感で胸が締めつけられる。戸口に向けてゆっくり歩きだした。

「ルーカス、待って」彼女が呼びかけた。

ルーカスはくるりと振り向き、フランシスと向き合った。すでに追いついて、彼が振り返るとすぐ目の前に立っていた。「キスしないで行ってしまうのはだめよ」

彼女はそう言うと、つま先立ちをして両腕を彼の首にまわし、唇を彼の唇に押し当てた。

# 20

このキスはこれまでルーカスとしたキスとは違った。最初彼は気が進まない様子で身をこわばらせた。フランシスが彼にまわした手を離し、勘違いしたことを謝ろうとしたまさにその時、彼の抵抗がふっと消えたのを感じた。彼の両腕がフランシスの背中にまわって強く抱き寄せ、唇が彼女の唇に斜めに合わさる。そして、彼の熱い舌が彼女の口のくぼみの濡れた温かな深みに滑りこんだ。

フランシスは安堵感に押し流されそうだった。ああよかった。勘違いではなかった。わたしと同じくらい彼もこれを望んでいる。欲望が全身を駆けめぐる。彼の大きな体が震えるのを感じ、彼の手が片方の乳房に近づいて、そして――。

図書室の扉がぎーっと開いた。

ふたりは瞬時に飛びのき、互いに大きく一歩さがって離れた。しかし、どちらも激しく喘いでいたから、入ってきた人に、やましい様子に見えたことは間違いない。そしてなんとそれは、よりにもよってアルビーナだった。

ふたりが一緒にいるのを見た瞬間、アルビーナはわずかに、しかしはっきりと目を細めたが、すぐにいつもの無表情に戻った。

「ここにいらしたんですね、ミスター・ルーカス。あなたを探していたんです」アルビーナが呼びかけた。

フランシスは自分の女中が躍るような足取りでルーカスに近づいていくのを見守った。自分の雇い主と自分が惹かれている男性が図書室でふたりだけ、喘ぎながら立っているのを見つけたことも、ただの日常茶飯事のような顔をしている。

フランシスはなにか適切なことを言おうと言葉を探した。「ここでなにをしているの、アルビーナ？」特別によい質問とは言えないが、最初に頭に浮かんだのがそれだった。

アルビーナは無邪気そうな青い瞳をフランシスに向け、目をぱちぱちさせた。「クレイトン卿からミスター・ルーカスへの伝言をお持ちしたんです」

アルビーナがこれみよがしに胸の谷間から小さな紙を引っ張りだすのを、フランシスは信じられない思いで見守った。ルーカスに見せつけることを意図しているのは明らかだ。自分の女中のあまりに礼儀を欠いた態度に愕然とするあまり、フランシスは口をぽかんと開けて立ち尽くし、アルビーナを凝視した。ルーカスのほうは、落ち着きなく足を踏み変えて首の後ろを掻いた。不快と言い切るほどでないにしても、アルビーナのほうを見ようとしていない。

「さあ、これです」アルビーナが言い、紙切れをルーカスに手渡した。「あなたに渡すようにとクレイトン卿がくれました」笑い声を立てて、また片手を胸元に当てた。「もちろん、あなたを探しに来るのは嬉しいですもの、ミスター・ルーカス」彼を見あげて唇を舐めた。

フランシスは片手で髪を撫でつけ、いまだによくわからないこの状況を理解しようとしながら咳払いをした。「アルビーナ、なぜクレイトン卿はご自分の使用人でなく、あなたにミスター・ルーカス宛の手紙を託したの？」

アルビーナが鼻先で笑った。「あたしが彼の女中のひとりでないとは気づいていなかったと思いますよ。それに、ちょうど手が空いている従僕がいなかったみたいだし」

フランシスは唇をぎゅっと結んだ。そう説明されてもやはり奇妙に感じたが、ルーカスはすでにクレイトン卿からのメモを読んでいた。どうやら本物らしい。「なにか問題でも？」フランシスは訊ねながら、内容の手がかりがなにか浮かんでいないかと、彼の表情を観察した。

「なにも問題はないですが、ぼくは行かなければ」ルーカスが答えた。「クレイトン卿が用事があるらしい」

「もちろんだわ」フランシスはうなずいた。

ルーカスはフランシスに一礼すると、アルビーナに対してメモを持ってきてくれたことの礼を言い、急ぎ足で部屋を出ていった。

フランシスはアルビーナの隣りに立って彼が去るのを見送った。彼のキスのせいで唇がまだ燃えているように感じる。ふたりの抱擁を女中に見られたかどうか知りたかったが、それを訊ねるのはあまりに不適切だ。それに、たとえなにも見ていないとしても、アルビーナがある程度推測しているに違いないという印象をフランシスは受けていた。

アルビーナがルーカスに惹かれていると話していた記憶がよみがえり、また違う自責の念にフランシスの良心が小さくうずいた。ばかげていると思うが、フランシスは実際に嫉妬を感じていた。自分よりもアルビーナのほうが彼に近づく資格があることに嫉妬している。フランシスには彼とキスをする権利はない。ああ、なんという複雑な状況に入りこんでしまったのだろう？

「あたし、彼がすてきな男性だと言いませんでしたっけ、お嬢さま？」両手を前で組み、かかとで立って体を前後に揺すりながら、アルビーナが訊ねた。

「たしかに言っていたわね」フランシスは気まずさとやましさを同時に感じながら答えた。いまの宣言に対し、ほかにどう言えるというのか。

「でも、彼は従僕ですよ。お嬢さま」アルビーナがさらに言う。女中の顔にずる賢そうな警告の表情が浮かぶのを、今回は見のがさなかった。

フランシスは手のひらに頭をもたせてため息をついた。「わかっているわ、アルビーナ」ええ、どれほどよくわかっていただろう。

# 21

ルーカスは四階のベルの部屋に向かって、急ぎ足で階段をのぼっていった。クレイトンからのメモには、できるだけ早く来てほしいと書いてあった。彼が到着した時、三人の友はすでに部屋に集まっていた。ベルは簡易寝台に坐っていた。クレイトンは小型の机の前の椅子に腰かけ、ワースは幅広の窓枠に尻を乗せていた。

「おや、神出鬼没のケンダル伯爵じゃないか」ルーカスが部屋に入っていき、背後で扉を閉めるやいなや、クレイトンが声をかけた。

「神出鬼没？」ルーカスは繰り返した。

「ああ、その言葉が人々の口にのぼっているらしい」クレイトンが説明した。「噂話の好きな人々は、ケンダル伯爵がこのハウスパーティに到着した事実をすでにつかんでいるぞ」

「くそっ」ルーカスは小声で悪態をついた。それから苦笑まじりに答えた。「もちろん、今夜の晩餐にケンダルは出ないが」

図書室でフランシスとキスをしているところにアルビーナが入ってくるという不安

な状況が起こったすぐあとでは、とても話に集中できそうにない。

「シオドラが途方に暮れているよ。あらゆる催しにきみが参加しないことの言いわけがそろそろ底を尽いたらしい」クレイトンが言い足した。「もちろんケンダルとしてだが」

「従僕のルーカスはこれ以上夕食の給仕をしないほうがいいようだな」ベルがベッドから警告を発する。

「同感だ」クレイトンとルーカスが同時に答えた。

「やりたいと思ってもこれ以上はできない」ルーカスはさらに言った。

「それはなぜだ？」ワースがいつものように片脚を前後に振りながら訊ねた。「働きすぎか？」

ルーカスは首を振った。「いや、従僕の仕事は自分が役立っているように感じて嫌いじゃない。ただ、これ以上フランシスに正体を偽りたくないだけだ」

「罪の意識を感じるわけか、ケンダル？」ワースが問いかける。

「どれほど感じているか、きみにはわからないだろうな」ルーカスは重々しく答えた。

その深刻な口調にワースが黙りこんだ。

ルーカスは肩をすくめた。「どちらにしろ、あの大言壮語のぼんくらサー・レジナルドにまた給仕するのはとても耐えられないがね。彼の皿ではなく膝にソースを注ぎたかった」

「それを見るためならば金を払ってもいい」ワースが鼻を鳴らした。

ルーカスは簡易寝台に近寄り、ベルの横にどしんと腰をおろした。「サー・レジナルドの話だが、明日彼ともう一度会う」

ベルが眉をひそめた。「もう会ったと思っていたが」

「会った。だが、彼が言ったことをきみたちに伝える機会がなかった」

「話してくれ」ワースがうなずき、窓枠にさらに深く坐り直した。

「あのろくでなしはぼくをゆすろうとした」ルーカスは数分間費やして、サー・レジナルドとの会合について詳しく話した。

話し終えると、クレイトンが顔をしかめて頭を振った。「褒められたことじゃないが、ゆすりと政治的交渉は紙一重の差しかないからな」

「きみはそう表現するのか?」ワースが黒い眉を片方持ちあげた。

「ぼくに言わせれば、それは間違いなく……ゆすりだ」ベルの声から強い怒りが伝わってきた。

「たしかにそうだな」クレイトンが認める。「しかし、サー・レジナルドと皇太子のつながりも考える必要があるだろう」

「あのいまいましい皇太子になんの関係があるんだ?」ワースが口を挟み、胸の前で腕組みした。

クレイトンは深く息を吸いこみ、ルーカスに向かって意見を述べた。「きみはもちろん、あの男の恥ずべき提案に応じたくないだろう、ケンダル。しかし、応じないからと言って、正しい行動ができないわけじゃない。サー・レジナルドにはこの件から手を引くことに決めたと言う。彼は好きなように投票すればいい。公領担当大臣もだれかふさわしい者がなるだろう。きみは退路を断たなくて済む」

「まるで本物の政治家のような言い方だな」ワースが大げさに目をまわしてみせた。

「きみの意見はどうだ、ワース?」ベルが訊ねる。「このゆすりの目的はきみだということを踏まえると?」

ワースは窓の向かい側にかけられた小さな鏡に自分を映してクラヴァットを直し、それから口を開いた。「きみはサー・レジナルドに、公領大臣の職について、ぼくが彼に投票するつもりだと言えばいいと思う」

「本気か?」ベルの眉が今度は両方持ちあがった。

「もちろん」ワースが言う。「あの男にそう言えよ、ケンダル。そうすれば、公領担当大臣の投票を雇用法案の投票のあとになるように、ぼくが手をまわす。あのろくでなしが、嘘をつかれたと気づいた時には、もう手遅れというわけだ」ワースが勝ち誇った笑みを浮かべて全員を見まわした。

「いかにも敵がどれほどたくさんいてもまったく気にしていない男の言い草だ」クレイトンが言い返し、あきれたように頭を振った。

ベルが顎を掻いた。「だれもぼくに聞かないんだな。まあこれはあくまでぼくの意見だが、ぼくがきみならば、地獄に落ちろとサー・レジナルドに言う」

「参考になる意見とはとても言えない」クレイトンが言う。

「だからきみは、いまこの部屋にいるなかでもっとも優秀な政治家なんだよ、クレイトン」ワースが指摘し、にやりとした。

ルーカスは前屈みになり、膝に両肘をついた。頭を振り、木の床を眺める。「本当に不愉快な男だ。話すのはおろか、見るだけでも我慢ならないほどだ」

「あした、あの男になんというつもりだ、ケンダル？」クレイトンが答えを促した。

ルーカスは顔をあげ、友人と視線を合わせた。「なにをすべきかはわかっているつもりだ。彼に会ったあとに、また報告する」

「そうか、では」ベルが言い、後ろに両手をついてもたれた。「サー・レジナルドに関してやるべきことをやったとして、ミス・ウォートンに関してはどうするつもりだ？」

ルーカスは深い息を吐いた。「ミス・ウォートンに関しては、最後にもうひとつだけ嘘をつく」

# 22

あともう一日だけ。ルーカスは翌朝図書室に向かいながら、自分にそう念を押していた。ここを去らねばならないことをフランシスに話すつもりだった。従僕ルーカスの父親がノーサンバーランドに住んでいて、病気に苦しんでいる。彼がフランシスにつく最後の嘘になるはずだが、それはすでに彼の良心にずっしりと重くのしかかっていた。

きょうの午後、サー・レジナルドとの二回目の会合を終えたら、すぐに出発する。ここを離れるのは正しい行動だという確信があった。自分には時間と場所が必要だ。この数日間の状況を理解し、フランシスを必要以上に混乱させずに真実を告げる最善の方法を決定する時間と、彼女にキスをするような過ちを繰り返すのをやめるための場所。ケント州の自分の地所に戻り、すべてについて熟慮を重ねたのち、秋にはロンドンに戻って議会の票決を行い、そしてフランシスとの関係にけじめをつける。そのどちらもいまの段階で心待ちにしているとはとても言えない。

きょうも会うとフランシスに約束した。その約束と、彼女に別れを告げないで立ちいた。

去ることに対する嫌悪感、このふたつの理由ゆえにルーカスの足は図書室に向かって

ケンダルからフランシス宛てに、会うことができないと告げる返事はすでに書いてあった。彼女がケンダルの部屋の前でもう一度待つという決断をした場合に備えて、昨夜は使用人用の五階の部屋で過ごした。手紙については、午後に彼の馬車がクレイトン家の車寄せを離れた瞬間に、フランシスの手に確実に渡るよう、従僕のジェームズに頼んである。

きょうフランシスと会うのは危険を冒す行為だ。昨日彼女の女中に邪魔されたのが、まさに彼がやっているのは危険なゲームであるという警告でないとしたらなんなのか。あの若い娘がもう少し前に入ってきていたら、ふたりがキスをしているのを目撃しただろう。どちらにしろ、同様のことが起こっていたと思っているかもしれない。昨夜は、その可能性を繰り返し思い浮かべていたせいでほとんど眠れなかった。

ふたりが抱き合っているところをアルビーナが見ていたら、どうなるだろうか？彼女に他言しないよう頼めたかもしれない。しかし、彼女は信頼できるだろうか？もっともありそうな筋書きの結果は醜聞であり、フランシスの評判が地に落ちる。上流階級の男性は、従僕とキスしているのを見られた女性とは結婚しない。あのヘビの

ようなサー・レジナルドでさえもだ。

もちろん、ルーカスの名前で守ると申しでて、自分が結婚することはできるが、その名前を告げること自体が問題だ。本当の彼を彼女は憎んでいる。この惨事の解決になるとは到底思えない。

キスをやめるべきだった。そもそもするべきでなかった。抵抗を試みたが、結局温かな体が押しつけられるのを感じ、彼女の唇に執拗に促されるとその抵抗も無と化したのだった。ルーカスは彼女が欲しかった。ずっとそうだったし、胸に抱き寄せると、正しいことと感じた。だからこそ、彼女と離れなければならないのが嫌だった。

ルーカスが図書室に入った時、そこにはだれもいなかった。不安が全身を駆けめぐった。結局アルビーナはなにか目撃していたのか？　そしてフランシスの母親に告げたのか？

いつもの手順通り、暖炉の横に薪を置き、上着を脱いで、火に薪を足した。おそらく、遅れているだけだろう。あるいはケンダル卿の部屋の外でもう一度待とうと決意したのかもしれない。

薪の始末を終えると、ルーカスは上着を着て、彼女がいつも坐るテーブルのほうにぶらぶら歩いていった。両手をポケットに突っこみ、窓の外の庭を見るともなく眺める。不安でまた肌が怖気だつのを感じたちょうどその時、隅の小部屋のなかから音が聞こえた。

すばやく振り向くと、小部屋からフランシスがのぞいていた。一歩外に出た彼女は美しい白いドレスを着て、耳の後ろにピンク色の花を飾っていた。

「あなたもこちらに来るかしら、それとも来ない？」そう訊ねながら、口元に美しい笑みを浮かべる。

それを見てルーカスもほほえまずにはいらず、その笑みはいつしか満面の笑みに変わっていた。「そこにいるとは思わなかった」彼女のそばまで歩いていったが、小部屋のすぐ外で足を止めた。なかに入らないほうが安全だ。最後にもう一度キスをしたいという誘惑はそれほど強かった。

「わかっていたから」彼女が答える。「薪を暖炉にくべるのにけっこう時間がかかることを。それよりもきのうのクレイトン卿のメモはなんだったの？」

ルーカスはうつむき、首の後ろを掻いた。「ちょっと会いたいというだけで」これは少なくとも真実だ。

「昨夜の夕食の時にあなたがいなくて寂しかったわ」フランシスが恥ずかしそうな口調で言う。

ルーカスは顔をあげて、また彼女を眺めた。「また……ほかの場所に行かされたので」それもまた、ある意味真実だ。正体を秘密にするために、寝室に閉じこもった。

彼女は肩にふんわりかかっていた茶色の巻き毛をひと筋つまんで払った。「若いレディたちはケンダル卿への恋煩いで気絶しそうになっているのに、当の本人はその人たちとの食事に参加するほどの礼儀も持たないのよ」

「なるほど？」ルーカスは罪悪感に苛まれ、思わず歯を食いしばった。「どんな理由で？」

「わたしはなにも聞いていないわ」フランシスがため息をついた。「ケンダル卿についてクレイトン卿がおっしゃったのはひとつだけ、長く滞在しないということ。でも、だからと言って、若いレディたちが夜じゅう彼のことをあれこれ話すのは防げないわよね、二晩とも」彼女はくるりと目をまわしてみせた。

「少なくとも、サー・レジナルドが皇太子殿下のことを話すよりはおもしろい会話なのでは？」ルーカスはほほえんだ。

「それはどうかしら。わたしにはどちらも無理。昨日もサー・レジナルドが隣りに坐って、魅力を振りまこうとしていちいち失敗していたわ。それから、けさ庭に散歩にいきましょうと誘ってきた」

ルーカスは眉を持ちあげた。「承諾したのですか？」

「いいえ、けさは庭を歩く計画をすでに立ててしまっていると答えたの。だから、髪に花を飾っているのよ」彼女が笑い声を立てて、ピンク色の小さなつぼみを指さした。「あなたは美しい、フランシス」ルーカスはささやいた。「いつも髪に花を飾っているべきです」

彼女が彼をじっと見つめたまま小部屋からさらに数歩離れ、彼から数センチも離れていないすぐ前に立った。「ありがとう、ルーカス」彼女もささやき返した。

彼はうつむいて彼女の唇を見つめた。もう一回だけキスしたら？　その思いが彼の脳裏をよぎる。それを無視できなかった。疑問の余地なく、キスをするのは悪いことだ。フランシスに真実を告げる機会が来た時に弁解できない。だが、彼の内部のなにか、なにか原始的な部分が、彼女を欲していた。彼女を思いだすためにも、最後のキスが必要だと訴えていた。もちろんそのあとに、自分はここを去ると告げるが、でも最初にもう一度だけキスをしたい。

ルーカスは顔をさげて、彼女のやわらかい唇に唇を重ねた。目を閉じて、彼女の香りを、彼女の感触を、彼女の声を味わう。クレイトンの図書室に立っている白いドレスを着て髪に花を挿した彼女の姿を、ルーカスはきっといつも思いだすだろう。彼女の姿は彼の記憶に焼きついて永遠に残るだろう。

口を少し開き、彼女の唇に斜に押し当てると、強く抱き寄せた。

「あなたたちはなにをしているんです！」ふいにけたたましい金切り声が聞こえ、ルーカスは繭のなかから引きもどされた。同様にぎょっとした様子のフランシスから離れて、くるりと振り向くと、戸口にレディ・ウィンフィールドが怒りで顔を真っ赤にして立っていた。

夫人は背後の扉を乱暴に閉めると、やや声を低めて吐き捨てるように言った。「わたくしの娘からすぐに離れなさい」

ルーカスは離れる代わりに、本能的にフランシスの前に立ちはだかった。母親が逆上のあまり、いまにも危害を加えそうな勢いで娘に迫ってきていたからだ。そうさせるわけにはいかない。その時、新たな考えが脳裏をよぎった。レディ・ウィンフィールドは、食堂で給仕をしていたルーカスには目もくれなかったが、娘とキスをした男として眺めれば、彼の正体に気づくかもしれない。だが、それならそれで仕方がない。たとえなにがあろうと、この母親にフランシスを傷つけることはさせない。

レディ・ウィンフィールドはふたりのそばまで来ると、ルーカスを押しのけて手を伸ばし、フランシスの腕をつかんだ。

ルーカスは母親をさえぎろうと動いたが、その時フランシスが小さく叫んだ。

「ルーカス、やめて」

独善的な笑みを浮かべて、レディ・ウィンフィールドが娘を自分のほうにぐいと引き寄せた。

ルーカスが怒りを抑えこんで脇にどいたのは、フランシスのためにも、いまの状況をこれ以上悪化させたくなかったからだ。

「こんなところまで来て、自分の娘を従僕の腕から引きはがさなければならないとは、まあ、なんていい日だこと」レディ・ウィンフィールドがまた吐き捨てるように言ったが、その声は低いままだった。どうやら、自分が目撃したことを黙っているのがもっとも賢明と判断したらしい。なんといっても、この図書室には自分たち三人しかいない。

ありがたいことに、レディ・ウィンフィールドは娘の手を放さずに、すぐに戸口を目ざして歩きだした。「わたしの前を歩きなさい、早く。このまま自分の部屋に行きなさい。なにもまずいことなどなかったように振る舞うのよ！　聞こえた？」

やはりそうだった。レディ・ウィンフィールドは何ごとも起こらなかったふりをするつもりでいる。かゆくてたまらないこのいまいましいかつらを脱ぎ捨て、ケンダル伯爵としてフランシスを愛していると宣言しなかった唯一の理由は、それがフランシスの望んでいることではないという確信だった。上流階級の紳士は全員が高圧的な態度で自分の欲しいものを手に入れると信じていることを彼女ははっきり表明している。打ち明けたいと心から願う自分をなんとか抑え、ルーカスはフランシスがゆっくりと歩いて図書室から出ていくのを黙って見送った。すぐ背後を母親が居丈高につかつかと歩いていく。

ルーカスは口のなかで悪態をつき、こぶしを握りしめた。あたりを見まわしたが、自分がなにを探しているのかもわからない。おそらく投げるものか打ちつけるものか。どちらでも用は足りる。ふと床の上の小さな色彩が目に入った。見おろすと、足元の絨毯の上にバラのつぼみが落ちていた。レディ・ウィンフィールドがフランシスを引っ張った時に落ちたに違いない。彼はかがんで、その花をそっと拾い、鼻に近づけた。

くそっ。これが彼女の姿を見る最後の機会とならないことをルーカスはただ願った。

# 23

フランシスはベッドの裾のほうに腰をおろし、母が延々と続ける痛烈な批判を黙って聞いていた。ふたりが部屋に入って扉が閉まった瞬間に始まり、いまだ弱まる気配はいっさいなかった。

「いったいなにを考えていたんです、このじゃじゃ馬娘が！」母が叫び、汗をかいた顔をハンカチで拭う。

「お母さま、わたし――」

しかし、母は聞く耳を持たなかった。手に持ったハンカチを振りまわしたり、それで目を拭ったりしながら、部屋のなかを行きつ戻りつ歩き続けている。顔色はフランシスが心配になるほど紅潮して、紫色のまだらになっていた。ただひとつありがたいのは、だれかに聞かれて醜聞にならないように、母が声を低く抑えている事実だった。この階まであがってくる途中は冷静かつ穏やかそのものだった。数人の滞在客とすれ違った時も、母もフランシスも笑みを浮かべ、まずいことなどなにもないようにうなずいて挨拶した。

「アルビーナが警告してくれてほんとによかったですよ」母が歩みを止めずに言う。

フランシスははっと顔をあげた。部屋を見まわすと、続き部屋の寝室とのあいだの扉の隙間から、そっとのぞいているアルビーナが見えた。悪賢そうな表情で勝ち誇った笑みを浮かべている。だが、フランシスと目が合うと、その顔はすぐに扉の陰に消えた。

「アルビーナが話したの？」フランシスは目を細めて訊ねた。膝の上に載せた両手を強く握り締める。「ひどいわ、あの告げ口屋――」

「アルビーナに大きな借りができましたよ」母が言う。「だれかが図書室に入ってきてあの場を目撃していたら、どうなったと思ってるの？　アルビーナが探しに行くように言ってくれなければ、わたくしはなにも知らず、止めることもできませんでしたよ」

母が行ったり来たりし続けるあいだも、フランシスは深呼吸して、この状況に対処する最善の方法を思いつこうとした。しかし、通常母がこのような状態になった時は、どんなことをしても、母の気を静めることはできない。

「サー・レジナルドが見つけていたら、縁談も台なしになるところでした」それが母の次の発言だった。

「サー・レジナルドとの縁談は台なしになってもかまわないわ」フランシスは思わず言った。アルビーナの裏切りは気になるが、サー・レジナルドの意見など、それがなにに関する意見であっても、フランシスにとってはどうでもいいことだ。

母が左右の頬に代わる代わるハンカチを当てる。その様子はいまにも気を失いそうに見える。「あなたはなぜそんなことが言えるの?」母が深く息を吸った。「あなたはわかっていないんですよ。真実を黙っていることであなたたち姉妹を守れるとこれまで信じてきたけれど、こうなったら言わなければならないわね。さもないと、あなたは自分の将来を壊し続けるでしょうから」

「わたしになにを言うの?」フランシスはきつく腕組みしたまま、反抗的に問い返した。

「あなたもあなたの妹も、持参金がまったくないということですよ。ゼロよ、ゼロ! ほんのわずかな持参金もないの。あなたの父親がすべてすってしまったわ」

フランシスは口をぽかんと開けた。「なんですって?」

「聞こえたでしょ」母がさらに言う。「硬貨ひとつ残ってないんです。でも、サー・レジナルドはそれでもあなたと結婚してもいいとおっしゃった」

フランシスは目を閉じた。体の真ん中に砲弾を置かれたように、胸がずしりと重く感じる。いまの話を聞くのはつらかったが、母の苦悩を目の当たりにするのはもっとつらかった。

生涯独身でかまわないと言ってみても、この状況を打開する助けにならないことは経験上わかっている。母はフランシスを結婚させることに必死だ。さまざまな考えが立て続けに浮かんできた。両親は独身の娘を家に置いておく余裕もないということ？　そこまで考えたことはなかった。そうだとすれば、母の言葉に耳を貸さなかった自分は身勝手のそしりを免れない。母の恐怖心は、自分たちの将来に対する不安に基づくものだった。

「わからない、フランシス？」母がフランシスの前で足を止める。「家族みんなにとって、あなたがサー・レジナルドに嫁ぐことがどうしても必要なの。あの方はわたくしたちが生き残るための唯一の希望になるはずなのよ。サー・レジナルドはお金持ちで、金銭的援助を約束してくれている。あなたの妹はまだ結婚適齢期ではないけれど、いずれ、縁談を考えることになるでしょう。でも――」

フランシスは急いで立ちあがり、母をきつく抱き締めた。抱き締め返した母の頬に涙が流れ落ちた。

「知らなかったわ、お母さま。そんなに悪化しているとは思わなかった」自分が救いがたい愚か者のように感じた。なにも見えていなかった。父が困った状況に陥っているのは知っていた。両親の言い争いを聞き、訪れる男たちのことも見聞きしていた。でも、貧乏だとしてもそこまで困窮しているわけではないという母の言葉を愚かにもただ信じていた。ひとつだけはっきりしていることがある。金銭的援助の代わりに妹を差しだすことはなにがあっても許さない。絶対に。姉妹のどちらかひとりが家族を救うために嫁がせられるならば、それは一も二もなくフランシスのほうだ。

「知らなかったことはわかっているわ」母がすすり泣きながら言う。「ここまでになってしまって、本当にごめんなさい。正直言えば、このハウスパーティにあなたを連れてくるために最後の硬貨まで使い切った。サー・レジナルドが最後の望みなのよ」

ふたりは一緒に移動し、ベッドの足元に並んで腰かけた。フランシスは白髪が増えてきた母の髪を撫で、彼女の手をなだめるようにそっと叩いた。「こちらこそごめんなさい。わたしが面倒なことを言って悪かったわ。どうか心配しないで。大丈夫よ」

母は濡れた目をハンカチで拭った。ハンカチを振りまわすのはようやくやめていた。「ありがとう。それなら、どうか家族のことを考えて、サー・レジナルドの求婚を受けてくれるわね？」

フランシスは息を吐きだし、ゆっくりうなずいた。どうにかしてルーカスと人生を共にするという、そもそも非現実的な考えは瞬時に消え去った。貧しい従僕と結婚する道はもはやない。家族全員の運命がフランシスにかかっているのだから。

# 24

その日の午後、ルーカスはサー・レジナルドとの会合のために身支度していた。フランシスとキスしているところをレディ・ウィンフィールドに見つかってからずっと、さまざまな思いが脳裏を駆けめぐり、まるではためく帆に落ちる雨のように激しくルーカスの心に打ちつけている。

自分は恥知らずだ。自分はろくでなしだ。あらゆる生き物のなかでもっとも底辺にいる虫けらだ。最悪なのは、自分が図書室に入った時にはフランシスが小部屋に隠れていたという事実だ。彼もそのなかに入ってさえいれば、こんなことにはならなかった。それなのに、中に入らず、図書室のどの扉からも丸見えの場所に立ったまま、どこかのごろつきさながら、なにも考えずに彼女にキスをした。

すべては彼の落ち度であり、フランシスが非難の矢面に立たされていると考えただけで、頭がおかしくなりそうだった。きょうは一日、レディ・ウィンフィールドの部屋を探して求婚したい気持ちにかられていた。それがただひとつ正しい行動だとわかっていた。しかし、まずはフランシスと話して、彼女が求婚を望むかどうかを確かめる必要がある。彼女があれほど嫌悪するケンダル卿だと正体を明かした時に、彼女がその男の求婚を望むなど、どうして期待できようか？　さまざまな思いが堂々巡りし、もはやルーカスは半狂乱状態だった。

姿見に映る自分をにらみつける。ここにふたたび伯爵の装いをした自分がいる。その衣類の総額は従僕のルーカスの年俸より多い。ましてや従僕の服など問題にもならない。自分がニューゲート監獄の極悪の罪人よりもひどい人間だと感じる。罪人たちは少なくとも罪を償っている。自分は自由に歩きまわっている。罰せられて当然なのに。

炉棚の上の時計を見やった。サー・レジナルドと会う約束の時間だ。少なくとも、あのいくじなしになにを言うつもりかはわかっている。

昨日のベルの部屋での会合を経て、ルーカスは自分の行動方針を確定した。友人たちの助言をありがたく受け、そのすべてを熟慮したが、基本的に自分がこれまでやってきたこと、つまり計略や嘘よりも論理と真実を重んじた。もちろん、最近の行動を見れば、だれもそう思わないことは自覚しているが。

だからこそ、もう一度やり直す時だ。欺瞞はもうなしだ。それをサー・レジナルドとの議論から始める。

ルーカスは最後にクラヴァットをまっすぐにすると、寝室を出た。ありがたいことに、フランシスは廊下で待っていなかった。戻ってきた時も、彼女がそこにいる可能性を心配する必要はないだろう。けさ母親が見せていた怒りの度合いから考えて、彼女の監視下を一瞬でもフランシスが抜けだせるとは思えない。

フランシスとのことはなんとしてでも正すつもりだが、それより前にまず、ナイトの称号を持つあの自慢屋と決着をつける。

五分後にルーカスが客間に入っていくと、サー・レジナルドは窓辺に立って外に広がる草地を眺めていた。

「ごきげんよう、サー・レジナルド」ルーカスは言い、今回もサイドボードに直行した。「なにか飲みますか？」

「きょうは結構、ありがとう」サー・レジナルドはそっけなく答えた。

ルーカスは自分のために飲み物を注ぐと、前回ここで議論した時に坐ったのと同じ椅子に向かった。サー・レジナルドが振り向いて彼を眺め、少し顔をしかめた。

「どうかしましたか、サー・レジナルド？」ルーカスは顎を掻き、ブランデーをひと口すすった。

「いや、実は背中の具合がよくなくてね。かなり痛む」サー・レジナルドはそう言いながら、前回坐ったのと同じソファのところまでゆっくり慎重に歩いていった。そして、クッションに坐ろうと腰をかがめる直前に、指をぱちんと鳴らして扉のそばに気をつけの姿勢で立っていた従僕を指さした。「おい、そこのおまえ！」

ルーカスははっとして、ぼう然とサー・レジナルドを凝視した。

従僕のジェームズが一歩前に出てかちんとかかとを合わせ、お辞儀をした。「はい、閣下。いかがいたしましょうか？」

「そのクッションを持ってこい」サー・レジナルドが文字通り手を伸ばせば届く位置に置かれたクッションを指さした。自分でたやすく取れるものだ。「背中が痛むから、それをあいだに入れる必要がある」

「かしこまりました、閣下」ジェームズが大股でソファに近づき、クッションを取りあげた。サー・レジナルドのほうに小さく一歩動く。ナイト爵は顔をしかめながら前に少しかがみ、ソファと背中のあいだを開けて、ジェームズにクッションを入れさせた。

ルーカスはジェームズと目を合わせた。この階級であることをこれほど恥ずかしく思ったことはなかった。ジェームズはサー・レジナルドに値しないほどの敬意と配慮を持って世話をしている。ルーカスはジェームズに向かってうなずいた。

「そうだ、それでいい。さあ、もうどけ!」サー・レジナルドはぞんざいに命じると、ため息をつきながらソファにもたれた。「なんの話だったかな、ケンダル?」

「雇用法案に関して心を決めましたか?」ルーカスは吐き捨てるように言った。単刀直入に要点を言うとすでに決めていた。この不愉快な会話を長引かせる利点はなにもない。

サー・レジナルドの笑い声は咳の発作に変わり、それは、こちらがいたたまれなくなるほど長く続いた。さすがに背中を叩いたほうがいいかどうかとルーカスが訊ねようとしたちょうどその時、ようやく咳が止まったサー・レジナルドはレースのハンカチで口を拭った。「ケンダル、それよりいい質問は、きみは心を決めたか、だ。前回話した時に、わたしの要望は明確にしているはずだ」

「雇用法案の内容自体について話し合いたいと思っていたのだが」ルーカスは答え、指が痛くなるほど強くブランデーグラスを握り締めた。このグラスがサー・レジナルドの喉だと思えばかなり気が晴れる。「おわかりの通り、さまざまな側面を考慮しなければならない。まずは反対する理由を教えてほしい」この数カ月、少なくとも一ダース以上の紳士たちと戦わせてきたのと同じ議論をするつもりだった。

「やれやれ、ケンダル。きみのささやかなゲームにつき合うべきかな」ナイト爵が大げさにため息をつく。「しかし、率直に言って、なぜ賛成すべきかを言うほうがはるかに簡単だ」

「そうかな？」ルーカスは両方の眉を持ちあげた。「聞かせてくれ」

「そうだな、ひとつは、この雇用法は、使用人階級をつけあがらせないのに役立つ」

ルーカスはジェームズをちらりと見ずにはいられなかった。ふいに、これは完全に一線を越えたと実感した。たとえサー・レジナルドがそう思っていても、それをジェームズの前で言う必要があるだろうか？　従僕にこの部屋を出るように控えめに頼むか、あるいはもう少し気配りのある言い方をするべきだ。

「もう一方で」サー・レジナルドが言葉を継ぐ。「通商法のいくつかの適用を滞らせるようだ。それはありがたいとは言えない」

ルーカスは眉をひそめた。それがサー・レジナルドの反対意見か？　あの通商法は、兄チャールズも古いと考えていた。あの法律のせいで労働者階級はいまだ適正な賃金を稼げず、賃金の支払いや医療行為の提供などを拒否したり、あるいは暴力を振るったりする雇用者に対して、基本的になんの権利も有していない。それなのに、雇用法案に対するサー・レジナルドの反論は、この法案が労働者階級の困難な状態をさらに困難にしないという点か？　通商法のとくに厳しい条件のいくつかを撤廃することが、雇用法案のなかで唯一フランシスも賛同した部分だ。彼女の言葉がルーカスの記憶のなかで鳴り響いた。心臓が胸のなかで鼓動している人が、どうしてこの法案に賛成できるのか理解できないの。たしかに、いまサー・レジナルドが述べたのは明らかに心を持たない人間の無情な意見だった。

ルーカスは次の要点を言うため、なんとか一時的に嫌悪感を呑みこんだ。「この法律が刺激となって農業を営む小作人が増えれば、地所の経営に関する問題を改善する助けになる」

「そうかもしれないが、通商法の真にすばらしい点は、小作人をどう扱うかについて、だれの指図も受ける必要がないという事実だ。自分の利益に反する法案にどうして投票しなければならない？」

貴族院はこの法律を廃案にする力があるのに、ただ自分たちと自分の財布のためだけに可決しようとしている。ルーカスの頭のなかにフランシスの言葉がさらに鳴り響いた。ルーカスはかなりの時間を費やし、その点を論破して、上流階級の男たちも自分や自分の資産のためだけに投票するわけではないことをフランシスに納得させようとした。だが、彼女が正しかった。彼女が正しいことをサー・レジナルドが証明した。

「たしかにあなたは、自分の利益に反する投票を選ばないだろう」ルーカスは怒りを抑え、辛辣に言い返した。最後にもうひとつだけ言うことがあり、それを言ったあとは、サー・レジナルドと同席しているこの不快な場から立ち去り、もう二度と会わない。「だが、サー・レジナルド、この法案を通過させることにぼくがこれほど関心を持っているのは――」

「きみが法案の通過に関心を持っている理由はだれもが知っているさ、ケンダル」サー・レジナルドがあきれたように遮った。「兄上からそう言われたからだ。しかし、チャールズは交渉ができる男だった。きみもいい加減、彼のようになることを期待したいものだ」

ルーカスは椅子に深く坐り直した。胸に走った激痛は、まるで船の見張り台から主甲板に叩きつけられたかのようだった。息ができなかった。喉が焼けるように感じた。

「なにを言いたい？」食いしばった歯のあいだからうなり声を押しだす。

「きみの兄上は政治家としてどう振る舞うべきかを知っていたということだよ。死ぬ前にきみにいろいろ教えなかったのは明らかだな」

あまりに強く握り締めたせいで、グラスが割れた。いますぐにサー・レジナルドの前から去らなければ、次に割れるのはナイト爵の首になる。

「それはまったく違う」ルーカスは釘を飛ばすように言葉を吐き捨てた。「ぼくはこの雇用法案がこの国のためになると心から信じてきた。しかし、ようやくこの法案がもっとも利するのはわれわれの階級だと理解したよ。しかも、この階級がその利益を受けるに値するとはもはや思えない」ルーカスは立ちあがり、割れたグラスに残っていたブランデーを飲み干すと、グラスを脇のテーブルに置き、戸口に向かって歩きだした。「失礼する、サー・レジナルド」

ナイト爵はぽかんと口を開けてルーカスを凝視した。「待ってくれ」呼びかける。「公領担当大臣の件は?」

ルーカスは足を止めなかった。「いろいろやってくれてありがとう、ジェームズ」出ていきがてら従僕に声をかけ、彼に向かって小さくうなずいた。「すまないが、クレイトンに、ブランデーグラスは弁償すると言っておいてくれ」

「かしこまりました、旦那さま」ジェームズがうなずき、一礼した。

階段を三段もおりないうちに、ルーカスは声を低めながらかなりたくさん悪態をついた。英国海軍の熟練船乗りたちも顔を赤らめそうな言葉ばかりだ。あそこで起きたことはいったいなんだったんだ? 心底嫌悪していた。サー・レジナルド、彼と同じような横柄な自慢屋たち、そして、自分たちが神であるかのようにすべてを決める上流階級の紳士たち。しかし、なによりも嫌悪していたのは自分だった。なぜなら、兄のためにこの法案を支持しているとサー・レジナルドが言ったのがまさに真実であることを知っていたからだ。フランシスは正しかった。貴族は自分を特別と思っている愚か者ばかりだった。そして自分もそのうちのひとりだった。

# 25

だれにも見られずに使用人用の食堂にこっそりおりていくのは、決してあなどれない功績だ。そして、だれにも気づかれずにそこで待ち、ある特定の使用人を見つけて、話しに来てほしいとささやくのは、さらに大きな挑戦だった。しかし、決心したら必ず実行するのがフランシスの取り柄だ。ここで母に見つかったら、結婚式当日まで部屋に閉じこめられるだろう。それでも、このチャンスをつかまなければならない。ルーカスにもう一度だけ会いたかった。と言っても、彼を見つけた時になにを言うかはほとんど考えていなかった。わかっていたのは、彼に真実を言わねばならないということだけ。フランシスがなにをしようとしているか、彼は知る権利がある。

十五分近く階下の階段の下に隠れていると、ルーカスが通りすぎた。彼は眉間に皺を寄せ、とても不機嫌そうに見えた。フランシスは聞こえるくらいのささやき声で彼の名前を呼んだ。

ルーカスがはっと身をこわばらせ、目を見開いた。声のほうを見やり、暗がりに目をこらす。「フランシス？　ここでなにを？」

彼はだれかに見られていないかを確認してから、小走りでフランシスのいる階段の下にやってきた。「大丈夫？　母上に叩かれなかったですか？」こちらが恐くなるほどこわばった表情を浮かべている。

「いいえ、そんなことなかったわ。むしろ、母のほうがひどく泣いていた」フランシスは両手を握り締めた。

ルーカスは唾を飲んだ。「それは申しわけない」

フランシスは深く息を吸って呼吸を整えようとした。「あなたにどうしても話したいことがあってここに来たのよ、ルーカス」声をひそめてささやく。「それにあまり時間がないの」

「それなら、すぐに話して」彼がうながし、手袋をしたフランシスの両手を取って彼の手で包みこみ、親指の先で彼女の指を撫でた。そうやって触れてもらうと力が湧くような気がした。しかし同時に、言おうとしていることを言うのがますます難しくなった。

彼のハンサムな顔をじっと見あげる。ああ、どうしよう。これは簡単ではない。彼の前に立ち、彼のコロンの香りを吸い、両腕を彼の首にまわしてこの恐ろしい窮地から連れだしてほしいと懇願したくてたまらない現状では、考えていたよりもはるかに難しかった。

ルーカスがフランシスの手を握り締めて表情を探った。「平気ですか、フランシス？」

平気ではなかったし、今後も平気になるとは思えなかったが、それでもなんとかうなずいた。「ルーカス、話をする前に、先に……キスしてくれる？」

彼は緑色の瞳を円になるほど見開き、きっぱりした様子で一歩さがった。「それはできない！」

フランシスは彼の手のなかから両手を引きだし、こぶしに握って腰に当てた。「そんな言い方をすることないでしょう？」しかし、彼女のほほえみはその言葉が本気でないと告げていた。

彼もほほえんだ。「したくないわけではない、フランシス。それは信じてほしい。ただ……前回その誘惑に屈した結果が恐ろしいことになったのはあなたも覚えているはず」

「ええ、そうね。覚えているわ」そう言いながら、彼の肩越しをせつないまなざしで見つめる。彼がなぜもう一度キスすることに気が進まないのかはフランシスにも理解できた。でもその時ふいに、これが最後のキスになることに気づいた。

彼が手の甲で額を拭った。「それより、ここに来たのは、なにを言おうと思って？」

フランシスはもう一度深く息を吸いこみ、手のひらを胃のあたりに押しあてた。その動きが内側で騒いでいる神経を静めてくれるかのように。「両親が、わたしとサー・レジナルドとの婚約を発表するつもりなの、父が到着したらすぐに」

「なんだって？」ルーカスの目が動いて、彼女の顔をすみずみまで観察した。「なぜそんなことに？」

「母がすでに、サー・レジナルドの求婚を非公式に受諾してしまっていたのよ。あとは父が到着してそれを公式に発表するだけ」

ルーカスのとても速い目の動きから、彼の脳裏にいくつもの思いが駆けめぐっているのがわかった。「父上の到着はいつ？」

「あしたよ」フランシスは答えた。

「あなたもサー・レジナルドと結婚するつもりだということ？」質問の形を取っていたが、声に出したその口調はそれを彼自身の頭のなかで確認しているようだった。

フランシスは唾を飲みこみ、うなずいた。「ええ、わたしが選んだことよ」

彼は片手で髪を掻きあげながら、探るように彼女の表情を見つめた。「彼と結婚したいんですか？」

フランシスは彼から顔をそむけて唇を嚙んだ。「あなたには理解できないと思うわ、ルーカス。わたしの家族はお金を必要としているの。わたしに持参金がないことがわかったわ。ほんのわずかもない。父がすべてを賭け事ですってしまったから」

彼が怒りを制御しようとするように、結んだ口のあいだからふーっと深い息を吐きだした。「持参金のすべてを?」

フランシスは喉に詰まった塊を呑みこみながら、うなずいた。「すべてを」

ルーカスの次の言葉は食いしばった歯のあいだから発せられた。「それで、サー・レジナルド、あのろくでなしは、持参金がなくてもかまわないと言ったのか?」

フランシスはまたうなずいた。「それだけでなく、両親にかなりの金額を支払うことにも同意したのだと思うわ」

ルーカスが口のなかで悪態をついた。憤りのせいで小鼻が膨らむ。「つまり、あなたを買い取るということ?」

フランシスはうつむいた。ルーカスが怒ることは予想していたが、そこまで容赦ない言い方をするとは思っていなかった。「ひどい話に聞こえることはわかっているわ。でも、ほかに選択肢がないの」

彼はフランシスからゆっくり離れ、両手を腰に当てた。「結婚式はいつですか?」

うなるように訊ねる。

フランシスは落ち着こうとまた深く息を吸った。「できるだけ早い時期に。結婚するのが早ければ早いほど、父は資金を早く得るわけだから」

ルーカスは頰の内側を嚙み、また悪態をついた。「それもまた賭けで失うに決まっている」

こみあげた涙に目の奥が熱くなった。「たぶんそうね。でも、ほかになにができるというの？　わたしは家族のことを考えなければならない。わたしがこの結婚をしなければ、家族は困窮してしまう」

「きみの父上が債務者監獄に入るべきだ」ルーカスがうなった。

フランシスはまた、あふれそうになる涙と戦った。「それは大した助けにはならないわ、ルーカス。債務者監獄はわたしの父のような男たちの選択肢にはないの」

頭上から、階段をおりる大きな足音が響いてきた。

ルーカスはさらに数歩離れた。「くそ、フランシス、もしも……？」

「もしも、なに？」フランシスはとぎれとぎれに聞き返した。涙が頰を伝い落ちる。「どうか、もしもあなたとわたしが結婚できたらなんて言わないで。わたしは従僕とは結婚できないのよ、ルーカス。あなたが秘密の財産でも持っていないかぎり」

彼は歯を食いしばり、こぶしに握った手を額に押し当てた。「くそっ」それは絞りだすような声だった。

フランシスは指で涙を拭った。「ごめんなさい、ルーカス。こんなふうに終わらせたくなかった。わたしの気持ちは違う」もう一度ごくりと唾を飲む。「でも、それは諦めたわ」

また足音がした。

彼がかかとでくるりとまわった。勢いがありすぎて、フランシスは危うく倒れそうになった。彼がフランシスの肩をやさしくつかんで、倒れないように支えた。「もしも事情が違っていたら？」ふいに言い、フランシスの顔を探るように見つめる。「もしも別な方法があったとしたら？」

フランシスは彼と目を合わせたまま、頭を振った。「どんな方法？　なんの話をしているの？」

「ぼくを愛していますか、フランシス？」訊ねながら、肩をつかんだ両手に優しく力をこめる。彼のまなざしに心のすべてがこめられていた。

フランシスの涙はもはや勢いよく流れ落ちていた。両手の甲で涙を拭う。「あなたを愛しているわ、ルーカス。でも、どんな選択肢が残っているというの？」

頭上の階段をおりるどさどさという音がさらに増加した。ルーカスは両手を脇におろした。「夕食の給仕の準備をするために使用人たちがおりてきている。これ以上ここにいたら、必ず見られてしまう。いまは説明できない。ふさわしい時ではない。最後にもうひとつ頼みを聞いてくれますか？」

「どんなことでも」かすれ声で答え、フランシスはまたひとつ喉にこみあげた塊を苦労して呑みこんだ。

「あすの朝、図書室で会ってほしい。あなたに言わなければならない重要なことがある」

# 26

ルーカスはさらに三回、ベルの部屋の扉を叩いた。侯爵の返事はなかった。こんな時間にいったい全体どこに行っているんだ？　部屋にいるはずだ。使用人用の区域には姿を見せていなかった。わざわざ探しにいったからわかっている。そのおかげで、フランシスがルーカスを探しにおりてきた時に、自分はあそこにいた。彼女と出会えたのはまったくの偶然だった。

三回目はこれまでより強く長く叩いた。ほかの眠っている使用人たちを起こしたくなかったが、朝になる前にどうしてもベルと話したかった。

ずいぶん経ってようやく、室内からぶつぶつ言う声と足を引きずって歩く音が聞こえてきた。その数秒後、明らかに急いで足を突っこんでズボンだけを穿いたベルが眠そうな顔で扉を開けた。

「ケンダル？」彼がうめき声を出す。「いや、ルーカス。入れ」優しいとはとても言えない動きでネクタイの襟元をつかんでルーカスを部屋に引きずりこみ、急いで扉を閉めた。

ルーカスは暗い部屋に入った。ろうそくはともされていないが、窓の外の満月が窓の横に置かれた机も含めて、部屋のほぼすべてを照らしている。その机まで歩いていき、端に腰かけた。

「こんなに遅く来て申しわけない」ルーカスは言った。

ベルが目を閉じて片手で顔を撫で、ふんと鼻を鳴らした。「いったい何時だ？」

「二時だ」

「夜中の？　とんでもない時間だな」

ルーカスは肩をすくめた。「海軍にいた時は、二時に見張りに立ったものだ」

ベルはまたうめいた。「そうか。だが、いまはきみもぼくも海軍にはいないだろう？　少なくともぼくは、この時間に友好を深めるのはばかげていると思っているが」

ルーカスは半分だけ体をひねって夜の空を眺めた。「きみに話さなければならないことがあったんだ、ベル」

ベルはぼんやりしたまま、洋服だんすの扉を開けてなかを眺めた。「なんの話だ？」

ルーカスは向きを戻すと、両方の手のひらを後ろに突いて机にもたれた。「ぼくはミス・ウォートンを愛している」

「知っている」ベルが言い、洋服だんすに掛かっているシャツを取った。

「知っている？」ルーカスは眉間に皺を寄せた。「いったい全体なぜきみが知っているんだ？」

「もちろん知っているに決まっている」ベルがさらに言う。「きみがたびたび思いださせてくれる通り、ぼくはスパイだ。この屋敷のなかでなにが起こっているか知ることがぼくの仕事だ」

ルーカスはブーツで床をこつこつ叩いた。なるほど。ベルはすでに知っていた。しかしその新事実をもってしても、話すべきことは変わらない。「ミス・ウォートンに会っていたんだ。図書室で毎日。そして、いろいろ話した。政治、人生……そして雇用法案」

「知っている」ベルが言い、頭からシャツをかぶった。

ルーカスの顔の皺がさらに深まった。「それも知っていたのか？」

ベルがルーカスのほうを向き、両方の親指で自分を指してみせた。「スパイだ」

「そうだった」ルーカスは両手で髪を撫であげた。「彼女にキスをしたことも知っていたか？　何度もだ。彼女もぼくにキスを返したが、それについて噂を広めないでくれ」

「そこまでは知らなかったな」ベルが認め、シャツの裾をズボンのなかに入れた。「少なくとも、〝何度も〟という部分は。もちろん、だれにもなにも言わないさ、ばか、おまえは。スパイは秘密を漏らさない」

ルーカスはうなずいた。だからこそ自分はいまここにいる。適切な助言をくれるだけでなく、秘密を守ることでも極めて優秀だ。この男にはなんでも言える。たとえフランス軍が拷問しても、彼からはなにも聞きだせないだろう。ルーカスも口を開く前から、ここでの会話が外部に漏れることは決してないとわかっている。

「ぼくの疑問は」ベルが言葉を継ぐ。「この時間に、彼女を愛しているとぼくに言うことがなぜそれほど重要と思うかという点だ」

ルーカスは髪の先端を引っ張った。「サー・レジナルドが言ったことのせいだ」

ベルがシャツの肩を合わせる。「サー・レジナルドがなんの関係があるんだ?」

「彼女はあの男と結婚する」ルーカスの胸が凍りつくような恐怖につかまれた。声に出して言うまで、その思いに自分がどれほどむかついているかさえ気づいていなかった。

「なんだって?」ベルの眉間にも皺が現れた。

ルーカスはうなずいた。胸の前で腕組みをする。「お昼前には、彼女の父親が到着する。夜には婚約を発表するつもりだそうだ」

ベルが目を細めた。「ウィンフィールド男爵がここに来るのか？」

ルーカスはなにを言っているんだという目で友を見やった。「そうだ。だが、要点はそこじゃない」

「では、なにが要点だ？」ベルが片手で顔をこすった。「フランシス・ウォートンがサー・レジナルドと結婚することか？」

「違う。ぼくが雇用法案の通過に関心を持っているただひとつの理由は兄だと、あの男が言ったことだ」

ベルはこするのをやめて、閉じた片目に手のひらを当てた。「きみはわけのわからないことを言っているぞ。だが、酔っている様子はない。つまり、わけのわからないことを言う理由がないということだ」

「ぼくは酔ってない」ルーカスは答えた。

ベルが頭を傾げた。「それでは頼むから、ミス・ウォートンがサー・レジナルドと結婚することがこのいまいましい雇用法案となんの関係があるのか、わかるように説明してくれ」

「なにもない」ルーカスは答え、片手を振りあげた。「ぼくがすべてを台なしにしたこと以外には」

ベルが目をぱちぱちさせた。「どういうことだ?」

「フランシスに求愛した。あの法案を支持した。そしてここから去ろうとしている」

ルーカスは指で自分の罪を数えあげた。

ベルが顔をしかめる。「去るのか?」

「そうだ。午前中に。もう一度最後にフランシスと話をしたあとに」

ベルは頭を振った。「彼女になにを言うつもりなんだ?」

「まだはっきり決まっていない。しかし、真実を言わなければならない」

ベルはさらに頭を振り、額をこすった。「きみのせいで偏頭痛が起こりそうだ、ケンダル。偏頭痛がどんな痛みか実際は知らないが。最初からいこうか。きみは雇用法案についてサー・レジナルドと話をした」

「そうだ、きのうの午後に」

「それで、彼はなんと言った?」

「相変わらず賄賂を要求した。しかしそのあとに、ぼくが法案通過に関心があるのは、兄のためだと言ったんだ」

「もちろん、きみはチャールズのためにやっている」ベルが当然のことのように言う。

「そんなことはわかっていると思っていた」

ルーカスは頬を乱暴に掻いた。「チャールズのためにやっているのはわかっていたが、自分がその正当性を信じていると本心から思っていた」

「信じていないというのか？」ベルが青い瞳を鋭く細め、ルーカスを見つめた。

「そうだ、もう信じていない」

ベルが片手をあげた。「なるほど、きみもようやく道理を悟ったわけか」

「なんだって？」ルーカスは眉ほひそめた。

「あの雇用法案はひどいものだ。ぼく自身は賛成票を入れようと思ったことはない」

ルーカスは見知らぬ人であるかのように長年の友を凝視した。「ずっとそうわかっていて、ぼくに言わなかったのか？」

ベルが数歩前に出て、ルーカスの肩に腕をまわした。彼をうながして壁際に置かれた簡易寝台まで歩いていくと、そこに並んで腰をおろした。「ケンダル、ぼくはまだおとなとも言えない時からきみを知っている。きみは誠実で信頼できる人間だ。ぼくが知っているなかでもっとも善良な男のひとりだ。しかし、政治には向いていない。ぼく高潔すぎる。それに、人格者すぎる」

ルーカスは気持ちを強く持つために深く息を吸った。これからベルに言おうとしていることは、だれに対しても、自分に対しても一度も認めたことがない。「ぼくがずっと感じていたのは――むしろ自分が向いていないのは……」

「わかっている」ベルが思慮深い様子でうなずいた。「きみは伯爵になるべきではなかった」

「それもわかっていたのか？　なんてことだ、きみはすべてを知っているのか」ルーカスは思わず苦笑いした。この友人は自分の知るかぎり、この世でもっとも洞察力に優れた人物のひとりだ。

「すべてではないと思う」ベルがにっこりほほえんだ。「考えてくれ。きみは生まれ順では伯爵にならなかった。だが、運命は間違っていない。その地位になるべくして生まれたかどうかはともかく、きみは伯爵となり、大きな決定をする力を得た。ほかの人々に、ひいてはこの国に影響する決定だ。きみの兄上は立派な紳士だったが、残念ながら、自分を超えた先を見通すことはなかった。きみは違う。きみはすべてにおいて両面を考える。きみは他者に共感する。他者のことを気遣う。いまのきみに必要なことはただひとつ、自分を信じることだ」

「自分を信じる」ルーカスはその言葉をあざけるようにただ繰り返した。

「そうだ、信じることだ。自分自身を。人生でそれ以上によい助言者はいない。これまでもずっと、きみはつねに正しい行動をとろうと心がけてきた。議会の票決の時もその通りにすればいい」

「そしてミス・ウォートンも」ルーカスはつけ加え、大きく息を吐いた。

「そしてミス・ウォートンも」ベルが繰り返し、にやりと笑った。

ルーカスはうなり声を漏らし、手の甲で額をこすった。「昨年はかなりの時間を費やし、耳を貸す者はだれかれなしに、法案を賛成する方向で議論を交わしてきた」

「そして、法案反対の議論をする猶予は一、二カ月しかない」ベルが指摘する。「しかし、ミス・ウォートンがきみの側についていれば、きみは絶対に勝つという気がする」

ルーカスは顎を食いしばった。「彼女はぼくの側についていない。ぼくの正体を知れば、ぼくを憎むはずだ」

ベルが眉毛を持ちあげた。「法案に関して、きみが考えを変えたと知ってもか？」

「それでも、ぼくが彼女にありとあらゆる嘘をついた事実は変わらない」ルーカスはテーブルの上面にこぶしを叩きつけた。

ベルはゆっくりうなずいた。「きみにできることは真実を話すことだ、ケンダル。そして、運を天に任せる」

ルーカスは大きく深呼吸し、窓の外に目をやって夜の空を眺めた。「教えてくれ、ベリンガム卿、きみはいつからそんなに賢くなったんだ？」

ベルは肩をすくめた。「もう少し普通の時間ならば、さらに賢いのだが」

# 27

ルーカスは早い時間に図書室に到着した。一睡もできなかったので、毛布を払いのけてベッドから出た。ケンダル伯爵としての身支度も、ゆっくりとはいえ、従者の手を借りずになんとかやり終えた。

クレイトンのお仕着せをトランクにしまった。この憎たらしい服は機会があり次第燃やすつもりだ。いや、違う。燃しはしない。使用人のだれかにやろう。階下の使用人用の食堂でかなりの時間を過ごしたおかげで、労働者階級にとって、階上で捨てられた高価な品物がいかに重要かを知った。主人からのそうした贈り物は、受けとることができた幸運な使用人の収入に大きく貢献する。

彼自身の使用人としての時間は終わった。そう思いながら、ルーカスは最後の薪を暖炉に投げ入れた。

さあ、いよいよだ。どんな結果になろうと、ルーカスはきょう、フランシスに真実を告げるつもりだった。もう嘘にはうんざりだった。彼女に憎まれたとしても、それは仕方がない。ふたりのあいだで、もしかしたら起こり得たかもしれないことを、確かめずに諦めたという後悔とともに、残りの人生を生きるよりははるかにましだ。計画は慎重に練った。昨日使用人用の階では、従僕ルーカスとして、きょう図書室で会ってほしいと頼んだ。一方できょうの朝一番にケンダルとして、出発前に会うことを楽しみにしているという返事をフランシスに届けさせた。

フランシスが図書室に入ってきた時、ルーカスはテーブルの椅子に、窓を背にして坐っていた。彼女はバターのような色合いのドレスを着て、同じ色の靴を履いていた。濃い色の髪は二本の三つ編みを巻いててっぺんにまとめている。これまでよりもっと美しく輝いている彼女を、自分はこれから傷つけることになる。

胸がきゅっと詰まり、ルーカスは歯を食いしばった。

彼女が彼に向かってまっすぐ走り寄る。そのあいだにも、ピンク色の唇からたくさんの言葉があふれだした。「ルーカス、ルーカス！　あなたは信じないと思うわ。ケンダル卿が会ってくれるという手紙をくれたのよ。でも、詳しいことは書いていないの、ずるい方よね。でも大丈夫。このあとに直接自分で彼を探しにいくつもりだから」図書室に入ってきてから初めて彼をちゃんと見て、ふいに立ちどまった。「なぜそんな格好をしているの？　かつらはどうしたの？」滑らかな額に深い皺が寄った。

ルーカスは彼女を迎えるために立ちあがり、テーブルの横に移動した。彼女のために椅子を引いて身振りで示す。「どうぞ坐って」

額に皺を寄せたまま、彼を注意深く観察しながら、フランシスはおずおずと足を進めて椅子に腰をおろした。「あなた、なんだか恐いわよ、ルーカス」

彼女の後ろに立ったまま、ルーカスは目を閉じ、それからゆっくり開いた。「ケンダル伯爵を探しに行く必要はないんだ」

「どういう意味なの？」彼女が問いかける無邪気な口調に、ケンダルの自分に対する怒りはさらに募った。後悔に心が引き裂かれそうになっている。

ルーカスは深く息を吸った。いまか、それでなければなしだ。彼女に顔が見えるように、一歩横に移動した。真実を告げる時に、彼女の後ろに隠れてはいられない。

「大丈夫なの、ルーカス？」彼女が訊ね、顔をあげて彼を見守った。「とても悩んで……いるように見えるわ」

「フランシス、言わなければならないことがある。怠慢にも、これまで言わなかったことだ」

彼女が彼の表情を探った。「わかったわ。なんのこと？」

「ぼくは——」

図書室の両側の扉が勢いよく開き、半ダースほどの若いレディたちと母親のひとりがどっと室内に入ってきた。色はさまざまでも全員が淡い色合いのドレスで着飾り、室内はそのおしゃべりとくすくす笑いで瞬時に満たされた。

ルーカスは小声で悪態をつくと、思わず深くうなだれた。ちくしょう、なんてことだ。図書室を選ぶべきではなかった。図書室はだれもが出入りする場所だ。酒場と同じように。

レディたちの一団がルーカスを見たとたん、おしゃべりがやんだ。

「あの方、彼かしら、お母さま？」若いレディのひとりがルーカスを指さして訊ねる。その娘の母親が勢いよくうなずいた。「ええ、そうですよ」

ふいにその集団が、まるで流れるようにこちらに押し寄せてきた。それとともにくすくす笑いと忍び笑いが再度湧き起こり、あたりが騒々しい不協和音に包まれた。

「ここにいらしたのね、閣下」女性たちのひとりが言う。彼のほうににじり寄り、片腕で彼の腕を取ると、引っ張ってテーブルとフランシスから彼を遠ざけようとした。「わたくしたち全員で、もう一晩もあなたを探し続けていたのをご存じでしたの？」

その若いレディがわざとらしく口をとがらせる。

くそっ。これはまさに、自分がなんとしてでも避けたいと願っていた状況だ。

ルーカスはフランシスの姿を確認しようとしたが、レディたちに囲まれている上に、押されてさらに数歩離れてしまった。だが彼の知る限り、フランシスはまだ椅子に坐っているはずだ。ルーカスは何人かのレディをかわして、なんとか彼女のところに戻ろうとした。

「ミス・ウォートン！」聴衆がいることを意識し、名字で呼びかける。

「ルーカス？」フランシスが返事をした。騒音のなかでかろうじて聞こえただけだが、明らかに困惑しきった声だった。「ルーカス？」

不協和音がふいにやんだ。完全にやんで、絨毯に花びらが落ちる音も聞こえただろう。

「あなたは彼を洗礼名で呼んだの？」若いレディの別なひとりが胸に手を当て、驚きに目を見はってフランシスを詰問する。

その機会を捉えて、ルーカスは群がる女性たちのあいだを無理やり掻き分け、なんとかフランシスのすぐ横まで戻った。

フランシスが頭を振り、レディたちを見まわした。「あなたがたは、なんのことを言っているの？　なぜみんなでここに来たの？」

「ケンダル伯爵を探しに来たのよ、もちろん」三番目のレディが説明し、頭がおかしいんじゃないのという顔でフランシスを眺めた。

「わたくしたちと一緒に散歩に行きませんか。閣下？」四番目のレディがルーカスに言い、彼の袖を引っぱった。

ルーカスは咳払いをした。「フランシス、ぼくは――」

フランシスが振り向いて、見たこともない人も見るように彼を凝視した。「なぜこの人たちはあなたを〝閣下〟と呼ぶの？」その声が理解し始めた口調に変化し、その目に用心する表情が浮かんだ。

ああ、だめだ。知られてしまった。疑問の形だったとはいえ、彼女はすでにわかっている。

「フランシス、頼む、説明させてくれ」ルーカスは言い始めた。

彼女は顎をぐっとこわばらせると、周囲を見まわして、そばに立っていた娘たちのひとりと目を合わせた。「この人はだれなの？」ルーカスを指さし、その娘に訊ねる。

訊ねられた若いレディがあきれかえった顔をした。「ミス・ウォートン。嘘でしょう？　自分がケンダル伯爵の隣りに坐っていると、わかっていなかったの？」

# 28

フランシスの視界が涙でぼやけた。喉に苦いものがこみあげる。急いでスカートを持ちあげて、部屋から逃げだした。ルーカスの声が後ろから聞こえたが、フランシスは足を止めなかった。廊下に出ると、長い廊下を走り続けて角を曲がり、階段広間に出た。大階段の一段目に足を掛けたところで彼が追いついた。

「頼むから待ってくれ」ルーカスが懇願する。

フランシスが一瞬ためらったのは、これ以上の醜聞を引き起こしたくなかったからだ。ケンダル伯爵に追いかけられて階段を駆けあがるのは、まさに醜聞の最たるものだろう。

フランシスは歯を食いしばり、彼を見ないようにした。顎を持ちあげて視線を階段の上に向ける。彼のほうを振り向いたら、フランシスの目にいっぱい溜まった涙を彼に見られてしまう。彼に涙を見せることをフランシスは断固拒否した。「追いかけてこないでください。わたしの評判が落ちますから」食いしばった歯の隙間から言葉を押しだす。

足の速いデビュタントふたりがすでにルーカスに追いつき、玄関広間の端で口をあんぐり開けて立っている。フランシスの目の端にも彼女たちの姿は見えていた。

「フランシス、どうかぼくに説明する機会を与えてくれ」ルーカスが言う。

「説明するってなにを？」フランシスは噛みつくように言い返し、大量の涙にこぼれるのを禁じた。この男性のせいで泣くなんて許さない。よりにもよって、憎むべきケンダル伯爵のために泣くなんてあり得ない。

少なくとも、自分の部屋に行き着くまでは。

「ぼくがなぜきみに嘘をついたのかを説明したいんだ」彼がかすれ声でささやいた。

フランシスは目を閉じた。やはりそうだった。彼が認めた。この全部がなにかのばかげた間違いで、彼がたまたまケンダル伯爵に似ているだけかもしれないというフランシスのかすかな希望は完全に潰えた。

「それが重要なことなの？　本当に、大事なこと？」言葉を発するたびに自分の小鼻が膨らむのを感じた。怒りや悲しみや嫉妬心、そして考えたくもないほかの多くのものが混ざり合った感情はまるで暴れ馬のようだ。彼から一刻も早く離れないと、彼に涙を見られてしまう。玄関広間に集まっている若いレディたちにも。最初のふたりにまたふたり加わって、このショーがよく見える位置を取ろうと押し合っている。

ルーカスがフランシスに手を差しだし、声を低めた。「きみにとっては大事じゃないかもしれない。だがぼくにとっては大事だ。お願いだ、フランシス。すべてを説明させてくれ。きみが思っているようなことではない」

そういうことなのね。フランシスはまるでひっぱたかれたかのように顔をそむけた。もしかしたら彼がひっぱたいたのかもしれない。そう思うほど、彼の侮辱の言葉は荒々しく響いた。「わたしがなにを思っているか、なぜあなたにわかるの？」喉に詰まった塊を無理やり呑みこみ、なんとか自分を奮いたたせて、彼をじっと見つめる。涙を見られようが見られまいが、面と向かって言いたかった。「二度とわたしに話しかけないで、ルーカス」一瞬言葉を切り、また無理やり唾を飲みこんだ。「待って。それはあなたの名前なの？　ルーカスというのは？」

ルーカスは顎をあげた。顔から血の気が失せ、声はしゃがれていた。「そうだ。ぼくの洗礼名だ」

フランシスは片手を腰に当てた。毒が血管をめぐるように、怒りが体じゅうに広がる。「それなら、それは、あなたが嘘をつかなかった唯一のことね？」

「まあそうだ」彼がうつむいて磨かれた大理石の床を見つめた。

フランシスは大きく息を吸い、こぼれ落ちそうな涙をなんとか食い止めようと必死にこらえた。あともう一分だけ。あともう一分。そのあとは、彼の前から立ち去り、二度と会わなくてすむ。「ひとつだけ知りたいことがあるわ」あまり強く食いしばったせいで歯が痛んだ。「なぜ?」息を吸う。「いったい全体なぜ、従僕の格好で使用人のふりをしたの? まったく意味がわからない」

彼が顔をあげ、フランシスと目を合わせた。その目は後悔にも似た感情に満ちていたが、フランシスのいまの状況では、それに気づくことさえできなかった。「説明しがたい部分もあるのだが」彼が言い始める。「つまり、友人たちと賭けをしたんだが、それが――」

みぞおちを強打されたかのように胸から空気がなくなった。体の内側によじれるような激しい痛みが走る。こぶしを握り締め、フランシスはまた彼から顔をそむけて目を閉じた。「やめて。やめてちょうだい。賭けですって? これまで聞いたなかで、一番ひどい話だわ」なんとか目を開けたが、彼を見ることは拒む。そして、その代わり、今回は手すりに意識を集中した。「わたしの人生を、わたしの感情をもてあそんで、そんなひどいことに利用した。賭けたですって?」フランシスは最後の言葉を文字通り吐き捨てた。

それでも彼が声を抑えたままにしていたのは、明らかにレディたちに聞かれないいための配慮だろう。「そのために始めたわけではない、フランシス。信じてほしい。ぼくは――」

なおも彼のほうは見ることは拒み、顔をあげて階段のてっぺんを見つめたまま、フランシスはスカートを持ちあげた。「行って」命令する。「立ち去って。あなたを見るだけで気分が悪くなるわ。二度と顔も見たくない」

走らないで階段をあがるために全身全霊の力を結集する必要があったが、フランシスはなんとかそれをやり遂げた。自分がどうやったかもわからず、どのくらい時間がかかったかも不明だが、とにかく後ろを振り返らなかった。

廊下の端の自分の寝室までなんとかたどりついた時、フランシスはがくがく震えていた。扉を開けて、なかに入って扉を閉めると、その扉にもたれたが、そのまま体を滑らせて床にうずくまった。体から絞りだすようなむせび泣きが湧き起こる。そして、ついには涙が涸れるまでフランシスは泣き続けた。

アルビーナが続き部屋のほうから、そっとフランシスの部屋に入ってきた。「大丈夫ですか、お嬢さま？」

「大丈夫よ、アルビーナ」フランシスは言い、扉の取っ手をつかんで、なんとか立ちあがった。なんでも話してしまうアルビーナが母のもとに走っていき、フランシスが床の上で泣いていたと言いつけるのだけは避けたい。「ただちょっと横になっていただけ」

「そうですね、お嬢さま」アルビーナはそう言うと、またそっと出ていった。

フランシスは棒のようになった脚でベッドまで歩いた。どのくらいの時間が経ったか見当もつかなかった。ほんの数秒か、あるいは何分か経ったかもしれない。なんとかマットレスの上に這いあがって、足側の縁に腰をおろすと、びしょぬれになったハンカチをぼう然と見つめた。

どうして？　いったいどうしてルーカスが、従僕のルーカスが、フランシスが最初の日に――いいえ、この屋敷に足を踏み入れたほぼその瞬間に――出会った男性がケンダル伯爵なの？　いったいなぜ、昨年フランシスが雇用法案の提出者だと知ったその男性なの？　なぜそんなことがあり得るの？　それよりもなによりも、なぜ自分は気づかなかったの？　自分はかなり理性的なほうだとずっと思ってきたが、今回はなぜか、まわりで起こっていることが見えなくなっていた。愚かだったとしか言いようがない。

いいえ、違う。自分はあくまで理性的だった。あの男が嘘をついたのだ。彼がフランシスをわざと騙した。フランシスの状況に置かれたら、普通の人ならばだれでも引っかかるだろう。でもなぜ？　なぜ彼は嘘をついたの？　よりにもよって、なぜわたし？　わざわざ選びだしたということ？　このパーティに来ているほかの若いレディたちは彼がだれだか知っている。だから、騙す相手としてフランシスを選んだの？

疑問は次から次へと湧いて、まるで岸辺に打ち寄せる波のようにフランシスの心を浸食した。いったいなぜ伯爵が従僕のふりをしたの？　そんなことをして、なんの意味があるの？　なにが目的だったの？　友人たちのことを言っていた。つまり冗談だったということ。ただの悪ふざけ。フランシスはまた痛みをこらえて、喉に詰まった塊を呑みこんだ。くだらないはした金のために互いを出し抜こうと競い合う貴族の男性たちによって、フランシスの心は粉々に打ち砕かれたというの？　なんてひどい。ケンダルはフランシスが想像していた以上のろくでなしだ。

次にフランシスの思いをじわじわと占めたのは、自分に対する怒りだった。さっきの自分はあまりに感情的だった。彼がだれであろうと自分には関係ないと宣言し、雇用法案について、意見をきっちりと言ってやるべきだった。自分は彼に二度と会いたくないと言った。それはつまり、彼の言語道断な法案をどう思っているかをちゃんと伝える機会がないということだ。心を粉々にされただけでなく、あのろくでなしをののしる唯一の機会を逃した。フランシスは両手でハンカチを破れそうなほど引っぱった。人生はあまりに不公平だ。

そのあとは、図書室で交わした会話の数々がひとつずつよみがえってきてフランシスを苦しめた。ああ、どうしよう！　上流階級について、貴族について、身分の高い紳士について、彼になんてことを言ってしまったんだろう！　しかもそれを聞いているあいだずっと、彼はほほえみ、うなずき、同意するかのようなふりをした。なんて嘘つきで食わせものなの！　最低最悪の悪党だ。

こんなことをするなんて、いったいどういう男？　若いレディをこんなふうに利用するなんて、どういう種類の男なの？　父親に決闘を申しこんでもらいたい。まさにそのくらいひどい仕打ちだ。フランシスはすぐにこの考えを打ち消した。父に死んでほしくない。それに、この大混乱の一因はほかならぬ自分にある。図書室で毎日従僕と密会する必要などなにもなかった。その落ち度は認めざるを得ない。でも、正体を偽っていたのは自分ではない。彼だ。

本当にひどい。彼はずっとフランシスのことを笑っていたに違いない。それにキスもした。あのキス！　あれは本物だったの？　それとも単にばかばかしい賭けに勝つために、フランシスを望んでいるふりをしただけ？　彼はわたしに触れて、キスをして、そして――いいえ、そのあとのことは考えられない。考えたら、気が変になってしまう。なにも起こらなかったふりをしなければ、耐えられない。少なくともきょうは。いいえ、たぶん、これからもずっと。

彼はなにもかも嘘をついていた。名前から仕事まで、クレイトン卿との関係も、雇用法案に関する考えも。ああ、なんてこと。あの法案にわざと反対してみせたのは、見せかけではなかったのだ。彼はあの法案を支持していたのだから。ふいに胃がむかむかした。戻してしまいそう。フランシスはベッドから滑りおりると、壁際に置かれた室内用便器に駆け寄り、なんとか間に合わせた。

そのあとはただ黙って坐っていた。彼に話したすべてが一語一語よみがえってフランシスを愚弄する。何度も何度も、フランシスは自問した。なぜ？　彼が口にしたただひとつの答えが頭のなかをぐるぐるめぐる。賭けのため。この答えこそ、全体でもっとも残酷な部分だ。

部屋の窓の外に夜のとばりがおりる頃、続き部屋のほうから母が入ってきた。「まあ、あなた、ここにいたのね。お父さまが到着しましたよ。すぐにサー・レジナルドと話をしてくれて、今夜の夕食の時に婚約を発表することになりましたよ」

# 29

ルーカスに関するかぎり、ブランデーの瓶はいくらあってもたりない。すでに一本半以上飲んでいて、この地球にある瓶がすべてなくなるまで飲み続けるつもりだった。少なくとも、クレイトンの屋敷にある瓶は全部消費する。

ルーカスはふたたび五階のベルの寝室の簡易寝台に坐っていた。ワースとクレイトンも加わった。

「もう一杯注いでくれ」ルーカスは要求し、ベッドの脇の小テーブルの表をこぶしでどんと叩いた。

「もう充分飲んだと思わないか、ケンダル?」ワースが気に入っている窓辺の窓枠の席から訊ねる。

ベルは簡易寝台のルーカスの隣りに坐り、クレイトンはふたたび、机の前の椅子に腰をおろしていた。前回集まった時と同じで、大のおとな四人が小さい部屋にぎゅう詰めになって非常に窮屈だが、いまこの瞬間、その居心地に関心を向けている者はいなかった。飲むことに忙しかったからだ。ブランデーの瓶を持ちこんだクレイトンが注ぐ役を務めている。

「ワースに賛成だ」クレイトンが言い、ブランデーの瓶にガラスの蓋をした。「さしあたり、きみは充分な量を飲んだ」

「充分な量など飲んでいないぞ」ルーカスは目をぱちくりさせた。「ぼくは大ばか者だ。ぼくはろくでなしだ。ぼくは卑劣な臆病者だ」

「きみが大ばか者であることを見事に立証したことは間違いない」ワースが笑う。

「それは反論しない、友よ」

ルーカスは手のひらに額を当て、うめいた。「ぼくがすべてを台なしにした」

「まあまあ、落ち着け。すべてじゃない」ワースがなだめる。「ひとりだけですべてを台なしにすることはできないだろう?」

ルーカスがはっと顔をあげ、ワースをにらみつけた。「彼女の名誉を汚すつもりならば、ぼくは片手を背中で縛られていてもきみと戦う」そう言いながら、ブランデーの瓶に突進する。

「なんだよ。ここにいるだれひとりとして、だれの名誉も汚していない」ワースが手を伸ばし、ルーカスの手が届かないところにブランデーの瓶を移動させた。「きみが飲んだら怒りっぽくなると、だれか知ってたか? 少なくとも、ぼくはきみのそういう側面を見たことがないぞ」

「彼のこんな様子はだれも見たことがない」ベルが指摘する。「こいつは胸が張り裂けてしまったんだよ」

ベルが秘密を漏らしたわけではない。ルーカス自身が玄関広間でフランシスを最後に見たあと、友人たちを集めてこの数時間に大酒を飲み、悲しくもなさけない話をぶちまけた。

問題は、だれひとり驚いた様子を見せなかったことだ。

「張り裂けた胸がこの酔いの原因なのか?」ワースがあざける。「賭けに負けたことで自分に怒っているだけかと思ったが」

「手が届くところにいたら、いますぐ張り倒してやるんだが」ルーカスはワースに向かってうなった。

「机があいだにあってよかったじゃないか」ワースがにやにやする。そして、自分のブランデーグラスを掲げて乾杯すると、わざとひと口すすってみせた。

ルーカスは怒りに任せてベッドに深く坐りこみ、壁に頭をもたせた。「うるさい、ワース。ぼくは賭けに負けたわけじゃない」

ワースが危うく酒をこぼしそうになった。「負けてないだって? けさ、このハウスパーティに参加しているレディの半分が、逃げようとしているミス・ウォートンを必死に止めているきみを目撃したんだぞ」

「ケンダルが正しい」ベルが指摘する。「賭けにはまだ負けていない」

「なぜ彼のほうが正しいいんだ？」ワースが持ちあげた片膝に手首を載せて身を乗りだした。

「レディたちが見たのは、階段を駆けあがるミス・ウォートンを追おうとしたケンダル伯爵だ。従僕のルーカスを見ていたとは、だれも思っていない」ベルが説明する。

クレイトンの鋭い笑い声が小部屋を満たした。「たしかに、その通りだな。これまでのところ、ケンダルはふたつの身分を演じ分けることになんとか成功し、だれにも気づかれていない」

「フランシスを除いてはだ」ルーカスは指摘し、すでに空になっているグラスを口に当てて傾けた。空だと気づくと、悪態をつき、グラスをベッドの上に放りだした。

「ミス・ウォートンを除いてはだ、もちろん」クレイトンがうなずいた。「それと、頼むからうちのグラスを大切に扱ってくれ。きみはすでにスニフター（洋梨型のブランデーグラス）をひとつ破壊している」

「そうか、それならば」ワースが腕組みした。「ケンダルはまだ参戦しているわけだな」

「愚かしい賭けなんてどうでもいい」ルーカスがぼやく。

ベルが空のグラスを取りあげ、自分のブーツのそばの床に置いた。

「おい」ルーカスは叫んだ。「それを返してくれ」

「返すわけないだろう」ベルが答えた。「晩餐まで数時間もない。きみはそれまでにしらふにならなければならない。少なくとも、いまより酔いを冷ます必要がある」

「晩餐なんてどうでもいい。ぼくの夕食はブランデーだ」ルーカスは言い張った。

「いや、違う」ベルが首を横に振った。

クレイトンがたじろいだ様子でクラヴァットを引っ張った。「そうだな、たしかに。今夜の晩餐でなにがあるか、きみはすでにわかっているわけか」

「婚約かな？」ベルがなにも知らないかのように目をぱちぱちさせてみせる。

クレイトンはやれやれという顔でため息をついた。「わかったよ。彼の前でその話をしろと言うんだな。そうだよ。婚約だ。ここにあがってくる直前に、ウィンフィールド男爵からメモを受けとった。先ほど到着したばかりだが、もう今夜発表するつもりらしい」

「サー・レジナルドは、自分の婚約者とここにいるケンダルによる玄関広間の騒動について耳にしていないのか？」ベルがクレイトンに訊ねる。

「サー・レジナルドの顔をぶん殴ってやる」ルーカスが宣言し、両手をこぶしにして、殴るまねをした。

「ああ、ぼくたち全員が、その現場を見たいと思っているよ」ベルが言い、ルーカスの両手をさげさせた。

「サー・レジナルドはその件を聞いている」クレイトンが報告する。「しかし、シオドラによれば、シオドラは使用人からその話を聞き、その使用人は滞在客の使用人からその話を聞き、その滞在客の使用人は滞在客である主人から聞き……という調子で、けさの玄関広間での事件をとくに真剣に受けとっている者はいないらしい」

ベルが片方の眉を持ちあげた。「なんだと？　なぜだ？」

「明らかなのは、ここにいる我らが友のケンダルが、低い声を保つという点だけはしっかりやっていたってことだ。こいつとミス・ウォートンが話していた内容はだれにも聞こえなかった。しかも――」クレイトンはまた言いにくそうに顔をしかめた。

「ケンダル伯爵がミス・フランシス・ウォートンに真剣な関心を抱いているという事実をだれも本気にしていない」

「そいつら全員、目にパンチを食らわせてやる」ルーカスがまた宣言し、顔の前で両方のこぶしを構えた。

「おいおい。レディたちの話をしているんだぞ。レディを殴るのはいい方法とは思えない」ベルが言い、ルーカスの背中を軽く叩いた。

「彼女たちに、ぼくとフランシスのことをあれこれ言う権利はない」ルーカスが言い返す。

「その点はぼくも同意見だ、ケンダル」ベルが冷静に言う。「しかし、暴力が最善の反応とは思えない。ぼくの考えでは、きみが今夜の夕食に参加するほうがはるかにいい判断だと思う」

「なんだって？」ほかの男三人全員が同時に同じ言葉を発した。ルーカスはぽかんと口を開け、ワースは両眉を持ちあげ、逆にクレイトンは眉をひそめた。

「なぜだめなんだ？」ベルが訊ね、部屋全体を見まわす。

「まずひとつ、この男は酔っている」ワースは笑う。

クレイトンが咳払いした。「しかも、ミス・ウォートンに少しでもよく思ってもらいたいいま、あのデビュタントたち全員とその母親たちに言い寄られる状況は、彼がもっとも避けたいことだろう」

ルーカスはベッドにもたれ、肘をマットレスについて片手に頭を乗せた。

「従僕のルーカスとして行くべきだとは言ったわけじゃない」ベルが指摘する。「従僕のルーカスとして行くべきだと思う。酔いを冷ましてからだが」ベルは立ちあがった。「その目的のために、諸君、この男の顔を洗面器につけるのを手伝ってくれ」

ほぼ三時間が経ち、洗面器に三回沈められたのち、ルーカスの酔いはかなり冷めたが、ベルはいまだに、従僕ルーカスとして晩餐の給仕をする重要性を本人に納得させられていなかった。クレイトンはずいぶん前に、客たちの相手をするためにおりていき、ワースもルーカスに幸運を祈ると言い残して厩舎に戻った。

ベルが上着を着た。「そろそろ、コッパーポット卿が晩餐用の服を着るのを手伝いに行かねばならない」

「従僕として食堂に行く目的はなんだ？　なんの意味がある？」ルーカスが最後にもう一度聞く。「フランシスはすぐにぼくに気づくだろう。それに、クレイトンが言うのを聞いただろう？　サー・レジナルドとフランシスは今夜、婚約を発表するつもりだと。もう手遅れだ」

ベルは襟の位置を直し、両手でお仕着せの上着の前を撫でおろした。「その目的も意味もぼくはいくらでも思いつくし、それについては、ごたごた言うのをやめてよく考えれば、きみもすぐにわかるはずだ」ベルが答えた。「それに、ぼくがきみだったら、どちらの身分にしろ、とにかく今夜の夕食の場に居合わせて、愛する女性がほかの男と婚約するのを断固阻止すると思う」

# 30

フランシスは摂政皇太子のはるか後ろから食堂に入らねばならなかった。ジョージの到着とともに、パーティの基準は格段に正式なものとなった。摂政皇太子がレディ・クレイトンに伴われて入っていき、一方ジョージが連れてきた妹、すなわち数多い王女のひとりをクレイトン卿がエスコートする。男爵の娘であるフランシスは列の一番後ろに並んだ。

滞在客全員が皇太子の訪問のことや、きょうの朝の図書室で目撃されたケンダル卿について噂するなか、フランシスはテーブルの一番遠い席に坐り、放心したようにただ壁を見つめていた。サー・レジナルドはフランシスの右側、母親は左側、父は母の向こう隣りの席についている。フランシスは食欲がなかった。頭に浮かんでいたのはただひとつ、アルビーナがうまい具合に作ってくれた湿布のおかげで目の腫れが劇的に収まったことに対する感謝の念だった。まだ若干赤みと充血が残っているが、少なくとも、午後じゅう寝室で泣いていたことを明白に示すような腫れぼったい感じはない。

フランシスは女中の裏切りを許した。結局のところ、それでなにかが変わったわけでもない。サー・レジナルドとの婚約はまもなく発表される。

母が言い張ったため、フランシスはもっとも高価な夜会服を着ていた。今年の社交シーズンが始まる前に作った淡いピンク色のドレスで、ウエストを高くして、袖を膨らませ、襟ぐりにはレースがあしらわれている。母はこれを掛け売りで購入したに違いない。その掛け売りの代金をサー・レジナルドが引き受けることも明らかだ。フランシスにとっては耐えがたいことだった。母の要請でアルビーナが花輪を作り、フランシスの髪に飾った。明るい幸せ色のほお紅もつけた。外見だけを見れば、フランシスは婚約発表のために完璧に着飾っているが、心のなかは恐怖でおののいている。

サー・レジナルドは退屈な会話にフランシスを引きこもうと最善を尽くしていたが、今夜のフランシスは、彼が言うことに対してただむむとうなることしかできなかった。もちろん、あの臆病者のろくでなしケンダルは、晩餐にも出席していない。実際、彼がこの屋敷のどこにいるのか、フランシスにはわからなかった。テーブルの半分は、彼が午後にここを発ち、馬車でロンドンに戻ったと噂している。それが本当ならば、いい厄介払いだ。

すでに二皿目が供されていた。フランシスは料理を皿の上であちこち動かしながら、皿ごと目の前から運び去られるのをひたすら待った。これから出てくる料理についても、すべて同じようにするつもりだった。

三皿目の料理はクレソンのスープで、いつもならば大好物の一品だったが、少しもほしくなかった。皿を運んできた従僕にもなんの注意を払っていなかったが、その時耳元で聞き慣れた声がした。「スープをどうぞ、お嬢さま?」

フランシスは凍りついた。だれか知るために見あげる必要はなかった。ルーカスだ。いいえ、ルーカスではなく、ケンダルだ。息が詰まる。不安のせいで呼吸が速まり、思わずあえいだ。ああ、どうしよう。どうか間違いであってほしい。

そんな幸運は訪れなかった。彼だった。いったい全体、ここでなにをしているの?怒りがふつふつとたぎって体内を駆けめぐる。

「いいえ、けっこうです」フランシスはそっけなく答えた。だれかが、このろくでなしの正体に気づくことを期待して、食卓を見まわした。たしかにお仕着せを着て、かつらをかぶっているが、それでも気づいていいはずだ。

時が止まったようだった。食卓を囲んでいる客たちはなにも気づかずに笑ったり話したり食べたりしている。フランシスはルーカスをにらみつけた。彼はわからないほどかすかに肩をすくめると、次の客への給仕にまわり、フランシスはその姿を、まるで眼力で燃やすことができるかのようににらみ続けた。

今回はいったいどんな不快なゲームをしているのだろうか？　これもまた、彼のばかげた賭けの一部？　フランシスは食卓のほかの客を見やった。声に出さずに、まずはサー・レジナルドに、次に母に、そのあとは父に向かって、ケンダル伯爵がゆっくりとスープを注いでまわっていることに気づいてと念じた。なにか発言すべきだろうか？　彼を指さしたほうがいい？　まるで二度と目覚めない悪夢にとらわれたかのようだった。世の中すべてがおかしくなってしまったの？　みんな、どうしてしまったの？　ここにいる半分以上がうっとりしていたのと同じ男性がいるのに、なぜまったく見えないの？　意味がわから――。

フランシスははっとした。ちょっと待って。

もしも彼がケンダル伯爵ならば、彼が給仕をしていた何晩ものあいだ、なぜだれも気づかなかったの？

不信感と嫌悪感で胸のなかで渦巻いて吐きそうだった。でも、真実はすぐ目の前に見えている。彼が給仕をしている人々はそもそも使用人たちを気にしていないから、彼にも気づかなかった。そして、いまも気づいていない。

それも賭けのうち？

フランシスは彼をちらりと見やった。疲れているように見える。いいことだわ。ああもう、わずらわしい。彼を見るべきではなかった。彼はフランシスを見ている。ということは、フランシスが彼を見たのを見たということだ。フランシスはすぐに視線を皿に落とし、声に出さずにそっと悪態をついた。

料理を無視し続けながら、自分の隣りの人々に一音節で返事をしていると、ルーカスが四皿目のローストダックを持って食卓をまわり始めた。

「お嬢さま?」

「いいえ、けっこうです」フランシスは視線を前に向けたまま、またそっけなく答えた。これはある種の拷問に近い。こんな仕打ちを受けるに値することをやった覚えはない。この悪夢から目覚めることを祈ったが、残念ながらこれは現実だった。

ルーカスがナプキンを彼女の脇の床に落とし、それを取るために身をかがめた。彼の石鹼の香りがフランシスの鼻孔をくすぐる。フランシスは身をこわばらせ、唇を強く結んだ。彼はなぜここにいるの? なぜわたしをこんなふうに苦しめるの? なぜ彼のコロンを嗅ぐと、いまだに呼吸が速くなるの?

立ちあがる時、彼の唇がフランシスの耳元をかすめた。「食事が終わったら青の間でぼくと会ってほしい。話さなければならないことがある」

フランシスは視線を皿から動かさなかった。「とんでもないわ」ささやき声で返事をする。

彼は主張が正しいことを証明したわけだ。使用人としての彼は、伯爵の服装の彼が隣りに坐っただけで彼の足元にひれ伏すに違いない人々から一顧だにされない。でも、証明したい点がそれだとすれば、雇用法案を支持するのはいったいなぜ？　なにもかもよくわからないが、彼のゲームにつき合うことだけは絶対に拒否する。

五番目の料理がかなり早く運ばれてきたように感じ、フランシスは首つり縄にかかる瞬間が目の前に迫っているような感覚を覚えた。婚約発表はどんどん近づき、偽りの姿でフランシスを騙して、恋に落ちるように仕向けた悪党のせいで、彼女の人生は地獄と化している。

その通りよ。フランシスは心のなかで認めざるを得なかった。自分はルーカスと恋に落ちた。だからこそ、これほどまでに傷ついている。彼に対して愛していると認めてしまったことを考えると、さらにむかむかした。愛とはなんと無防備な感情なのだろう。話ができる人を見つけたと思った。自分の考えを打ち明けて、自分が尊敬できる人を見つけたと。でも、代わりにフランシスの感情を弓矢の標的に利用するいかさま師を見つけたわけだ。

ルーカスが次に運んできた砂糖菓子にもフランシスはそそられなかった。そして、彼がワイングラスを注ぐために身をかがめて、「どうか会ってくれ」と言った時、フランシスは煮えたぎる怒りをこめて言わずにはいられなかった。「くたばれ！」

一時間近くが経ち、フランシスは食卓のほかの人々がケンダル伯爵に気づくという希望を、とっくの昔に捨てていた。たとえ彼がひと晩じゅう給仕をしたとしても同じだろう。フランシスは時々ワイングラスを口に運びながら、このばかげたゲームに参加していると知っているひとりの人物に辛辣な目を向けていた。クレイトン卿はフランシスと目が合うたびに、急いで目をそらし、自分のグラスからワインを飲んでいた。明らかに彼は、ケンダル伯爵の策略に一枚嚙んでいることに罪の意識を抱いている。クレイトンもこの賭けに参加していることは間違いない。

少なくとも、ルーカスは三度失敗したあと、フランシスに会ってほしいと頼むのをやめた。だが、食卓の給仕はまだ人目を引かずに続けていた。

デザートの皿が下げられると、ついにサー・レジナルドが立ちあがり、フォークで自分のワイングラスを叩いた。

「ここで乾杯を提案したい」食卓が静まるのを待ってナイト爵が言う。サー・レジナルドは明るい青色の上着とズボンという出で立ちだった。白いシャツの襟元はあふれんばかりのレースで飾られ、ワイングラスを持ちあげると、手首のまわりでも、同じくらいおびただしい量のレースがひらひら揺れた。それを見てフランシスは、クジャクそっくりと思わずにはいられなかった。

恐怖と狼狽が喉の奥にこみあげて首を絞められているような感覚を覚え、フランシスは無理やり唾を飲みこんだ。母と目が合う。母の灰色の目は大きく見開き、熱っぽく輝いている。母が励ますようにほほえんだ。こんなに嬉しそうな母を見たのはいつぶりだろう。フランシスは思いだせなかった。その喜びがフランシスの犠牲の上に成りたっているのがあまりに残念だけど。

フランシスは父とも目を合わせようとしたが、彼は自分の膝を見つめたまま、ナプキンを一方向にたたんでは、広げて次に逆方向にたたむというのを繰り返していた。父が到着してから、ほとんど言葉を交わしていない。もしも父が娘をこの状況に追いこんだことで罪の意識に苛まれているとしても、それを認めるつもりがないのは明らかだ。

フランシスは顔に笑みを貼りつけようとしたが、どんなにがんばっても無表情を装うだけで精一杯だった。ほかの人々に合わせてなんとかグラスを掲げた。サー・レジナルドが言葉を続ける。

「わが友人の皆さん、ぼくは今夜、あなたがたと幸せな知らせを分かち合いたい」

食卓が喝采に沸き、静聴、静聴という言葉があちこちから聞こえた。全員がサー・レジナルドを見つめ、彼が次に言うことを待ち受ける。

フランシスはルーカスをちらりと見ずにはいられなかった。サイドボードの壁際に完璧な姿勢で立ち、両手を後ろで組んでいる。彼が一瞬フランシスと目を合わせた。フランシスは火に触れたように急いで目をそらすと、ワインをもうひと口すすり、サー・レジナルドのスピーチに集中しようとした。

「この場で婚約を発表させていただきます」サー・レジナルドが言葉を継ぎ、唇を曲げてにやりとした。

部屋じゅうにさまざまな驚きの声が響いた。

フランシスはまたすばやくワインをすすった。

「そうでしょう、わかっていますよ」ナイト爵が続ける。「皆さんの多くは、ぼくが永遠に結婚しない男だと確信していたはずだ。実は自分でも多少はそう思っていた。しかし、ぼくのような生まれで、地位も財産もある人間は、それを無駄使いすべきではない。そうじゃありませんか？」

笑い声と拍手が部屋全体にはずみ、それが充分に行き渡るまで、サー・レジナルドはひとりよがりな笑みを浮かべて待った。「そこで」彼が片手でワイングラスを、もう一方の手で襟の折り返しをつかんで、さらに言う。「このたび、特別な女性に結婚を申しこみ、快く受諾してもらったことをここにいる皆さんにお知らせできるのはこの上ない喜びであります」

フランシスは危うくワインを吐きだすところだった。サー・レジナルドはなんのことを言っているの？　まだ申しこまれていないし、受諾もしていない。これは両親が彼と結んだ金銭的な契約以上のなにものでもない。

「今夜のわたしはこの国でもっとも幸運な男だが、彼女もまた、もっとも幸運な女性だと言わせていただこう」サー・レジナルドは人々に向けて満足げな笑顔を見せた。

フランシスはたじろがないように必死にこらえた。サー・レジナルドはトーストにジャムを塗るように嘘を重ねている。少なくともフランシスに関するかぎり、この国でもっとも幸運な女性とはまったく逆の状況だ。まっすぐ前を凝視していたが、ナイト爵が嬉しそうに笑いかける視線を痛いほど感じていた。まだフランシスの名前を口にしていないが、この食卓にいる全員がフランシスを婚約者と見なしていることは明らかだ。それでも、フランシスはサー・レジナルドと視線を合わせる気にはなれなかった。彼がこの発表によって、感動と関心の両方を引きだそうとしているのは明らかだ。

フランシスは到着したばかりのハンサムな婚約者と並んで食卓の中央近くに坐っているレディ・ジュリアナ・モンゴメリーにちらりと視線を走らせた。レディ・ジュリアナの同情に満ちた表情を見たとたん、フランシスは目頭が熱くなった。なんとかほほえんでこの優しい女性を安心させたかったが、できたのは諦めの表情でうなずくことだけだった。

「未来のレディ・フランシスに乾杯！」サー・レジナルドがついに言い終え、持っていたワイングラスをさらに高く掲げた。「ミス・フランシ――」

「待ってくれ！」

フランシスははっと頭をあげた、目を皿のように大きく見開いた。部屋じゅうで一斉にあえぎ声が漏れた。

ルーカスがサイドボードの横の椅子にのぼった。「サー・レジナルド、あなたに、やめることを命じる」

部屋がしんと静まりかえった。ルーカスが椅子からさらにサイドボードにあがり、食卓を上から見おろすように立った。従僕のお仕着せを着て、髪粉をかけたかつらやその他もつけたままだ。

「まあ、なんてこと。あの人はわたくしを墓に送りこむつもりかしら」母が怒った声でフランシスの耳にささやく。すでにナプキンで自分をあおいでいる。

フランシスは母を見やった。気の毒に、顔が熟れた西洋カブのような色になっている。

「いったいなんだ？　どういうつもりだ？」サー・レジナルドが問いただした。クレイトン卿のほうを振り返る。「閣下、この無礼な従僕をどうにかするように要求します」

「ぼくは従僕ではない」ルーカスが言い、顔をあげた。「ケンダル伯爵だ」かつらを剝ぎとり、足元に置いたスープ用の深皿のなかに放り投げた。

部屋のあちこちから金切り声や悲鳴があがり、若いレディのひとりが気を失って椅子から落ちた。別な従僕ふたりが駆け寄り、そのレディをかつぎ出した。

食事をしていた残りの人々は、ルーカスがお仕着せの上着を脱ぎ、白いシャツとズボンに自分の胴着だけで立つ姿を、おののきながらも魅せられたように凝視した。

「なんてことだ、ケンダルじゃないか！」紳士のひとりが叫んだ。

摂政皇太子が刺繡を施したハンカチで鼻を拭いた。「余はさきほどから、なぜケンダル伯爵が我々全員にスープを配っているのか不思議に思っていたぞ」

フランシスは片手で口を覆った。これほど恐ろしい状況でなければ、きっと笑いだしていただろう。この室内のすべての人々のなかで、ケンダルに気がついたただひとりの人物が皇太子？　目の前のことしか気づいていないかのように見えるあの皇太子？　まさに滑稽としか言いようがない。

「その通り」ルーカスが言った。「あなたたちに給仕をしていた。何日も、あなたがた全員に。あなたがたの膝にナプキンも置いた」

「まさか、本当か？」別な紳士が言う。

ルーカスは両こぶしを腰に当てた。「お仕着せを着て髪粉をかけたかつらをかぶった以外はなにも変えずに、すべてをやりおおせた。そしてなにを学んだと思いますか？」

食卓全体が黙りこんで、心を奪われように彼を見あげている。

「ぼくたちの階級は、もっとも身勝手で、退屈で、怠慢で、思いやりがない愚か者の集まりということだ。あなたがたのだれひとりとして、ぼくに気づかなかった。それは、だれもぼくの顔を見るという手間をかけなかったからだ」

食卓は静まったままだった。フランシスは周囲をちらっと見まわした。ほぼすべての顔が罪悪感と困惑の入り混じった表情を浮かべている。フランシスの口元がかすかな笑みでわずかに曲がった。ケンダルに対する怒りが消えたわけではないが、爵位を持つ客たちがそれぞれ、ケンダルの言うことが正しいと認める様子を目にして喜びを感じたことは認めざるを得ない。この男は大ばか者かもしれないが、彼のスピーチはまさしく、ここにいる人々が聞かねばならないことを指摘した。フランシス自身でも、これほど的確に話せないだろう。

「それはなによりだ、ケンダル」サー・レジナルドが言い放った。怒りと苛立ちで顔がゆがんでいる。「しかし、あんたはわたしの非常に重要な瞬間を邪魔した。ちょうどミス・ウォートンとの婚約を発表するところだった」

「わざと邪魔をした」ルーカスが言い返した。「ぼくがまだミス・ウォートンに求婚する機会を持てていなかったからだ」

またはっと息を呑む声が部屋じゅうを満たし、食卓についていた客全員がいっせいに首をまわしてフランシスを凝視した。フランシスは深呼吸した。できることなら、こんな騒ぎを起こしたこの悪党を喜んで絞め殺しただろう。

「そうか、それなら」摂政皇太子がルーカスに向かってうながした。「いいぞ、やりなさい。彼女に求婚したらよい」

サー・レジナルドが傷ついた表情で皇太子を見やった。

ルーカスがそれ以上の励ましを必要としなかったのは明らかだった。彼はすぐに床に飛びおり、すばやくフランシスの席に向かって進んだ。そしてそばまで来ると、片膝を床についた。

フランシスの喉がぎゅっと締めつけられた。息ができなかった。食堂の壁が四方から迫って包囲されるような感覚を覚えた。

「フランシス・レジーナ・サーグッド・ウォートン」彼が言い、両手でフランシスの手袋をした手を取った。「ぼくの妻になってくれませんか？」

# 31

ルーカスはフランシスの手が震えていることに気づいた。実際、こうして近くで見ると、彼女は全身を震わせていた。歯がかちかちぶつかり、食べたものをいまにも戻してしまいそうに見える。

「大丈夫か？」ルーカスはふいに心配になってささやいた。

「息ができない」彼女があえぐ。

「水を持ってこい！」サー・レジナルドがとくにだれともなく呼びかける。

だが、フランシスは唐突にルーカスの両手から手を引き抜くと、そのまま食堂から走りでていった。

ルーカスは急いで立ちあがって彼女を追おうとしたが、その時サー・レジナルドがふいに動いて彼の前に立ちはだかった。

「どうか、黙って立ち去ってくれ」サー・レジナルドが地団駄踏みながら要求する。

「いや」ルーカスは言い返した。「そのつもりはない」

また部屋じゅうで一斉に息を呑む音が響き、会食者たちがまるで羽根つきゲームを見物しているかのように、ふたりの男を代わりばんこに見守った。

サー・レジナルドがルーカスだけに聞こえるくらいに声を低め、食いしばった歯のあいだから言葉を押しだす。「警告する、ケンダル。いま口を閉じて出ていかなければ、あんたは大切な雇用法案の賛成票はすべて失う。わたしはそれを約束できる」

ルーカスは口元にゆっくりと笑みが広がる感覚に喜びを覚えた。「あの忌まわしい雇用法案などどうでもいい、サー・レジナルド。きみのほうこそ地獄に直行しろ」

ルーカスはナイト爵を脇に押しのけた。大股に歩いて部屋から出ながら思わずにやにやした。サー・レジナルドの心底仰天した顔は、彼の記憶に一生残るだろう。

彼女は玄関広間にいなかった。青の間にもいなかった。すでに上階にあがってしまったのかと思ったが、いちかばちかに賭けて図書室に向かった。

扉を押し開けると、耳慣れたきしみ音に心臓の鼓動がさらに速まった。なかに足を踏み入れ、扉を閉める。室内は暗く、部屋全体で数本のろうそくがともっているだけで、暖炉の火は消えかけていた。ろうそくの光が広い暗がりに幽玄な輝きを醸している。

ルーカスは深呼吸をすると、彼女がいてほしいと願う場所にまっすぐ進んだ。信心深いほうではないが、いまは一歩進むたびに心のなかで祈りを唱えていた。どうかいてくれますように。どうか、どうか。

小部屋に入る角をまわってひと息ついた。彼女がいないと最初は思ったが、目が慣れてくると、陰になった姿が見えた。床に坐りこみ、膝を立てて両腕で抱え、体を前後に揺すっている。

安堵感が全身に広がった。ここに来たのは、彼が見つけに来ると思ったからに違いない。彼女はたぶん――単なる期待だが――彼に来てほしかったのか？

「フランシス？」ルーカスはささやいた。唇をついて出た彼女の名前はまさに彼の祈りだった。

しかし、彼女が顔をあげて彼を見あげた瞬間に彼の希望は打ち砕かれた。暗い光のなかでさえ、彼女の瞳のなかに燃える怒りを見ることができた。彼女は彼を憎んでいる。彼は間違っていた。

胸が引き裂かれそうに痛み、呼吸をするのも苦しい。ルーカスは彼女のすぐ隣りにしゃがみこんだ。

彼女はまだ震えていて、歯もかちかちと鳴り続けていた。

「寒いか？」彼は訊ねた。

彼女がうなずく。

「すぐに戻る」

ルーカスは急いで図書室の机まで行き、一番下の引きだしを開けた。ふたりが出会った最初の日に彼女が忘れていったショールがまだそこにあった。次に彼女に会った時に忘れず返せるように、数日前にまた持ってきて、入れておいたからだ。それをつかんで、急いで小部屋に戻った。「さあ、これを」彼は言い、彼女の肩にショールをまとわせた。

彼女はショールをつかんでさらに堅く巻きつけた。「あ……ありがとう」なんとか言葉を出す。「なくしたと思っていたわ」

「わざと返さなかったのかもしれない。きみのことを思いだすために。話を最後まで聞いてくれないか？」ルーカスはもう一度そばにしゃがんで、優しく訊ねた。

「聞かない選択肢はあるの？」抑揚のない声だった。

「もちろんある、フランシス。今後もずっと、ぼくとのことで、きみが選べないことはひとつもない」彼女の横顔をそっと見やる。実際は、手を伸ばして指で頬骨をなぞりたくてたまらなかった。

彼女が顎をこわばらせた。「それでは、ノーよ。あなたの話を最後まで聞きたくない。ただひとつ質問したいだけ」

ルーカスは一瞬目を閉じた。「どんな質問でも」

「な……なぜ、わたしに……結婚を申しこんだの？」

「そうしたいからだ」

「どうして……わたしと……結婚したいなんてことがあるの？　あなたが支持することをすべて反対しているのに」

ルーカスは頰の内側を嚙み、息を吐きだした。「雇用法案については、もはや支持していない」

彼女が肩のショールをさらにしっかり巻きつけた。「真実は、あなたがただ罪悪感からわたしに求婚したということよ」

「いや、それは違う」それは心のすべてをこめた言葉だった。

「いいえ、そうよ」それはすべてを諦めきったような生気のない声だった。彼女のこんな口調を聞くのは耐えがたかった。「わたしがお金のためにサー・レジナルドと結婚することを知り、あなたは罪悪感からわたしを救おうとしているんだわ」

「それが理由ではない。ぼくは――」

「でも、わたしが理解できないのは、あなたの求婚をわたしが受け入れるとなぜ思ったかということよ」視線を彼に向ける。その目は暗い色のガラスのかけらのようだった。

ルーカスは無理やり唾を飲みこんだ。「話をする機会を与えてくれたら、すべてを説明できる。少なくとも、話だけさせてほしい」

「あなたはわたしに嘘をついた。すべてのことを。あなたがやったことはすべて嘘だったわ」

「違う、フランシス、ぼくは――」

「もちろん、いまとなれは、すべて合点がいくわ。でもその時は思いもしなかった。たとえば、あなたがわたしの部屋に旅行かばんを運んでくれて、わたしが硬貨を渡そうとした時もそう。あなたは返そうとしたもの」

ルーカスは頰の裏をまた強く嚙んだ。

「それに、レディ・クレイトンのことを洗礼名で呼びそうになった時も。もちろん友だちだからよね」

ルーカスは歯を食いしばった。

「従僕が読書好き？　わたしはそう言ったわ。そのことや、あなたの話し方が洗練されていると言ったことで、わたしは罪悪感を抱いた。もちろん、洗練されているわけよね」

「フランシス、聞いてくれ。ぼくは——」

「本当に愚かだったわ」彼女が頭を振る。「しかも、あなたは否定しなかった。信じられない。あなたを愛しているかとまでわたしに訊ねるなんて」

ルーカスは呼吸を落ち着かせようとした。次に言うことが、ふたりの未来を、ふたりの運命を決定するとわかっていたからだ。「フランシス、自分が過ちを、それもとてつもなくひどい過ちを犯したことは否定しない。だが、やり直すと約束する」

「やり直す？」彼女が乾ききった笑い声を漏らした。「わたしと結婚することで？」

彼女は首をまわし、ふたたび自分の前の暗がりをじっと見つめた。「次にあなたが言うのは、きみを愛している、でしょうね。あの晩、使用人用の階段の下であなたはそれを言うのだけ忘れたもの」今回はとても悲しげな声だった。

ルーカスは口を開いた。「自分がだれかを知らせる前に言いたくなかった」

彼女が片手をあげた。「お願い、やめて」黒い瞳に涙がきらめく。

彼は片手で髪を掻きあげた。焦燥感のあまり、うなりそうになる。どうして理解してもらえるように話せないんだ？　これほど真剣に思っていることを、どうして納得させられない？　フランシスは彼の最悪な部分を見ると心に決めている。

彼女は聞きたくないかもしれないが、きみを愛しているという言葉は口の先まで出かかっていた。

喉が燃えるように感じ、ルーカスは頭を振った。人生で初めて、完全に言葉に見放された。

彼女は立ちあがろうとし、彼が差しだした手を拒んだ。「あなたのことを信じられない。たとえ愛しているとあなたが言ったとしても、それもまた嘘でしょう」

頬に滝のように伝い落ちる涙を拭いもせずに、彼女は彼の脇を擦り抜けて部屋から走り出ていった。彼女が去っていき、それとともに、永遠に彼への愛を貫いてくれるとはっきりわかっている女性と愛に満ちた結婚をするという彼の夢と希望が消滅するのを、ルーカスはぼう然と見送った。心のなかで怒りと悲しみが混ざり合う。ルーカスはこぶしを握り締め、そばの本棚に腕をついて頭をもたせた。

「きみは間違っているよ、フランシス」だれもいない部屋に向かって言う。「ぼくはきみを心から愛している」

# 32

「ブランデーの瓶を取りに来た」ベルが、ルーカスが使っている三階の客用寝室の扉を勢いよく扉を開けた。ルーカスが食堂で騒ぎを起こしてからすでに一時間以上経っていたから、ベルも噂を聞きつけたに違いない。

ベッドに打ちひしがれて横たわったまま、ルーカスは目をしばたたいて天井を見つめた。「ブランデーの瓶などない」

彼の言葉を無視し、ベルは近寄ってマットレスのまわりと枕の下をさがし、ベッド脇の引きだしも開けて、ベッドの下までのぞきこんだ。「本当らしいな」彼がようやく認め、暖炉のそばに、ベッドと向かい合うように置いてある大きな椅子に腰をおろした。

「ぼくは飲んだくれじゃない」ルーカスは天井を見つめたまま、こわばった声で答えた。胸の上で腕を組んでいる。

「それはわかっている」ベルが答えた。「しかし、飲んでいないのを見て、実を言えば驚いた」

ルーカスは大きくうなった。「また酔っ払って、なんの役に立つんだ？」

「非常に理性的な指摘だ。そう言えるきみには、まだ希望が残っているとぼくは思う」ベルがにやりとする。

「もう聞いていると思うが」ルーカスはものうげに言った。「食堂で脱いだかつらと上着以外は、いまだ従僕の装いをしたまま、マットレスの対角線上に横たわっている。

「食堂でばかげた騒動を起こした話か？　それとも、ミス・ウォートンと婚約したかどうかの話か？」

「はっきり言うが、ミス・ウォートンとは婚約していない。そして、たしかに食堂でばかげた騒ぎを起こした」

「かつらをスープ用の深皿に投げこんだというのは本当か？」ベルがため息をついた。「ずいぶん芝居がかっているように、ぼくには思えるが、まあ、ぼくの意見はどうでもいい。スパイは大げさなことはせずに、黙って対処するのが常だからな」

「だが、今夜の夕食を給仕しろと言ったのは、ほかならぬきみだ」ルーカスは指摘した。

ベルがブーツを履いた脚を組み、片方をもう一方の膝に載せた。「たしかに。だが、スープが被害に遭うことまでは思いつかなかった」

た。

「だれがスープのことなんて気にしているんだ？」ルーカスは吐き捨てるように言った。

「明らかにきみではないな」ベルは言い返した。「だが、本題からそれた。ぼくがここに来たのは、きみの次の計画を聞くためだ」

ルーカスは天井をにらみつけた。「どういう意味だ、次の計画というのは？」

ベルがまたため息をつく。「ぼくには縁結びの素養もないが、そのぼくでさえ、ミス・ウォートンに対するきみの求婚がいまの段階であまりうまくいっていないことぐらいわかる」

「彼女に憎まれている」

「ふーむ」ベルが顋をさする。「それなら、あまりという言葉では足りないかもしれないな」

「ぼくを憎むのは当然だ。とても責められない」ルーカスは両手をあげて目をこすった。「だが、説明する機会さえ与えてくれない」

「きみをとりこにしているのは愛の神だ。それがきみを支配している。そして、ばかの言いなりになっているような男は、どう考えても、利口とは言えないだろう」ベルが片手を前に伸ばして、『ヴェローナの二紳士』からのせりふを述べる。

ルーカスはあきれて目を剥いた。「こんな時にシェイクスピアを引用するのはやめてくれ」

「それどころか、こういう時こそ、シェイクスピアの引用が必要だとぼくは信じている。だが、いまだに有効なぼくの質問はこうだ。きみの次の計画はなんだ？」ベルが胸の前で腕を組み、期待していると言わんばかりに、目をぱちぱちさせてルーカスを見つめた。

ルーカスは上腕を額に載せた。「あすの朝には、くそいまいましいこの場所を出ていくさ。それがぼくの次の計画だ」

「諦めるのか？」驚いた口調だった。「海軍あがりの男とは思えないが」

ルーカスは片眉を持ちあげてベルをにらみつけた。「明らかな敗北を認めるのは、諦めるのとは違う。前者を拒絶すれば、妄想のそしりを免れない」

「状況によっては、だれもがしばしば妄想に悩まされる。それは諦める理由にはならないとぼくは言いたい」

ルーカスは両肘を突いて体を起こし、またベルをにらみつけた。「ぼくの言ったことを聞いていなかったのか？　彼女はぼくを憎んでいる。二度と顔を見たくないとはっきり言われた」

ベルが平然とした様子で袖口を直した。「それなら、手紙を書くべきだ」

「彼女はサー・レジナルドと結婚しようとしている。ぼくのことを傲慢なばか者と言っていた」

ベルが耳の後ろを掻いた。「どれを取っても、とりたてて将来が明るいように聞こえないことは認める。だが、意志あるところに道は開ける」

「もう開けない。できることはすべてやった。夕食の給仕をした。あのいまいましいサイドボードの上にも立った」

「そのことも聞いたぞ。そのやり口は気にいった。そのせいで劇場の雰囲気がいや増したことは間違いない。ついでに言えば、ぼくとワースの未来をさらに困難にしてくれたことに感謝するよ。この屋敷の滞在客全員が使用人の宿舎で貴族探しを始めるに違いない」

「きみたちはどちらも大丈夫だ」ルーカスは答えた。

ベルがまた目をしばたたいた。「なぜそんなことがわかるんだ?」

「第一に、こんなばかなことをするやつがもっといるとは、だれも思っていない。第二に、きみはほとんどの時間をコッパーポット卿の部屋で過ごし、ワースは厩舎にこもっている」

ベルが肩をすくめた。「たしかにそうだな」

「きみの幸運を祈る、わが友よ。きみとワースのどちらが勝つか楽しみだ」

ベルは椅子の片方の肘掛けに肘をつき、こぶしに顎を載せた。「きみを腰抜けと呼ばねばならない日が来るとは、思いもしなかったよ、ケンダル」

「もう終わりだ」ルーカスは声を荒らげた。「食堂にいた全員が、ぼくが従僕のふりをしていたことを知っている」

「賭けを諦めたことじゃないさ、間抜けか、きみは？　ぼくが言っているのは、ミス・ウォートンを勝ちとる試みのことだ」

ルーカスはすぐそばの枕をつかみ、ベルに向かって放り投げた。「このくそったれ。ここから出ていって、ぼくをひとりにしてくれ」

枕は椅子に届かずに床に落ちた。ベルはみじろぎもせずに、ルーカスをじっと見つめた。「だが、きみがやるべきことは――」

「やるべきことはなんだ？」ルーカスの声が怒りに震えた。「できることはすべてやった。きみは間違った相手に向けて言っている。むしろ、ミス・ウォートンに話してみるべきだろう。ぼくの話を聞くのを拒んでいるのは彼女のほうだ」ルーカスはふたつ目の枕をつかんで頭の上にかぶせた。「もういいだろう、おやすみ！」

# 33

　翌朝図書室の扉が開いた瞬間、裏切り者の心が一瞬でも、ルーカスが来たかもしれないと願うのをフランシスは抑えられなかった。ここに来たことがそもそも間違っていた。この場所はフランシスにとって悪い思い出しかない。でも、朝になると、まるで意志を持っているかのように二本の脚がフランシスをまっすぐここまで連れてきた。椅子のひとつを窓辺に近づけて腰をおろし、庭を眺めた。ピンク色のショールを肩に羽織っていた。空には黒い雷雲が渦巻いている。いまにもひどい嵐が襲ってきそうな天気だった。

　扉が開く聞き慣れたきしみ音にはっと振り向いた時には、心臓が激しく高鳴った。でも、それはルーカスではなかった。

　鼓動がいつもの速さに戻った。

　フランシスは目をぱちくりさせた。なんと、その人は母がくるぶしをくじいたことを知らせに、フランシスを探しに来た従者だった。だから、歩いてきてフランシスの隣りに立った彼を見あげた時のフランシスのまなざしは、強い不信感に満ちていた。

彼が頭をさげた。「おはようございます、ミス・ウォートン。ここにいらっしゃると思いました」

「今回は父の具合が悪くなったことを知らせにきてくれたのかしら？」目を細めて彼を見つめたまま、フランシスは言った。

「いいえ。でも、そうですね、まずは、先日あなたに正直でなかったことをお詫びします」

「それはありがたいこと」フランシスは顎を持ちあげた。「わたしの質問は……なぜあなたがわたしに嘘をつかねばならなかったかということ」

従者が背筋を伸ばした。「自己紹介させてほしい。ベリンガム侯爵です。しかし、ここに滞在中は、ほかの人々には言わないでもらえればありがたい」

フランシスは口をぽかんと開けた。「あなたが侯爵？」

「そうです。しかし、いま現在は従者のふりをしている。友人のケンダルが従僕のふりをしていたのと同じように」

フランシスは頭を振った。いまだに悪夢を見ているのだろうか？「それなら、あなたが嘘をついたのもわかるわ。彼の友だちなのね」

「ええ。あの時は、ケンダルがあなたに気づかれずに自分の部屋に戻るために、あなたにあの場所から立ち去ってもらう必要があった」

「それでやっと理解できたわ」フランシスはわざと優しい口調で言った。「そして、失礼を承知で言うけれど、あなたがたはみんなどうかしているわ」

「たしかに」彼が肩をすくめた。「あるいは、それぞれそうする理由があるとか」

「ほかの人に対して嘘をつく理由があるということ？」フランシスは胸の前で腕組みし、非難をこめて彼を見た。

彼が後ろで両手を組む。「相手の動機を知らないと、おもしろいことが起こる。だれもが、最悪を想定するんです」

フランシスは怒りにかられて思わず彼をにらみつけた。「ケンダル卿にだまされたのは、わたしが悪いと言うんですか？」

「もちろん違う」ベリンガム卿が答えた。「でも、あなたにひとつ話をさせてほしい」

フランシスは肩をすくめた。「聞きたいとは思えな――」

「まあ、そう言わずに、ミス・ウォートン。いい話を聞くのは楽しいものだ」彼がフランシスの隣りの椅子に坐った。「しかも、この話はとくにおもしろい」

フランシスはこの男性を嫌いたかったが、彼にはどこか、人の心をつかんで離さないところがあった。まるで、これまで会ったことがない人に対しても、あるいはどんな状況でも、常になにを言ったらいいか心得ているようだ。もちろん、彼を信じたわけではなかったけれど、彼の話を聞きたいと感じたことは、あえて言わないが、心のなかで認めざるを得なかった。

ベリンガム卿はあたかも長々と話をするかのように、長い脚を前に伸ばし、椅子にゆったりと坐り直した。「昔々あるところに」彼が話し始めた。「立派な若者がいた。高潔な人柄で思いやりがある尊敬すべき男だった」

フランシスは注意深く彼を見守った。ルーカスのことを話しているのだろうと思ったが、確信はない。

「この若者は非常によい家柄の生まれだった。彼は二番目の息子で、人生のほとんどを海軍で過ごした」ベリンガム卿が続けた。

なるほど。ということは、ルーカスの話をしているわけではない。ルーカスは伯爵だから次男ではないし、海軍にいたなんてひと言も聞いていない。

「その若者は勤務に励み、頭角を現した。通常なら海尉になるのがせいぜいという短期間に、英国海軍の小型艦の艦長にまで出世した」

フランシスは眉を持ちあげた。高い地位の士官？　やはりルーカスのことを話している可能性はない。それともあるのかしら？

「若者の常として、この特別な若者も若い美しいレディを愛するようになり、結婚を申しこんだ」

フランシスは眉をひそめた。やはりルーカスの話ではない。婚約していたなんて、彼は一度も言わなかった。正確に言えば、彼は従僕のふりをしていることも言わなかったけれど。

「結婚式が春に行われることに決まり、上流階級のほとんどが招待された。その若者は結婚式の二週間前に海軍から休暇を取り、戻ってくることになっていた」

「あなたのことを話しているんですか、ベリンガム卿?」フランシスは思わず訊ねた。

それに答える代わりに、彼はただ咳払いをした。「結婚式のために故郷に向けて旅立つ前日、その若者は愛する人から一通の手紙を受けとった」

フランシスは気づくと、椅子のぎりぎりまで前に出て、彼のほうに身を乗りだしていた。「なにが起こったのですか?」

「それは彼に、婚約者がよりよい求婚を受けたことを知らせる手紙だった。相手は長男で男爵だ」

フランシスは息を呑んだ。「まさかそんなことが」信じがたい気持ちで首を振る。

「彼女は婚約を破棄したうえに、帰宅して、家族と招待客全員に結婚がなくなったと言う役も彼に委ねた」

フランシスは口をぎゅっと結んだ。「ひどい人だわ」きっぱりと言う。

「その通り、ひどい女性だった」ベリンガム卿は話を中断し、彼女にそう答えた。

「それで、どうなったのですか？」フランシスは先をうながした。話の残りを聞きたくて、気づくと、上靴の先でこつこつと敷物を叩いていた。

「その若者は急いで帰路についたが、戻った時には手遅れだった。その若いレディはすでに男爵と結婚していたんだ」

「本当の話ですか？」フランシスは眉間に皺を寄せ、また頭を振った。「ひどすぎるわ。でも、むしろそんなひどい方なら、厄介払いができてよかった」

「まさにその通り。若者の友人たちもみなそう言った」ベリンガム卿が続けた。「しかし、その若者は非常に傷つき、上流階級の若いレディはおしなべて彼の家族関係と財産しか見ていないと信じた」

「それで？」フランシスはベリンガム卿の顔を見やった。

「それで、その若者は海軍に戻り、これまで以上に任務に精励して戦隊司令官を任されるまでになった。休暇で帰宅する時も、上流階級の集まりには決して出席しなかった。真の愛情に基づいたまことの妻を見つけられると思っていなかったからだ」ベリンガム卿は頭を傾げ、首の後ろを掻いた。

フランシスが眉間に寄せた皺は消えなかった。「それで終わりですか？　もしそうなら、とても悲しい話だわ」

「まだもう少しある」ベリンガム卿が認めた。「それからまもなく、若者の兄が胸の病で急死した」

「そんな！」フランシスは片手を口に当てた。

「そして、その若者は伯爵になった」ベリンガム卿がつけ加える。

フランシスは息を吐いた。やはり恐れていたように、この話はルーカスのことだった。「彼について知らないことがとてもたくさんあるようですね」うつむいて、見るともなく敷物を見つめながらようやく言う。

「でも大切なことをあなたは知っている、ミス・ウォートン」

「それは？」

「高潔で思いやりがあって誠実、三つ挙げるとすれば、それが彼の性格だということ」

フランシスは首を振った。「そうだとしても、その話がなぜ、彼がずっとわたしに嘘をつき続けていた理由の説明になるのかわかりません」

「過去にそんな目に遭った男が、爵位や財産ではなく、彼自身を望んでくれるレディを見つけようと決意したとしても責められないだろう。とりわけ、ある日突然、上流社会でもっとも追いかけられる独身の伯爵になったことを考えれば当然だ。どこへ行こうが、結婚相手探ししか頭にない母親と娘たちに道をふさがれ、取り囲まれる」

フランシスは片方の眉をアーチ型に持ちあげた。「あなたはわたしに、ケンダル卿に同情しろと？」

「いや違う。ぼくはあなたに、ケンダルの真の姿を知ってほしいだけだ。彼はぼくが知っているなかで、もっとも気高くもっとも正直な人間だ」

「わたしに嘘をついている時を除いては」フランシスはそっけなく答えた。

「そうだな。その時を除いてはだ」ベリンガム卿は肩をすくめた。「事実を言えば、彼が従僕としてここに来た理由は、人生をましに生きるために、よりよい選択をし、まことの愛を見つけようという試みのためで、それについては非難できないと思うし、率直に言って、あなたも非難すべきではないと思う」

フランシスは身を乗りだして侯爵と目を合わせた。「教えてください、ベリンガム卿。あなたはなぜ使用人のふりをしているんですか？　あなたもまことの愛を探しているの？」

彼はすばやく坐り直し、大声で笑った。「ぼく？　いや違う。ぼくがここにいるのは、ぼくが男で、男というのは酔っているとばかげたことを言ったりやったりするからで、ケンダルがまことの妻を見つける必要があると決心した晩に、では自分たちも彼と一緒に使用人に扮して、どのくらい長く続けられるかやってみようとみんなで決めたからだ」

賭けのことを聞いてから初めて、それが実際にはさほど大したことでないように思えた。フランシスはまた首を振ったものの、口元に笑みが浮かぶのを止められなかった。「この屋敷内に、まだほかにも、使用人のふりをしている貴族の方がいるということですか？」

ベリンガム卿の口角がかすかに持ちあがり、いたずらっぽい笑みになった。「もうひとりだ。しかし、それがだれかをぼくが教えるわけにはいかない」

フランシスはその言葉に笑いだした。「あなたのおっしゃる通りだわ。男の方たちはばかげたことをするんですね」

彼も笑った。「それについて異論はない」

「それが、あなたがここにいらした理由ですか、ベリンガム卿？　この話をして、わたしがルーカスを許すことを期待したということ？」

「いや、それも違う。あなたに彼を許してほしいと頼むのはぼくの流儀ではない。ぼくが来たのはただきみに、重要なことを自分自身に問いかけてくれと頼むためだ」

フランシスは用心深く彼を見つめた。「その重要なこととは？」

「あなたは自分の顔を恨んで鼻を切り落としていないかな？」

フランシスははっと息を吸いこみ、深く坐り直した。「なんですって？」

「彼をなぜ許さないか、自分に問いかけたことはあるかということだ。たしかに彼は愚かで間違ったことをしたが、それに対する恨みを一生抱き続けるために、あなたは、フランシス令夫人フランシスとして残りの人生を送りたいのか？　なぜそう聞くのか。あなたがそれよりもっと知性のある女性だと思うからだ」

フランシスはまた身を乗りだし、ベリンガム卿の目をのぞきこんだ。「なぜそう思うんですか？」

ベリンガム卿が肩をすくめた。「あの雇用法案がいかにくだらないかを理解する人は賢いに違いないからだ」

フランシスは椅子に坐り直した。「でも、もう関係ないわ。どちらにしろ、あの法案は通過するでしょう」

「それはどうかな。ケンダルがおおやけに非難したのは知っているかな？」

フランシスははっとして彼に顔を向けた。「なにを非難したんですか？」

「雇用法案だ」ベリンガム卿が答える。

フランシスは息を呑んだ。「なんですって？　いつ？」

ベリンガム卿が頭をまた片方に傾げた。「昨夜、あなたが食堂から走って出ていったあとだ。食堂にいた全員に、あの法案はばかげていると言ったが、彼がそう思った理由があなたであることを、ぼくはたまたま知っている」

フランシスは指先で自分の唇を触った。「本当に？」ささやき声で言う。

「本当だ。しかも、ケンダルが食堂を出たあとに摂政皇太子が反対を表明した。つまり、サー・レジナルドもそれに倣うということだ」

フランシスの手が膝に落ちた。ベリンガム卿の顔をまじまじと眺める。「なぜルーカスは法案を非難したのですか？」

ベリンガム卿が椅子の肘掛けに両肘を置いた。「なぜなら、そもそも最初から、あのたわ言を信じていなかったからだ。あの法案を作ったのは彼ではない。彼の兄だ。チャールズは一年前に亡くなった。ルーカスは兄の遺志を継いだだけだ」

フランシスはベリンガム卿を凝視した。それは本当なの？　ケンダル卿について自分の耳に入った数少ない噂話の記憶をたどる。たしかに兄上が亡くなったと聞いた。

フランシス自身はその時まだ社交界に出ていなかったから、亡くなった先代伯爵のことはなにも知らない。知っているケンダル卿は現伯爵だけで、その人物はつねに雇用法案と結びついていた。でも、ルーカスが伯爵位を継ぐ前からその法案が存在したと考えるのは理にかなっている。

「真実は」ベリンガム卿が言葉を継いだ。「あの法案に関して彼がいかに間違っているかを本人に納得させられたのは、あなただけということだ、ミス・ウォートン」

この男性には本当に驚かされる。「彼があなたにそう言ったのですか?」

「その質問に答えるわけにはいかないが、ぼくにわかっているのは、この世界は黒と白だけで成りたっているわけではないということだ。さまざまな灰色が存在する、ミス・ウォートン。そしてもしもあなたがケンダルに、なぜこのハウスパーティで従僕に扮するという一見ばかげたことをしたのかを説明させれば、あなたもその灰色が見え始めるかもしれない」

フランシスは眉をひそめた。この男性はついになぞなぞを始めたらしい。「なんの灰色?」

「ケンダルは使用人に対して親切なレディを見つけたいと考えた。ほかの人々のことを考え、彼自身を愛してくれるレディを。そして、その特質をあなたのなかに見いだした」

「でも、わたしにまで嘘をつく必要はなかったのでは？」

「その通りだ。しかし、起こったことを彼の視点で考えてみてほしい。彼はただ夕食の給仕をするだけのつもりだった。自分のために廊下を見てくれと彼に頼んできたレディに、これほど心を惹かれるとは予想もしていなかった。しかも、その翌朝、仕事をしに図書室に行って、またその女性と会った。ふたりは会話を交わすようになり、彼はいつしか、その若いレディと会うのを心待ちにするようになった」

フランシスは頭を振った。涙で視界がぼやける。

「彼は自分が探していたレディを見つけたことを知った」ベリンガム卿が続ける。「さて、問題は、いったいどうやってずっと従僕のふりをしていたことを認めるか？」

フランシスは目をしばたたきながら、しばらく侯爵を見つめていた。ベリンガム卿がこの部屋に入ってくる前は、耳を貸す人全員に、自分は死ぬまでケンダル卿を許さないと言いたい気持ちだったが、それもいまは確信が持てなくなっている。「あなたのせいで混乱してしまったわ、ベリンガム卿。自分が正しいのか、了見の狭い無情な人間なのか自分でもわからない」

ベリンガム卿が胸の前で両手の指を尖塔のように合わせた。「あなたは間違いを犯したことがあるかな、ミス・ウォートン？　心から悔いて、犯す前に時間を戻せればと願うような間違いを？」

フランシスはまた目をしばたたき、彼を見つめた。「ないと思います」

ベリンガム卿は後頭部を椅子の背にもたせた。「それなら、あなたは幸運だ。なぜならぼくにはあって、後悔に苛まれずにその日が終わることは、ほんの一日たりともないと断言できるからだ」

「とても恐ろしいことに聞こえるわ」フランシスは小声で言い、また外の庭に目をやった。

「その通り。だから、ぼくの言うことを信じてほしい。人は永遠に後悔するであろう決断をする時、その瞬間にはそれが絶対に正しいと感じるものだ」

# 34

ルーカスはクレイトン邸の三階の自室で机の前に坐っていた。貴族院議員のひとりひとりに、雇用法案賛成に関して再考を願う手紙をしたため、ついに最後のひとり宛ての一通を書き終えたところだった。すでに貴族院議長宛てに、票決の停止を依頼する手紙も書いてある。できるだけ早くロンドンに着くように、自分で費用を出して配達人を雇い、全部の手紙を直接配達してもらうことにした。

ルーカス自身もすぐにロンドンに戻るつもりだった。嵐が来そうな雲行きだが、なんとかうまく避けて出発できればと思っている。法案に関する自分の決定を少しでも早く母に話す必要がある。喜びはしないだろうが、ルーカスは気にしなかった。自分は亡くなった兄の人生を生きようとずっと努力してきた。だが、これからは自分の人生を生きる。自分の決断を尊重し、その決断による影響を斟酌しない。

寝室の扉をノックする音に思いが遮ぎられた。「どうぞ」返事をしながらも、すでに苛立ちを感じている。またベルが、こちらが望んでもいない助言をしようとやってきたに違いない。あの男はそうしたいと思った時は、とことん嫌みな男になれる。

背後で扉がゆっくり開く音が聞こえた。

「ぼくがいかに簡単に諦めるかについて、さらなるたわごとを言いに来たのなら、ぼくはいっさい聞きたくない」振り返りもせずにぶっきらぼうに言う。

「なにを諦めたの？」

ルーカスの心臓が鼓動を停止した。椅子に坐ったまますばやく振り向くと、フランシスが小さく一歩、部屋に入るのが見えた。銀色の縁取りを施したアイスブルー色のドレスを来ている。黒髪を結いあげてシニョンにまとめた彼女の姿はいつも以上に美しかった。

ルーカスは急いで立ちあがった。そこに立って、とても美しくて、しかも彼に向かって話しているその人が彼女だととても信じられなかった。「ぼくは……ほかの人かと思ったので」

「だれのこと？」彼女が訊ねた。ほほえんだように見えたのは彼の想像だろうか？それとも本当に口元に笑みを浮かべたのか？

「ぼくの愚かな友人たちのひとりだ」ルーカスは答え、首の後ろを手のひらでさすった。不安で頭がおかしくなりそうだ。なにかひと言でも間違ったことを言ったら、彼女はまた去ってしまうかもしれない。

「もしかして、ベリンガム卿かしら?」彼女が訊ねた。取り澄ました様子で、前におろした両手を握り締めている。

ルーカスは目を細めて彼女を見やった。「ベルを知っているのか?」

「ええ、いまは」彼女が小さく笑った。「あなたはいま……ひとり?」それが次の質問だった。

ルーカスはうなずくことしかできなかった。一歩でも近寄れば、想像が生みだした幻影のように、即座に消えてしまうのが恐かった。

「わたしがここに来たのはだれも知らないわ」彼女が言いながら、扉を後ろで閉めた。もう一歩前に出る。「少なくとも、廊下ではだれにも会わなかった」

またうなずいた。自分が大ばか者のように感じる。完全に口が利けなくなったのは人生で二回目だった。彼女を前にするとそうなる。

「話したかったの……あなたと」彼女が言い、すぐに唇を噛んだ。

ルーカスはためらいながら、彼女のほうに二歩進んだ。片手を差しだしたが、本当は両手で彼女を抱きあげて、くるくるまわしたかった。「フランシス。ぼくは――」彼は言葉を呑みこんだ。だめだ。今回だけは、自分のことを説明するのはやめて、彼女が言うことに耳を傾ける必要がある。「なにを話したかったんだ?」

彼女は頭をつんとそらして顎を持ちあげた。彼女の瞳に決意の光がきらめく。「わたしが来たのは……訊ねようと……あなたの申し出がまだ有効かどうかを」

ルーカスの心臓が喉から飛びだしそうになった。脈動が体じゅうを駆けめぐる。

「ぼくの申し出？」彼女がなんのことを言っているのか確かめる必要があった。希望を募らせるだけ募らせて、打ち砕かれる危険は冒せない。

「ええ」彼女が、合わせた視線をそらさないでうなずいた。「わたしのところに賢者が訪ねてきたの。そして、自分を傷つける前によく考え直したほうがいいと忠告してくれた」

「ベルが？」彼はささやき、目を閉じた。なんてことだ。ベルに全財産でも領地でも、あの男が望むものをなんでもやりたいくらいだ。

「ええ。ただ、ご自分もコッパーポット卿の従者だけでないことを認めなければならなかったけれど」彼女が片方の眉を持ちあげる。

「彼は従者のふりをしているんだ」ルーカスはうなずいた。

「そのようね。きっと、上流階級の貴族の殿方のあいだで人気のゲームなのでしょう」彼女がまた片眉をあげる。

「フランシス、ぼくは——」

彼女が片手をあげて彼を止めた。「それで？　あなたのお申し出はまだ有効、それとも無効？」

ルーカスは安堵の波に押し流されそうになった。まるでいっきに堰が切れて、純粋な喜びが血管に流入したかのように感じた。ルーカスは目を閉じた。「イエスだ」ささやき声で言う。「ぼくの申しこみは有効だ。永遠に」

彼女が胸の前で腕を組んだ。「わたしに持参金がないのはご存じでしょう？」

ルーカスは首を振った。「ダーリン、きみが結婚してくれるなら、こちらが払う」

彼女は笑い声を立てたが、すぐに片手を口に当てた。「わたしの母がなんと言うか次第かもしれないわ。サー・レジナルドがどのくらいの金額を提示したかわからないから」

「彼が提示した三倍を払う。ぼくは――」

「そんなに急がないで」彼女が真剣な口調で言う。「先にいくつか質問をしなければならないの」

ルーカスは彼女の顔を探り、うなずいた。「なんでも聞いてくれ」

フランシスは胸の前で腕組みをすると、一歩離れて彼の周囲をまわり始めた。この質問は簡単にすまないだろう。彼にとっては当然の報いだ。

「わたしに話そうと考えていたの？」彼女が訊ねる。「あの図書室で他の人たちから伯爵と告げられる前にという意味だけど」

彼女に触れたいのを必死にこらえているせいで手が震えるほどだったが、これらの質問が彼女にとって重要であることは理解していたし、真実を言う責任がある。両手を脇におろしてこぶしに握り締めた。「ほぼ毎日、そのことを考えていた。きみに嘘をついている自分が嫌でたまらなかった。だが、きみがケンダル卿を嫌っていることを聞いて、ぼくは……きみを失うことが恐かった」

彼女がまわっている歩みを一瞬止めた。スカートがさらさらとくるぶしを撫でる。「それは考えていなかったわ。たしかに、ケンダル卿を嫌っていると言った」

「そうだ。しかし、それでも話すべきだった」彼は顔だけ彼女のほうを向いた。「あんなに長く、あの状況を続けるべきではなかった。言いわけにもならないが……ただきみと一緒に過ごすひとときが大切だった。きみと話すのが嬉しかった。きみと――」

「キスすることも？」彼女が相変わらず腕組みをしたまま眉を持ちあげる。

彼は下唇を噛んだ。「そうだ。それもだ。とても好きだ」

彼女がまたまわり始めた。「わたしが、どれほど貴族を嫌っているかを話した時、わたしがばかだと思っていたでしょう？」

「とんでもない」彼は彼女にほほえみかけ、首を振った。「すばらしい人だと思った。正直で、ほかと違う。あんなふうに話すレディが何人いる？」

「それは従僕に話していると思っていたからよ」彼女が厳しい口調で指摘する。

「そうかもしれないが、それでもきみはすばらしい。正直で、ほかと違う特別な人だ」

フランシスはまた歩きだした。「上流階級の紳士全員が、想像し得るなかで一番退屈で、一番もったいぶった気取り屋だとわたしが言った時のことは？」

ルーカスは肩をすくめた。「反論できないし、きみが正しいとぼくも思うようになった。ぼくも、もったいぶった気取り屋だと思われないことを願っているが」

彼女が指で顎を叩く。「それなら、上流階級の催しが退屈だと言った時は？」

「全面的に同意していた」彼は片方の手のひらを広げてみせた。「このシーズンちゅう、なぜぼくたちが出会わなかったと思う？　際限なく続く意味のない社交の催しがぼくも嫌でたまらなかったからだ」

彼女が彼の前まで来て足を止め、彼をじっと見つめた。「わたしを愚かと思っていなかったということ？」

「もちろんだ」彼はささやいた。「それに、きみが話したことだけじゃない、フランシス。きみはもっと多くを教えてくれた。ぼくは重要なことについて人々と語り合うのが好きだ。しかし、きみのおかげで、その議論の半分は間違っているとわかった」

彼女の眉がまたあがった。「たとえば？」

「たとえば、雇用法案は撤回する。そして、新しい提案を起草するつもりだ。通商法の最悪の部分を無効にして、使用人や労働者階級に安全と権利をもたらす法案にしたい」

彼女の顔に笑みが広がった。「本当に？」

「本当だ」彼はうなずいた。

彼女が胸の前で両手を握り締める。「まあ、ルーカス。それはすばらしい考えだと思うわ」

彼はもはや自分を止められなかった。手を伸ばして彼女の肘をそっと包み、手袋の端のすぐ上の肌を撫でる。「きみのおかげだ、フランシス。提案を書くのを手伝ってくれないか？」

彼女が足を止め、彼の目をのぞきこんだ。口がOの字に丸くなっている。「本気で言っているの？　もちろん、ぜひともやらせてほしいわ」

彼は笑うと、彼女を両腕で引き寄せた。一瞬抱き締めてから抱きあげ、くるくるまわる。そのあと、床におろして言った。「そう言うだろうと思った。ふたりで書けば、必ずやこの国で一番すばらしい法律ができる。ただし、サー・レジナルドの賛成票は得られないかもしれないが」

彼女が笑った。「それは冒してかまわない危険だと思うわ」

「ぼくもそう思う」

フランシスが考えこむような表情で、彼の目をじっと見つめた。「もうひとつだけ、どうしても訊ねたいことがあるわ」

ルーカスは指の甲で彼女の頬をそっと撫でた。「なんだい、ダーリン？」

「わたしを愛している、ルーカス？　わたしが言っているのは……ケンダル伯爵としても——」

彼は両手で彼女の肩を撫でた。「ぼくはルーカスだ。きみを愛した男であるのは変わらない。そして、イエスだよ。きみを心から愛している」

「そう聞いてとても嬉しいわ」彼女が優しくほほえみかけた。「わたしも愛しているわ」

彼はかがんで彼女の目をのぞきこんだ。「それはつまり……ぼくと結婚してくれるということ？」おそるおそる訊ねる。彼女はまだイエスと言っていない。

「場合によるわ」フランシスが答え、まつげをぱちぱちさせた。

「どんな場合？」彼は息を止めた。胸がぎゅっと締めつけられ、いまにも破裂しそうだった。

「あなたがもう一度申しこんでくれるかどうかによるわ。前回の時は少し気を取られていたから」

ルーカスは止めていた熱い息を吐きだし、彼女を胸に抱き締めて頰を寄せると、耳元でささやいた。「フランシス・レジーナ・サーグッド・ウォートン、言葉で言い表せないほどどきみを愛している」彼女の前に膝をつき、両手を手に取って包みこんだ。「どうか、どうか、ぼくと結婚すると言ってくれないか？」

フランシスの目は涙でいっぱいだった。「ええ、ケンダル卿。あなたと結婚するわ」

ルーカスは飛びあがって立ち、また強くフランシスを抱き締めると、頭をさげて二度と離さないというように彼女にキスをした。

少ししてから唇を離し、彼は宣言した。「きみをこの国でもっとも幸せな伯爵夫人にする」

「わたしはあなたに、必ずその約束を守らせるつもり」

ルーカスは飛びあがりたい気分だった。全身に活力がみなぎっている。「屋根の上に届くくらい大声で、ぼくたちの婚約を発表したいくらいだ！」彼女の手を握って唇まで持っていき、手袋をした手の甲に口づけた。「きみの両親にすぐ報告に行くべきかな？」

フランシスが首を振った。「いいえ、まだよ。先にやるべきことがほかにあると思うの」

彼は彼女の顔を見やった。「それはなんだろう、愛する人？」

彼女の頰が急に赤らんだ。咳払いをして、目をそむけ、指を一本ずつ引っ張る。「わたしがあなたに……提案するのは……わたしを奪うこと。万が一、母がこの婚約に反対した時のために」

彼は眉をひそめた。「反対するだろうか？」

「さあ、どうかしら。上流階級のなかで、結婚相手としてもっとも望ましい男性のひとりとわたしが結婚することを？　なんとか説得することはできるでしょうけれど、操を奪われたというのは、決め手になると思わない？」

ルーカスは片方の眉を持ちあげたが、大きな笑みが顔に広がるのは抑えなかった。「仰せのままに、奥さま」

ルーカスの両腕に引き寄せられ、もう一度キスをされると、フランシスの背筋に震えが伝えおりた。彼が同意してくれないかもしれないと少し心配だった。高潔な行為にこだわって拒否するかと思ったが、そうはせずに彼はフランシスを抱き寄せてキスをした。そして、両腕で抱きあげ、大きなベッドに歩いていった。マットレスの上にフランシスをそっと横たえると、彼女を一瞬残し、寝室の鍵をかけにいった。

ベッドまで戻ってくると、彼はフランシスとじっと目を合わせた。クラヴァットをはずすのを見て、またフランシスの全身に震えが走った。もうすぐ彼の全裸の体を見ることになる。それは自分がなにより望んでいること。フランシスはベッドの上に坐り、手袋を引っ張ってはずしてから、上靴も蹴って脱いだ。そのあとヘアピンもはずした。床の上に放りだした手袋と違い、フランシスはピンをベッド脇の小テーブルに注意深く並べた。多少なりとも威厳を保ってこの部屋を出たいならば、ピンはあとで必要になる。

ルーカスがほほえみながらベッドの端に腰かけた。片方のブーツを脱ぎ、そのあともう一方を脱ぐあいだも、フランシスは時間を無駄にしなかった。マットレスの上で体を滑らせて彼の後ろまで行き、膝立ちになった。すでにクラヴァットをはずし、シャツのボタンをはずし始めている彼に、背後から両腕をまわし、彼が図書室でやってくれたように、そっと耳たぶを嚙む。そして、耳のくぼみに舌を滑らせた。彼の力強い体が震える。自分の力を実感してフランシスは嬉しくなった。この強くて有能な男性を震えさせられることに、くらくらするほど興奮する。

彼がシャツを頭から脱ぐのを手伝った。彼はシャツを床に放りだすと、フランシスのほうに向きを変え、ゆっくりと押してベッドに横たわらせた。彼はウエストから上が裸で、残りはぴったりしたズボンだけだ。また深くキスをされ、フランシスは両腕を彼の首にまわした。ほどなく彼が身を離すと、フランシスは黒い毛に覆われている広い胸と、筋肉が割れた腹部を眺めた。

「なにを考えている？」彼が問いかけながら、鼻を彼女の鎖骨に擦りつける。

「あなたが堂々としてすてきだと」彼女はささやいた。

彼の両手がフランシスの背中の下に滑りこみ、ドレスの後ろに長く連なっているボタンを着実にはずしていった。全部はずれると、フランシスは身を起こし、彼がドレスを持ちあげて頭から脱がせるのに手を貸した。そのドレスもまたすぐに床に放られ、フランシスが身にまとっているのは、ストッキングとシュミーズだけになった。

「こういうことは初めてだから、どう進めたらいいのかわからないわ」そう認めただけで頬が燃えるように熱くなる。でも、愚かしく思えても、正直でいるのが一番いいと感じていた。

「心配しなくていい」彼がそう言って下唇を噛むのを見て、フランシスはまたキスをしたくなった。「ぼくは経験があるし、教えられる」

「それならよかったわ」フランシスは言って、ただうなずいた。

でも、彼がまたキスして、フランシスを横たわらせ、体の下のほうにずれて、シュミーズ越しに最初は指で、それから舌で乳房を愛撫すると、もうなにも考えられなかった。腰が勝手に動いて彼に体を押しつける。

「次になにをしてほしいですか、お嬢さま？」彼がかすれ声で訊ねる。

フランシスは頭を持ちあげて、欲望にかすんだ目で彼を見おろした。「いま話しているのは従僕のルーカスなの？」

彼のいたずらっぽいほほえみに、フランシスは思わず身をくねらせた。「きみの願いはぼくにとって命令だから」

さまざまな思いが頭のなかに思い浮かんだ。そそられる思いばかりだ。ベッドで彼に命令する？　それ以上に素敵なことってある？　フランシスは完璧な答えを探し、ついにささやいた。「わたしを喜ばせて」

彼は瞳をきらめかせ、前かがみになって顔をフランシスに近づいた。口元にはまだいたずらっぽい笑みが浮かんでいる。「お望みのままに」

フランシスは息を呑んだ。正直言って、〝喜ばせて〟というのがなにを意味するのか、ほとんどわかっていない。レディは読むべきでないような本で、一度だけ読んだことがある。ベッドで愛人に向けて言うのにふさわしいことのように思えたので、言ってみたが、実際はそれがどういう意味か、彼が知っていることを期待するしかない。幸い、彼はためらったり、フランシスを奇妙な目で見たりしなかったから、次にどうしたらいいか知っているに違いない。

ほどなく、ルーカスは体をさらに下に移動させた。彼がなにをするつもりかよくわからないうちに、シュミーズが太腿に沿って持ちあがるのを感じた。ハンサムな彼の顔が、フランシスの両脚の付け根のすぐ上に浮かんでいる。まさか彼はそんなことをするつもりでは——。

ああ、どうしよう。彼の力強い温かな両手がシュミーズを押しあげ、その瞬間、フランシスのすべてが彼の前であらわになった。彼が頭をさげると、フランシスは息をするのを忘れた。両肘をついてもたれた姿勢で、目を見開いて彼を見守るうち、閉じた脚に押し入るように熱い舌が滑りこんでくるのを感じた。唇のあいだから知らないうちにうめき声が漏れ、思わず頭をそらすと、髪が後ろの枕にこぼれかかった。二度目の感触で太腿が張りつめた。三度目で膝が開いた。四度目に舐められた時は、彼の名前をうめいた。これまでの人生で、こんなこと想像したこともなかった。わたしを喜ばせて、フランシスはそう言った。でも、なにもわかっていなかった。

ルーカスの舌が太腿の頂点の場所を見つけだした。彼がそこをこする。一度、そして二度。思わず悲鳴をあげる。もう一度こすられると、知らずに腰が唐突に動いた。小さな突起を口に含まれた時には、ベッドから危うく落ちそうになった。彼の大きな両手が彼女のお尻をしっかり支えてマットレスに押しあげ、彼の口が彼女を苛むあいだも動かないように押さえてくれた。彼がまた舐める。そしてフランシスに息をつく間だけ与え、またすぐにその敏感な場所を舌で、今度は丸く何度も何度も舐めた。それが速まると、フランシスは思わず彼の黒髪をつかんだ。彼を引っぱってどかそうとしたのは、両脚のあいだで募っていく感覚に怯えたからだが、同時に永遠にやめないでほしかった。彼の広い肩をつかんで、上に引きあげようとする。

「もっと愛させてくれ、フランシス」彼がフランシスのそこに向かってささやいたすぐあとに、舌がまたおりてきて、フランシスの濡れた場所に入りこんだ。

「ルーカス！」フランシスは呼びかけた。激しくあえぎすぎて、肺が破裂しそうだ。

「ルーカス」

舌で優しい襲撃を続けながら、彼が一本の指を熱く湿った場所に滑りこませる。フランシスの体が震え、彼の指のまわりを締めつけた。彼が舌で突起を何度も何度も舐めながら、差し入れた指をさらに奥まで進めて、感じやすい場所を見つけた。そこを押されるとフランシスは思わず叫び声をあげ、両方の太腿で彼の頭を強く締めつけた。彼が荒々しく舐め続けながら、指をさっきのところに戻して押す。声をあげてぐっと身をそらせたせいで、頭がベッドから落ちかけた。声を押さえようと手の甲を噛んだが、そのあいだも、快感がさざ波のように後から後から押し寄せ、体が激しく震えた。

ああ、すごい。この男性はいまわたしになにをしたの？

そのあとしばらく、体じゅうの骨がなくなってしまったように感じながら、フランシスは枕に頭を乗せて横たわっていた。呼吸が激しく乱れて、元に戻るのか不安になるほどだ。シュミーズをウエストに寄せたまま、ルーカスは上に移動して堅い胸にフランシスを抱き寄せた。「きみを喜ばせたかな？」

「喜ば（プレジャー）せたですって――？」ため息ともつかない声で言う。「ルーカス、正直言って、こんな快感（プレジャー）を感じたのは生まれて初めてよ」

彼はフランシスの耳たぶにキスして、首すじに鼻をこすりつけた。「そう聞いてすごく嬉しい、ぼくのお嬢さま」

〝お嬢さま〟という言葉を聞いて、フランシスはいたずらっぽい考えを思いついた。同じようにいたずらっぽい笑みを浮かべ、首を少しまわして彼を見やる。「わたしの願いがあなたにとって命令というのはまだ有効？」そう訊ね、片方の眉をあげてみせる。

「もちろんだ、ぼくのお嬢さま」彼が言った。フランシスの指を持って唇まで持っていき、一本ずつキスをする。「きみがぼくにしてほしいことはなんでも」彼の目にもいたずらを企むような表情が浮かんだ。

「いいわ。それなら」フランシスは彼から身を離して起きあがり、太腿が隠れるまでシュミーズをおろした。

彼女が体を隠す様子に彼が眉をひそめる。

「わたしは裸になったほうがいいかしら？」

「むしろ、きみはどうしたいのかな、ぼくのお嬢さま？」

「いまは」フランシスは答えた。「あなたを喜ばせたいわ」

それを聞いて彼の瞳が燃えあがった。

フランシスは彼の平らな腹に指を這わせた。「命令はこうよ。たったいま、あなたがわたしを喜ばせてくれたように、あなたを喜ばせるためにわたしになにをしてほしいかを教えてちょうだい」

「だめだ」ルーカスの口から出たのは否定の言葉だった。フランシスの手をつかみ、さらに下に行くことを阻止した。

フランシスは今度は両方の眉を持ちあげてみせた。「だめと言ったの？　それが、従僕のレディに対する態度なの？」

彼は首を振った。「違う、しかし、フランシス――」

「だめだめ」フランシスは指を立てて彼の前で振った。「わたしの願いは命令だと思うけれど。それはまだ有効？」

「もちろんだ」彼が答え、一礼してみせる。

フランシスは全身がぞくぞくするのを感じた。彼は一緒につき合おうとしてくれている。フランシスが主導権を握るのを許し、好きなようにさせてくれる。でも、そのためには彼の助けが必要だ。もちろん、それもただ要求すればいい。

「最初に」フランシスは言った。思わず声に熱がこもる。「どちらも裸になりましょう、あなたもわたしも」

彼の瞳がまた燃えあがり、彼は深い息を吐いた。

「あなたが先に」そう命じたのは、先に自分が裸になるなんて絶対に無理と思ったからだ。楽しむつもりだったが、それでもまだ恥ずかしさが先に立った。「ズボンを脱いで」自分の思い通りに彼を動かす力を楽しみながら命じてみる。「仰せのままに」彼が合わせた視線をひとときもそらさずに、そう答えた。

彼がベッドを押して起きあがり、膝立ちになるのをフランシスは見守った。ああ、すごい。この芝居のせいで、また急速に欲望が高まるのを感じた。

彼がズボンのボタンをゆっくりはずした。それを太腿までさげると、黒い毛が見えて、そのまんなかに太くて重たそうな彼自身が現れた。とても……大きい。

彼がベッドに坐り、ズボンをすばやく脱ぎ去った。「次はなにを、お嬢さま？」

フランシスは震える息を大きく吸いこんでから、次の命令を発した。「次は、仰向けに寝てほしい」

問いかけるように片眉を持ちあげながらも、彼は命じられた通りにした。大きくて力強い体がマットレスの上に横たわり、黒髪が枕にかかる。この男性は本当に美しい。その彼が自分の夫になる。フランシスはまた思わず身震いした。

自分も急いでシュミーズを頭から脱いだのは、早くやればやるほど、恥ずかしさが少ないはずと判断したからだ。

裸になった姿を見た瞬間に彼がはっと息を呑むのを見て、フランシスはふいに自分の体を誇らしく感じた。それも、これまで思いもしなかったことだ。

「わたしを触りたい？」そう訊ねたが、自分でも、この質問がどこから出てきたのか不思議だった。彼女の心の奥の、この一瞬一瞬のすべてを楽しみたいと思っている場所からに違いない。

「ああ」彼が吐息のように言う。

「触って」命令する。

「どこを？」

「キスして……胸を」フランシスが仰向けになると、彼も半分彼女にかぶさるように横になった。喉から胸に向けて唇を這わせ、片方の乳首を口でとらえた瞬間、フランシスは思わず叫んだ。舐められ、吸われ、親指でいじられる。みるみる欲望が募り、気づくとほとんどなにも考えられなくなっていた。

「待って」呼びかける。

彼が乳房から口を離し、問いかけるように、フランシスの目をのぞきこんだ。

「こうなるはずではないの」かろうじて残っていた考えをなんとか言葉にする。

「規則集があるわけじゃないだろう？」彼がくすくす笑いながら言う。

「ええ、でも、あなたに喜びを与える方法を示してほしかったのよ」咳払いをしたのは、彼にもう二度と気をそらさせないという決意の表明だ。「もう一度仰向けになって」そう命じてからつけ加えた。「お願い」

「わかった」彼が仰向けに横になり、両手の上に頭を載せ、口元に笑みを浮かべた。

フランシスは彼の全身に上から下まで視線を走らせた。美しい顔、幅広い肩、がっしりした胸、平らな腹部、黒い剛毛に覆われた長い脚。彼のものは、相変わらずまっすぐそそり立っていたが、彼自身は裸でいても完全にくつろいでいるようだった。服を着ているよりも裸のほうがさらに美しいのだから当然だろう。裸のほうが美しいなんて、そんなことがあり得るとこれまで思ったこともなかった。

次にどうするべきか、ほとんど手がかりさえなかったから、本能の赴くままに行動した。体を返して彼の上に乗り、彼の胸の黒い毛に裸の乳房を押しつけたのだ。そして、彼が息を吸い、両手を頭の下から出して乳房に触れようとした瞬間に言った。

「だめ！」

彼が動きを止めた。「だめって、なにが？」

「だめ。両手を動かさないで。頭の下に入れておきなさい」できるだけ命令口調で言う。

「まさか、本気じゃないだろう？」彼がうめいた。

「もちろん本気です」フランシスはぴしゃりと言い、一本の指で彼の脇腹をなぞって腰で止めた。

両方の乳首を彼の胸にこすりつけながら、彼の目に浮かぶ反応を眺める。瞳の奥深くで炎が燃えあがるのを見て、フランシスは心のなかでほほえんだ。そして、先ほど彼がフランシスにやったのと同じように、平らな腹部にキスを這わせながらおりていった。彼のうめき声が、正しいことをしていると告げている。少しずつおりてついに彼の両脚のあいだまで来ると、麝香のような彼の香りがいっぱいに吸いながら、彼の男性自身を凝視した。

深く息を吸いこみ、それに顔を近づけて、おそるおそるキスをする。彼がうめいた。よかった、きっと彼もこれが好きに違いない。フランシスは彼の腰の両側に手をついて身を起こすと、今度はてっぺんにキスをした。彼がはっと息を呑む。それも、とても強く。よかった、きっとこれも気持ちがいいに違いない。数秒間じっと見つめながら彼に快感を与える方法を考え、まずは先端を舌で舐めることに決めた。

それをしたとたん、彼の腰がマットレスから危うく落ちそうになった。この発見に気をよくして、フランシスはまた心のなかでほほえんだ。自分の舌で彼に快感を与えている。これは特筆すべきこと。

片手で彼のものを包んで動かなくすると、また顔をさげて、舌で先端を舐めた。

「ぼくも手を動かせてくれ、頼む」彼が懇願する。

「だめ」フランシスはあっさり却下した。「ほかに、あなたが快感を得られるやり方を教えてくれない限り」

彼がごくりと唾を飲むのが聞こえた。

「ぼくは――」

「なあに？」また先端を舐める。彼がうめいた。

また舐める。「自分ではとても正しくやれないわ。なにをしたらいいか、あなたが教えてくれなければ」

「嘘だろう。きみは正しくやっている」

フランシスはもういちど彼を舐めてからつけ加えた。「ほかにどうしたらいいか教えて。どうしても知りたいの」

半分快感、半分苦痛が混ざり合った締めつけられるような声で彼が言った。「滑らせて……滑りこませて、きみの口のなかに」

フランシスは目をぱちくりさせた。もちろんそうだわ。なぜ思いつかなかったのかしら？　フランシスはすぐに実行に移した。上体を起こして膝をつき、顔をさげて、そそりたつものに口を近づける。そして先端にキスをすると、口を開いて喉の奥まで滑らせた。彼のうめき声を聞き、思わず身を震わせる。さらに奥まで取りこむと、彼のうめき声はもっと大きくなり、激しさも増した。根元の近くまで口に含み、今度はゆっくりと唇を引きあげる。

「ああ、すごい、フランシス」彼があえいだ。

正しいやり方をしているという公認の言葉だ。フランシスは手にしている権力に酔いしれた。自分はこの強くてゴージャスな男性をなすがままにしている。口を何度も上下させると、彼が腰をぐっと持ちあげたので、ようやく音を立てながら唇を抜いた。「ほかにどうしたらいいの？」息を弾ませながらささやく。「あなたを喜ばせるためには」

彼が片手を動かしてフランシスの後頭部に添え、もう一度彼のもののほうに導いた。「吸ってくれ」ささやき声で言う。

フランシスの両脚のあいだの熱い湿り気がいっきに高まった。自分のその場所を彼にこすりつけたかったが、代わりに唇を戻してまた口に含み、今度は吸いながら上下させた。フランシスの後頭部に当てた彼の手に巧みに導かれるうち、彼の体が震えるのを感じた。

それでも動きを続けていると、ふいに彼が激しくこわばるのがわかった。

「フランシス、頼む」彼がまた懇願する。

フランシスは唇を離した。「なあに？」

「これ以上我慢できない。どうか、きみを愛させてくれ」

フランシスは下唇を噛み、にっこりした。「いいわ」彼からどいて、仰向けに横になる。「お任せするわ」

彼は一刻も無駄にせず、すぐに彼女の上に身を重ねた。彼の口が乳房に戻ってきて歯のあいだに乳首を挟まれると、ほどなくフランシスは背中をそらせ、両腕を彼の首にまわしていた。

彼がフランシスの両脚を押し広げる。彼の先端が熱く濡れた場所を探るのを感じ、フランシスはふたりのあいだに手を伸ばし、彼の張りつめたものを包んで誘導した。彼がうめき、身を震わせる。

そして、ついに彼女のなかに滑りこませた。しかし、フランシスが喉の奥で引っかかるような小さく声を漏らすのを聞いて、動きを止めた。

「痛いか？」彼がフランシスの頬にキスをする。

「いいえ、大丈夫。ただ、全部入るなんて思えなくて」そう認め、鼻に皺を寄せる。彼がフランシスの肩に向かってほほえんだ。「きみを愛している」彼がささやき、全部を滑りこませた。

フランシスは目をしばたたいた。痛みを予想していた。覚悟しておくように母に言われたことがある。でも、フランシスが感じたのは、彼の熱いものが自分のなかに滑りこむ感触だった。そして彼が腰を揺らし始めると、フランシスは息をするのを忘れた。彼がその動きを続けながら、ふたりのあいだに手を滑りこませる。もう一度感じやすい突起を見つけると、親指で何度も何度も丸く撫でた。その動きにフランシスはみるみる押しあげられ、ついには絶壁を越えて彼の名前を呼びながら落下した。ルーカスも最後にもう一度押しこむと、フランシスの名前を呼びながら彼女の上に崩れ落ちた。

ふたりとも無言のまま、かなりの時間が過ぎた。窓に雨が打ちつけている。屋敷の外では嵐が本格的に吹き荒れ始めていたが、ふたりとも、これまで気づいてさえいなかった。ずいぶん経ってようやくルーカスがフランシスから体をどかし、横向きになってフランシスを見つめた。それからフランシスを引き寄せて優しく抱き締めた。

「これまで経験したなかで一番すばらしかった」彼女の髪に向かってささやき、頭のてっぺんにキスをする。

「そんなことを言う必要はないわ。そんなはずないし——」

彼がフランシスの上に身を乗りだして、どうしても目を合わせなければならないようにした。「フランシス、聞いてくれ。ぼくはきみに、二度と嘘をつかないと約束する。だから、こういうことに関しても嘘は言わない。言うことは一言一句、本気で言っている」

彼女が小さくほほえみ、また彼にぴったり寄り添った。「いいわ、信じるわ。でも、さっきのあの……芝居をしている時に、なぜそう言わなかったの？」

「言わなかったってなにを？」彼に首の横をキスされると、フランシスの全身にまた震えが走った。

「芝居するのも楽しいわね」彼の太腿の外側に手を滑らせる。

彼がその手を握り、甲に口づけた。「きみがやりたい時は、いつでもやれる」耳元でささやく。

「まあ」フランシスは言った。「次の時は、わたしが女中に扮しましょうか？」

「お気に召すままに、お嬢さま」長くて深いキスが続き、そのあと彼はフランシスを引き寄せて優しく抱き締めた。「真面目な話、三倍はともかく、二倍は出す。サー・

レジナルドがどのくらいの金額をきみのご両親に提示したかは知らないが」

「それなら、両親は絶対に納得するでしょう」フランシスは答えた。「ただ、父がまた賭け事で全部失ってしまわないかだけが心配だわ」

「父上にお金を持たせるつもりはない」ルーカスが言う。「彼には、ぼくの事務弁護士を通して手当が支給されるように手配しよう。全部をつぎこむことができないように。少なくとも、妹さんが結婚するまでは」

フランシスは顔をあげて彼のほうを向いた。「わたしに妹がいるとどうして知っているの？」

彼は少しためらった。「きみの家族のちょっとした……調査をした。きみをとても好きになり始めていると気づいたあとに」

「わたしたちをスパイしたのね？」目をぱちくりさせて彼を見る。

彼は肩をすくめた。「スパイするという言葉も、いろいろな意味を持つからね」

フランシスは眉をつりあげて彼をにらんだ。「だから、わたしのミドルネームもすべても知っていたのね？」

彼は決まり悪そうにうなずいた。

フランシスは笑った。「それで、ほかになにを発見したの？」

ルーカスは枕に背をもたせた。「父上の借金の詳細と金額を知っている。それはぼくが完済しよう。それから、心配しないでくれ。妹さんにも、社交界にデビューする時にそれなりの金額の持参金を用意するつもりだ」

フランシスは息を呑んだ。「本当に？」

彼はうなずいた。「もちろんだ。そうしないわけがないだろう？」

フランシスの目が涙でいっぱいになった。片手を頰に当てる。「そんな優しいことをしてくれる方がこの世の中にいるなんて信じられない」

ルーカスは彼女の手を取って唇まで持っていき、また甲にキスをした。「愛している、フランシス。言い表せないほどだ。きみのためならなんでもするし、すでに言っているが、もう一度約束する。きみに二度と嘘をつかない。目の前に見えているものの、なにが正しいかを示してくれたきみに心から感謝している」

フランシスは眉をひそめた。「どういう意味？」

ルーカスは指先でこめかみをさすった。「階級という紛れもない違いのことだ。恥ずかしながら、ぼくはそのことについて、一度も深く考えることをしなかった。今回従僕に扮し、きみと雇用法案について話をするまでは」

フランシスはため息をついた。「このパーティの滞在客たちが、あなたが給仕をしているのに気づかなかったのが信じられないわ。でも、実は、ほんのわずかも驚くべきではなかったというのが真実だったわね」

ルーカスもうなずいた。「この計画は、酔っ払いのばかげた賭けで始まったかもしれないが、この経験から想像以上に学ぶことができたし、なによりも、ぼくには到底もったいないほどすばらしいものを手に入れた」彼がフランシスの頬に鼻を触れて、キスをした。

「わたしのほうこそ、あなたに感謝しなければ、ルーカス。あなたと、そしてベリンガム卿に」笑ってつけ加えた。

「なにについて?」

「あなたとの意見の相違を通して、わたしも、自分に関して重要なことに気づいたの」

「なんのことだ?」

フランシスは少したじろぎ、シーツの下に顔を隠した。

ルーカスが笑いだす。そして、シーツを引っ張って、彼女の後ろめたそうな顔をあらわにした。「なんのことだ?」

「実は、きっとあなたには信じがたいことだと思うけれど、わたしはいつも自分が正しいと思いこむ傾向があるの」

「嘘だろう！」彼がわざと、ぎょっとした顔をしてみせた。

フランシスも笑いだし、彼の肩を押しやった。「本当なの。あなたのことも、自分が正しいと確信していたせいで、わたしに説明を試みることさえも許さなかった。あなたを遠ざけ、腹いせでサー・レジナルドと結婚するところだった。いま考えれば、狂気の沙汰だわ」

「ぼくはきみを永遠に失ったと思っていた」彼がささやき、フランシスの手を優しく握った。

「まさにそのことよ。ベリンガム卿が気づかせてくれたの。物事は見かけほど単純ではないということを」肩をすくめる。「この世界には灰色があること。黒と白だけじゃなくて」

「ふーむ」目が天井を眺め、目を細めた。「ベルの〝灰色〟談義は聞いたことがあると思う。なかなかいい話だ」

「自分はすべてわかっていると思いあがっていたのよ」フランシスは言葉を継いだ。「でも、とてもたくさんのことについて間違っていたと知った。そして、なによりいいのは、自分が間違っていたとわかって、すごく幸せだということ」

ルーカスは眉をひそめた。「とてもたくさんのこと?」

「ええ。あなたに、ああいう行動を取るに足る理由があったと理解したことだけでなく、愛と結婚についても間違っていたと悟ったわ。わたしがサー・レジナルドと結婚しようとしたのは、父を債務者監獄に入れないためだった。でも、あなたと結婚しようとしている理由はただひとつ」前かがみになって彼の額にキスをした。「愛よ」

ルーカスは彼女を引き寄せて自分の上に載せた。「きみが考えを変えてくれて、本当によかった」

フランシスは今度は唇に熱いキスをした。それからもがいて脇に体をずらし、彼の胸に顎を載せた。「ところで、ベリンガム卿が決して言わなかったことを、あなたなら話してくれるわね?」

ルーカスが指でフランシスの髪を撫でつける。「なんのことかな、愛する人?」

フランシスの唇が曲がっていたずらそうな笑みになった。「このハウスパーティで、使用人のふりをしている三番目の貴族はだれなの?」

ルーカスはどっと笑いだし、両腕を彼女の背中にまわして抱き締めた。「ぼくがもし、それはワージントン公爵だと言ったら、きみは信じるかな?」

「嘘!」フランシスは目を丸くした。「本気で言っているの?」

ルーカスはうなずいた。「ああ、彼は厩舎で馬丁に扮していて、すでにレディ・ジュリアナ・モンゴメリーに気づかれたらしい」

フランシスは息を呑んだ。「嘘でしょう！」

「本当だ。そちらのほうで厄介事が起こりつつあると、ぼくは踏んでいる」ルーカスは答えた。「だが、ワースとベルについて知ったことは、秘密にすると誓ってほしい。どちらが賭けに勝つか、まだわからないからね」

フランシスは彼の胸に頭を載せて、彼の肩を撫でた。「いいわ。いまはなにも言わないと約束する。でも、いつか必ず、この信じられない出来事を全部本に書くつもりよ。そうでもしないと、ただ話をしただけでは、わたしたちの孫たちが、ひと言たりとも信じないでしょうから」

ルーカスはフランシスの頭にキスをした。「ぼくたちの孫。その響きが気に入った。ところで、その本の題名は決まっているのかな？」

フランシスはくすくす笑い、彼のたくましい肩を抱き締めた。「ええ、『従僕と伯爵と私』という題名にするつもり」

# 訳者あとがき

〝従僕クラブ〟。

それは、イートン高校からケンブリッジ大学まで学生時代を共に過ごした親友たち四人が思いついた計画の名称です。仲間のひとり、最愛の妻を得たばかりのクレイトン子爵が田舎屋敷で開催するハウスパーティにおいて伯爵と公爵と侯爵が使用人に扮するというとんでもないものですが、まずプロローグで、その計画が発足したいきさつが描かれます。

本書のヒーロー、ケンダル伯爵ルーカス・ドレイクは財産や爵位目当てでなく、彼自身を愛してくれる性格のよい花嫁を見つけようと心に決めています。しかし、社交界で、親友のひとりワージントン公爵の次に望ましい結婚相手である彼は、どこへ行っても、財産や爵位目当ての若いレディとその母親たちから逃れられません。そこで、親友のベルことベリンガム侯爵が、使用人に扮して花嫁探しをする案を思いつくのです。上流階級の人々は使用人などいちいち気にしないから変装も見破られないし、令嬢たちの表では見せない真の姿を観察できる。洞察力に優れたベルにそう説得されたルーカスは、酒の勢いも手伝って従僕に扮することを承諾、内務省のスパイとして働くベルも、国を裏切っている貴族を特定するために従者に扮することに決め、ワースことワージントン公爵リース・シェフィールドも、だれの正体が一番先に見破られるかの賭けのために馬丁になると宣言します。家政婦から使用人の心得を教えこまれた三人は満を持してクレイトン邸に乗りこみますが、はてさて、れっきとした伯爵と侯爵と公爵が、本当にだれにも気づかれずに使用人に扮することなどできるのでしょうか?

ヒロインは、意に沿わぬ婚約を母から迫られている男爵令嬢フランシス。貧民の権利を害する雇用法案の阻止に取り組んでいて、結婚には関心ありません。そんな時、母に無理やり連れていかれたクレイトン邸のハウスパーティですばらしい男性に出会い、親しくなります。でも彼は従僕。どんなに心を惹かれても、貴族の身分で使用人との結婚など許されません。家の困窮状態を知り、心ならずも母の勧めに従おうと決意しますが……。

本書の舞台となる摂政時代は自由奔放な快楽主義の時代です。本書にも登場してユニークな役柄を演じてくれる摂政皇太子、のちのジョージ四世は、病で統治不能となった国王ジョージ三世に代わり、一八一一年から国王が亡くなる一八二〇年まで摂政皇太子として英国を統治しました。機嫌がいい時は優雅で魅力的、機知に富んだ人物だったようで、審美眼に優れ、美術や建築に莫大な資金を投じ、ファッションの流行など華やかな時代を築きました。バッキンガム宮殿、大英博物館、リージェント・ストリートなど、英国の文化遺産の多くがジョージ四世によるもので、また、ジェイン・オースティンの作品の愛読者でもあったそうです。その一方で大酒を飲み、放蕩三昧贅沢三昧で湯水のように金を使い、無責任で利己的な言動のせいで寵臣にも見放され、女性スキャンダルなどもあって国民には大変不人気でした。その時代は、上流階級のきらびやかな雰囲気と裏腹に社会階層の格差はますます深まり、貧困政策はほぼ採られないまま、労働者階級は過酷な扱いと貧困に苦しみ、一方で地主を保護する穀物法など富裕層に利する法律ばかり制定されました。本書のヒロイン、フランシスが阻止に力を注いでいたのもそうした法案でしょう。一八二〇年代頃に少しずつ自由主義的な考えを持つ閣僚も現れ、労働者たちの運動も次第に活発化し、社会の改革機運は次第に高まっていきます。

十九世紀の英国は使用人の全盛期でもありました。労働とは無縁の上流階級の人々が生活するには多くの使用人が必要だったのです。屋敷ではさまざまな職種の使用人たちが働いていました。男性使用人のトップは、屋敷の家事全般の監督を任される家令（ハウススチュワード）か、家令を置かない場合は執事（バトラー）です。執事は本来酒瓶の管理が仕事でしたが、客のもてなしに酒が重要であることから、屋敷内で中心的な役割を担うようになりました。執事の下には、従僕（フットマン）、御者（コーチマン）やその下の馬丁（グルーム）、園丁（ガードナー）、狩場番人（ゲームキーパー）などが働いています。ルーカスが扮する従僕は執事直属の使用人で、給仕や来客の対応その他さまざまな仕事を務めますが、もっとも重視された雇用条件は背が高くハンサムな外見とふくらはぎの美しさだったそうで、その善し悪しが給料にも影響したとのこと。ルーカスのようなハンサムな男性が従僕をしていても不思議に思われなかったわけです。一方、侯爵ベルが扮した従者は執事ではなく雇用主直属として、雇用主の身のまわりの世話をする役目を担い、それなりの身分の紳士が務めました。気が利くことが必須条件のこの仕事は、洞察力に長けたベルにぴったりでしょう。

この〝従僕クラブ〟シリーズは全四作品、同じハウスパーティを舞台に、第二作は馬丁に扮した公爵ワースのロマンス、第三作は従者に扮した侯爵ベルのロマンスが描かれ、本年三月には第四作として、この屋敷の主、クレイトン子爵が主人公の*Save a Horse, Ride a Viscount*が刊行されました。本書ではすでに結婚しているクレイトン子爵が、愛する美しい夫人シオドラとどのように結ばれたかがようやく明らかにされる楽しみな作品です。同じ場所で同時に起こったロマンス三つをそれぞれの視点から描くというおもしろい試みの三冊に、その舞台となる屋敷の主人夫婦のロマンスを加えた本シリーズを、皆さまにも順次ご紹介できることを願いつつ。

二〇二一年六月　旦紀子

従僕と伯爵と私
2021年6月17日　初版第一刷発行

著 ……………………………… ヴァレリー・ボウマン
訳 ………………………………………… 旦紀子
カバーデザイン ……………………… 小関加奈子
編集協力 …………………… アトリエ・ロマンス

発行人 ……………………………… 後藤明信
発行所 …………………………… 株式会社竹書房
〒102-0075 東京都千代田区三番町8-1
三番町東急ビル6F
email : info@takeshobo.co.jp
http://www.takeshobo.co.jp
印刷・製本 ………………… 凸版印刷株式会社